新 潮 文 庫

この世にたやすい仕事はない

津村記久子著

新 潮 社 版

11016

目次

漫画　龍神貴之

挿画・龍神貴之

この世にたやすい仕事はない

第1話
みはりのしごと

左右のモニターには同じ人物が映っている。左が昨日の二十二時台の映像で、右がおとといの二十時台のものである。服装も、まったく同じフリースの上着を着ているので、映像の隅の日付がなければ、違う日の映像であるとは到底わからない。どちらのモニターの中でも、監視対象となっているその人物は、ノートパソコンの前の事務椅子《いす》に腰掛けていて、腕を組んで微動だにしなくなったかと思うと、三十秒ぐらいの間だけは猛然とキーボードを打ったり、そしてまた動かなくなったり、すごくわずらわしそうに辞書を引いたり、ネットを見始めてそのまま一時間ぐらい険しい顔をしていたり、だいたい同じような振る舞いをしている。右のおとといのものは、二時間前に、ひじきごはんとほうれん草の味噌汁《みそしる》とハムエッグを食べたきりで、左の昨日ものは、それ以上に動きがない。私は、テキストエディタを立ち上げたまま、報告のために何か書こうにも書けず、監視対象者と同じような硬直にあった。

対象者が夕食を摂《と》っている様子を見て、自分も何か食べようと思ったまま、ずいぶん時間が経《た》っていたのだが、立ち上がるのがおっくうで、もう一時間半は同じ体勢でいる。いい加減空腹がつらくなってきたので、売店にでも行こうかと腰を浮かせると、右側で動きが見受けられた。訪問者が来たようで、それまで左側のモニターとほとんど同じ様子でじっとしていた対象者は、椅子から跳ねるように玄関へと小走りで向かう。私は、右側の映像を、玄関の様子へと切り替える。対象者は、配送業者と思われる制服の女性に、いやにへこへこしたかと思うと素早くドアを閉め、段ボール箱を抱えてフレームアウトする。箱は、小さくも大きくもない。両手で抱えてちょうどいぐらいのサイズで、正方形に近い形をしている。対象者は、よく書籍やＤＶＤやＢＤを通販するのだが、箱の形がどうも、そういうメディアではなさそうな気配を漂わせている。

仕事をしているパソコンのところに戻ってくるのかと思って映像を切り替えたのだが、なかなかやってこないため、台所の方の映像を参照すると、対象者は、こぢんまりした食卓に箱を置いて、はさみでいそいそと開封し始める。

私は目を凝らす。よもや宅配で対象者に追加のブツが預けられるとは到底思えないのだが、対象者が玄関へ荷物の受け取りに出るたびに、私は緊張する。対象者は、箱を開けて、中のプチプチの梱包材《こんぽうざい》を床へ放り出し、中から袋を取り出す。私は、固唾《かたず》を呑《の》んで手元にズームインする。袋には、『××屋窯出《かまだ》しクッキー』と印刷されたシールが貼《は》られている。対象者は、床に落としたままの梱包材はそっちのけで、台所の水切りかごから大皿を持ってきて、袋の中のクッキーを形ごとに並べて積み上げ始める。ものすごくうれしそうだ。クッキーの形は、四角いものや丸いもの、葉っぱ状のものなど五種類あって、一つだけ茶色い色をしている。チョコレート味なのだろう。対象者は、それだけ他のクッキーと少し離れたところに積み上げる。そして一枚食べる。

幸せな右側のモニターの対象者に対して、左側のモニターの対象者は、相変わらず腕組みをしてパソコンの画面を眺めている。いったん、がくんと首が垂れ下がったのち、はっと身を起こしたので、居眠りをしていたのだろう。座ったままの居眠りはややめろまぎらわしいっ、と私は呟《つぶや》く。基本的には、早送りをしてはいけないということを仰《おお》せつかっているこの仕事だが、例外的に、対象者が眠っている時は早送りをしていいのだ。だからさっきの状況は、少し飛ばしてよかったわけだ。しかし、起きている時と同じ体勢で眠られたら、いつから寝たかがわからなくなって、飛ばせるところも飛ばせなくなってしまう。やめていただきたい。

私が悪態をついたせいか、隣のブースで仕事をしている大泉《おおいずみ》さんが、大丈夫ですか、とパーティション越しに覗《のぞ》き込んで声をかけてくれる。私は、まあ、まあまあ、とあいまいに応じて首を振る。大泉さんは、じゃあ帰りますんで、お疲れ様です、とマフラーを巻いて、やや憔悴《しょうすい》した面持ちで部屋を出ていく。主婦であるという大泉さんは、小学校から帰ってきた娘を塾へと送り出した後、この仕事をしにやってくる。そして、娘が塾から帰ってくる頃合いになると帰っていく。

私は、テキストエディタに、『20：35　宅配業者から25㎝四方程度の段ボール箱を受け取る。中身は梱包材（プチプチ）と菓子』と書き込んだのち、溜《た》め息をついてデスクの引き出しを開けて目薬を取り出す。この仕事に採用されてから、それまであまり必要としていなかった目薬をよく注《さ》すようになり、そしてそれはちょっと高価な目薬を購入する習慣になり、今はワゴンセールの１９８円のやつを大量購入している。ありがたいことに、目薬代は経費として請求できる（一週間あたり千円が上限だが）。しかし、食事代は自分持ちだ。最近は、焼きそばパンと目薬では目薬のほうが安いんだな、ということをよく考えるようになった。でも、この仕事を辞する時には、目薬の注しすぎでドライアイになっているかもしれず、そうなった際のコストも併せて考えると、長い目で見たら実は焼きそばパンのほうが安価である可能性がある。とはいえ、焼きそばパンの添加物が、私の体にドライアイ以上の深刻な影響を及ぼすことも否定できず、どちらが安いかの真相は藪《やぶ》の中である……。

いかにも暇な人が考えることを考えている。そうだ私は暇だ。この仕事は暇なのだ。残業は長いけれども暇だ。在宅で仕事をしている一人暮らしの小説家の生活を監視することほど、この世に暇で長い仕事はあるのかと思う。

目薬を注しても、あまり気は晴れなかったので、私は左右のモニターの映像を一時停止して、のろのろと席を立つ。監視は同時ではなく、前日までに録画したものを確認するので、好きな時にやめて好きな時に再開できる。ただ、対象者の在宅時の映像は、すべて確認しなければならない。見張っている相手が家にいればいるほど、私の仕事量が増えるのである。明け方の六時に寝て、昼の二時に起きる対象者は、そここ寝ているものの、家にいる時間がかなり長い。私は原則としてその様子を一倍速で確認しなければならないので、一日のほとんどを、このブースで過ごしている。慣れてきたら二日分を同時にチェックしてもよいといっても、在宅で仕事をしている人間が家で過ごす時間は膨大である。私の自宅は、この職場の目の前なので、通勤には苦労しないけれども、帰れないのなら近くても遠くても同じことだ。職場ではほとんど人と接点がないので、身支度に気を遣わなくてすむのはありがたかったが。寝巻きの上に上着を羽織っただけで出勤したこともあったし、余裕があるときはごはんを食べに帰ったりもする。

家からできるだけ近いところで、一日スキンケア用品のコラーゲンの抽出を見守るような仕事はありますかね？　と相談員さんに条件を出してみた。だめもとだった。前職は燃え尽き症候群のような状態になってやめ、心身を休めるために実家に帰っていた。その後、失業保険が切れたので、消耗しきって仕事を辞したとはいえ、いつまでもぶらぶらしているわけにもいかないと思い、とりあえず職探しを始めたのだが、正直、働きたいのか働きたくないのかわからないような状態だったので、前述のようなふざけたことを言ってしまった。怒られるだろう、と思った。しかし、初老の相談員の女性は、「あなたにぴったりな仕事があります」と、その柔和な物腰にそぐわない感じで、キラリとメガネを光らせたのだった。それで紹介されたのがこの仕事だった。確かに、私の希望通りの仕事ではあったが、コラーゲン抽出を見張る人にも苦労はあるように、この仕事もそれなりにつらい。

私が担当している山本山江《やまもとやまえ》という人物は、小説を書くことを生業《なりわい》にしていて、知人からそれとは知らずに密輸品の『何か』を預かっているらしい。ブツはわりとやばいものなのだそうだが、私みたいな下っ端《ぱ》は教えてもらえない。ブツの隠し場所は、山本山江が膨大に所持しているＢＤかＤＶＤのケースの中のどこかだということはわかっているものの、あまりにも量が多いので、山本山江の外出時におこなった非公式なガサ入れの際に、ブツを見つけることができず、代わりにカメラを仕掛けて、知人が受け取りに来るのを見張っているとのことである。もしくは、山本山江自身が、奇跡的にディスクの整理をしようと試みてブツを発見するのを待っている。山本山江は、ディスクを持ちすぎており、一枚ぐらい借りたものが紛れ込んでいても、もはや見分けがついていない可能性があるらしい。ブツを預けた側からすると、山本山江が何も知らずに保管していることによって、今のところは見つからずにすんでいるので、更に何かを預けようとするのではないかという見方もある、と私に仕事の指示を出す染《そめ》谷《や》チーフが言っていた。宅配便に神経を尖《とが》らせなければいけないのはそのためだ。

当初、この職場にとって、どこから見ても無害そうな山本山江をチェックすることは、かなりイージーな仕事であると見做《みな》されていたが、思ったより山本山江が家にいて、よく宅配便を受け取ったり、ディスクを観《み》ることにおいては予測もつかない行動をとったりするので（『トイ・ストーリー3』を観ていたと思ったら、2006年W杯ドイツ大会の三位決定戦を観始めたりする）、私以外にも、染谷チーフが分担してくれることもある。染谷チーフは、穏やかな口調で話す五十がらみの小柄な男性なのだが、どんな深い時間に仕事をしていても常に職場で姿を見かけるし、たまに給湯室で梅昆布茶の入った湯呑みを手にすべての動作を停止していることがあるので、あまり仕事を手伝ってもらうべきではないと考えている。この道三十年のベテランである染谷チーフは、山本山江なんか比べものにならないぐらいの大物を監視しているそうだし、その仕事を邪魔すべきでないというのも、私が手伝ってもらってはいけないと思う理由の一つである。また、ブツの発見、もしくは、ブツを預けに来る知人が訪ねてきたシーンを押さえたら、その監視者にはすごいボーナスが出るという噂《うわさ》も、実《まこと》しやかにささやかれている。お金は大事だ。またいつ働くことに燃え尽きるかわからないし。

妙に蛍光灯が明るい、掃除の行き届いた無機質な廊下を歩いて、突き当りの階段を降り、地下の売店へと向かう。建物自体に地階があるわけではなく、小さな売店だけが陥没したように地下に存在している。文字通り、昼も夜もなく監視映像をチェックすることだけが唯一《ゆいいつ》の目的であるこの職場の建物の内部は、夜中でも煌々《こうこう》と電気が点《つ》けられている。それも、市販の蛍光灯ではなく、白夜のある地域の夜が長い時期に使用する類《たぐい》の照明器具らしく、この建物の中にいると、昼夜の感覚がなくなってゆくのを感じる。

しかし、六畳のスペースもないような地下の売店だけは、昼でも妙に薄暗い。この建物には、売店とそれ以外の場所だけが存在しているように思える。私は、どちらかというとこの売店の売り子の仕事のほうをやりたい、と密《ひそ》かに思いながら、焼きそばパンとマテ茶をカウンターに置く。焼きそばパンはともかくとして、マテ茶は葉っぱさえ入手すれば自分で淹《い》れることができるのに、ペットボトルで買うのは敗北感があるので、「ください」という声もついどんよりしてしまう。売店のおねえちゃんは、290円です、と木曜の午後九時だというのにわりとはきはきとした口調で言ってくれる。おねえちゃんは、いつ行っても同じ人だ。この人も、染谷チーフと同じように自宅に帰っているのかは疑わしい。

消費期限だけが印刷された透明な袋に入った焼きそばパンと、マテ茶のペットボトルを剝《む》き出しで両手に持って、持ち場へと戻る。売店のパンは、すべてどこのメーカーのものともつかない透明な袋に入っていて、どれもけっこうおいしい。こういう売店だけに卸している業者とかもあるのかもしれない。

あと二時間、映像をチェックしたら家に帰ろうと思う。そしてマテ茶の葉っぱをネット通販で注文するつもりだ。どうせ買いに行く時間はない。しかし、ずっとこの建物にいるので、自宅で受け取りができるのかも定かではない。発送先はここにするのか。染谷チーフに訊《き》かなければならない。

＊

「それはちょっと、許可はできないね。人手が足りないし」

染谷チーフは、報告書の上に置いた定規を上下にずらしながら、首を捻《ひね》った。一文一文見落としがないように、文章の下に定規をあてるのである。私も前職で文章量の多い書類を確認する時はそうやっていた。この人はそんなに報告書を細かく見るのか、と思うと、日々少ししか書かないことを後悔するのだが、山本山江は本当に動かない人なので、仕方がない。

「荷物の受け取りは私がしますんで。ご迷惑はおかけしませんので」

「君一人だったらそれでいいんだけども、一度それをやってしまうと、他の人にも通販を許可しないといけないし、君が完全に通販物の整理係にされてしまうからね」

それも無給で、と染谷チーフは付け加える。

「いいです、新入りだしそのぐらいやります」

「でも君、皆が通販をすると言い出したら、五十人以上の分の通販物を仕分けることになるんだよ？　仕事に支障が出るね」

「この職場、五十人もいるんすか」

確かに、地上四階でそのぐらいの人間が働いていてもおかしくないぐらいの大きさの建物ではあるけれども、普段顔を合わせるのが染谷チーフと大泉さんと売店のおねえちゃんしかいないので、想像できない。

「いるよ」染谷チーフはうなずいて、報告書を見遣《みや》り、また私の顔を見て、静かに言う。「じゃあ、申し訳ないけど、この建物では通販はできませんということで」

染谷チーフは、咳《せき》をしながら報告書の確認に戻る。私は、それ以上は強く言えずに、チーフ監視室を出る。この建物には、おのおのが集中するためか、大きなフロアというものがなくて、壁やパーティションで六畳ぐらいの小部屋に無数に仕切られている。職位が上がり、監視対象が大物になってくるにつれ、より広い部屋が与えられるようになるそうなのだが、まだ入社二週間目で、試用期間中の私は、パートの大泉さんと部屋を共用している。

誰もいない明るい廊下を通って、部屋へと戻る。鬱屈《うっくつ》とする。モニターを再生させると、一仕事終えた様子の山本山江は、ノートパソコンの向こうに置いてあるテレビとレコーダーの電源を入れて、録画した番組を選び始める。『NCIS～ネイビー犯罪捜査班』を再生する。女性の捜査官がモサドの女の子じゃないほうの人なので、たぶんシーズン1か2である。私は、モサドの女の子に代わってからしか知らないので、目を凝らしてテレビの映像を眺めようとするのだが、音声がないので何が起こっているかわからない。山本山江の自宅に潜入した人は、マイクも仕掛けたつもりだったらしいのだが、機材が壊れていたそうだ。

職場で通販はできないわ、NCISのシーズン1か2かはわからないわでさんざんな私を差し置いて、山本山江はリモコンでレコーダーを一時停止し、玄関へと走っていく。クッキーの時とは違って、今度はすぐに紙袋を持って仕事机に戻ってきて、小さな四角い箱を取り出してしげしげ眺め始める。箱には「マテ」という大きなシールが貼られている。自分がひとりでに、くーっと歯嚙《はが》みし、眉間《みけん》にしわを寄せて目を固くつむり、いわゆる苦々しい顔つきになるのがわかる。よりによって私の欲しいものを手に入れやがって、そのマテ茶を私に寄越しなさい！と、電話をかけて言いたくなる。山本山江の電話番号はわからないのだが。

山本山江は、マテ茶の箱を回しながら、そこに印刷されている活字をくまなく読む。マテ茶を持つサルって感じだ。初めて手にしたのかもしれない。山本山江は、一通り箱に書かれていることを読むと、少し遠くに持ってみて箱を眺める。そんなことをしたってお茶が入るわけでも中身が増えるわけでもないだろう。

山本山江の様子に、いちいちマイナスなつっこみを入れながら、しかし、その中に新たなブツが入っている可能性もあるのか、と私は改めて思い出し、目を細めて観察する。山本山江は、いったん箱をデスクにおろし、パソコンのＷｉ－ＦｉをＯＮにして、ブラウザを立ち上げる。そしてトップページのサーチエンジンに『マテ茶』と入力する。仕事をしろ、と思う。山本山江は、マテ茶について記述されているサイトを次々に開いて、首を傾《かし》げたり、身を乗り出したり、ページを保存したりする。おそらく私が監視している事項とは関係ないと思われるが、山本山江が熱心に読んでいるページを拡大してみると、ウルグアイ人が一か月に２キロ以上マテ茶を消費する、という記述があって、おお、と私のほうが感嘆する。飲みすぎである。

それから山本山江は、約一時間にわたって、マテ茶について検索し続けた。私は、そんなことしてるから仕事が進まないんだよ、と思いながら、自分を省みる。私もまた、帰宅してからの貴重な時間を、えんえんとどうでもいい検索に費やすことがある。モニターの横に置いてあるブロックメモを引き寄せて、『対象者をアホだと思うのなら、自分も時間の無駄遣いはしないこと』と書きつけ、私は用紙をポケットに入れる。

山本山江自身に関しては、その職業を考えると、一時間かけてマテ茶知識を仕入れることが一概に時間の無駄とは言えなかった。山本山江がどの程度の小説家なのかは知らないのだが、日々記していることを拡大して確認すると、ほぼ毎日違った主題について書いている印象がある。昨日はおいしい洋食のお店について書いていたと思ったら、今日は植民地主義について書いている。辞書を開いて調べる言葉も、「コロケーション」だったり「素封家」だったり、まちまちである。ただ一つ言えることは、山本山江には一切、自分が何かやばいブツを預かっているという自覚がないということだ。確かに、なかなか思うように仕事を進められていなさそうだとか、毎月の引き落としの通知を眺めてはしょんぼりしていたりだとか、パソコンの隣のメモ帳に書いてある『連絡すべき人』のリストを消すのがなかなか進まないだとか、悩みはさまざまにありそうだったが、自分の家に何かまずいものが置いてある、という不安は見せたことがない。

山本山江は、朝の六時に寝て、午後二時に起きる。一日に起きている時間は十六時間で、どこにも出勤したりしないため、在宅時間イコール起床時間と言えるような生活をしているのだが、十八時から二十時まではほぼ毎日外出する。散歩をしたり、食材を買いに行ったりしているらしい。その散歩コースと行きつけのスーパーの監視カメラをチェックしている大泉さんによると、出先で誰かに会っているというきな臭いことは一切ないらしく、ただ歩いて、何を買うかひたすら迷っているだけだという。

スーパーに一時間以上いることもざらにあるらしい。最近では、なめたけをちょっと高くて量が少ない国産のものにするか、安くて量が多い中国産のものにするかで三十分間売り場で悩んでいたのがひどかったという。瓶をかごに入れたり棚に戻したり、あまりに逡巡《しゅんじゅん》するので、「恵んであげようかしら」とすら大泉さんは思ったそうだ。聞くところによると、大泉さんだってそんなに暮らし向きが豊かとは言えないのに。ちなみに、大泉さんがこの仕事をしているのは、子供の塾の学費を捻出《ねんしゅつ》するためである。今まで、七つのパートを首になったが、この仕事だけは続けられている、と大泉さんは言う。

七つって逆にすごいな、とぼんやり考えながらモニターを見ていると、大泉さんが、お疲れ様です、とあいさつしてくれる声が背後から聞こえる。私は、あ、お疲れ様です、と椅子を回して、大泉さんが首になったパートについて訊く代わりに、この職場って個人の郵送物の受け取りができないんですね、知りませんでした、とさも前の職場ではそれができたように、そしてやむをえない書類でも受け取りたいかのように言うと、大泉さんは、通販でもしたいんですか？　と単刀直入に戻してくる。

「ああ、まあ、そうですね」

「前にこの部屋で働いてた人も、アニメのＤＶＤを通販したいんだけど、職場にいる時間が長すぎて受け取りができないって言ってましたんで」

「どうしたんですかその人は？」

「今は休暇を取ってます。そのうち帰って来るでしょう」大泉さんはそう言いながら、壁の時計に視線をやる。「でも、DVDだから駄目だったってのもあります。隣の部屋の人は、北海道からチーズケーキをお取り寄せして、食べながら仕事してたこともありましたし、染谷チーフは蛍光のインクを万年筆に入れて使ってるでしょ」

「え、通販はできないんですよね？」

「売店で、おねえさんに頼むんですよ」大泉さんは、早く帰りたそうに、ちらりと掛け時計を振り返る。「ただし、一つの品目につき一銘柄で、おねえさんが必要と判断したものだけです」

じゃまたあした、と大泉さんは片手を挙げて、そそくさと部屋を出て行く。親切なのかそっけないのかわからない人なのだけれども、元は親切なものの、相手が自分の行動の弊害になりそうだとそっけなくなるというだけのことだろう。普通だ。

私は、モニターの映像を停め、訝《いぶか》しく思いながら部屋を出て、売店へと急ぐ。大泉さんが帰る時間なので、そろそろ食事をしなければというのもある。売店は、昨日とも今日の昼とも変わらず薄暗い。ただ、いつも以上によくよく見ると、文具の一角には蛍光グリーンのインクがあるし、ストッキングと紳士用靴下の隣には、『チーズケーキ消費期限間近のため五割引』という文言の紙が吊《つ》るされている。鉛筆はすべて、プラネタリウムのおみやげのような星座えんぴつだし、ティッシュは鼻に優しいとうふれこみのもの、BD‐REは五十枚スピンドル、シャープペンシルの芯《しん》は2Bのみ、祝儀袋《しゅうぎぶくろ》と香典袋は、水引が印刷されてるものではなくて、ちゃんと紐《ひも》が幾重にも巻かれている高価なものしかない。そして売り場の片隅には、『ココロをほぐす瞑想《めいそう》』という新書がひっそりと十冊ほど積み上げられている。さすがに、パンやおにぎりや飲み物は、何種類か取り揃《そろ》えているのだが、それ以外のものはどうも、一品目につき一銘柄のようだ。

「本とか売ってるんですね」

「ハイ。それを売り切りましたら、また新しいタイトルを仕入れます」

おねえちゃんはハキハキと答える。好感は持てる。でもその下には何か、とんでもない頑《かたく》なさが潜んでいるのではないかと思わせる。

「マテ茶を仕入れていただきたいんですが。出来上がってるやつじゃなくて葉っぱの」

「わかりました」おねえちゃんは、素早くタブレットを取り出し、通販比較サイトを開く。「どれにいたしましょうか？」

私は、いろいろ迷ったあげく、ずらずらと並んだリストから三番目に安いものを選ぶ。おねえちゃんは、タブレットを下敷きにしてメモを取り、それでは上に問い合わせます、と言う。

「あ、おねえさんの独断ではだめなんですか」

「そうなんですよー、申し訳ないですけど！」

私は、そうですか、はあ、そうですか、と妙に感心しながら売店を後にしようとして、いや、せっかく来たんだしなんか買っていったほうがいいだろうと思い直して、あんことマーガリンのパンとマテ茶を買った。３００円です！　と言われて３００円を払いながら、あんマーガリン１５０円もするのか、と納得のいかない思いに駆られる。

もしかして、ここの売店はかなり営利を重視しているのかも、と疑いながら、地下からの階段を上がる。自分の席で食べたパンは、やはりおいしかった。ちょっと高いだけある。モニターの中の山本山江は、左右ともにいつも以上に調子が悪いようで、ずっと事務椅子をリクライニングさせたまま、ノートパソコンを眺めている。一時間に一行ぐらいしか書いていない。パンがおいしかったので気を取り直した私は、他人の事ながら少し心配になった。

＊

家には帰れないわ座りっぱなしだわ退屈だわと、悪いところを挙げればきりがないこの仕事ではあったが、もちろんいくつか良い点もあった。同僚と話すのは最低限でいいこと、上司も染谷チーフ一人だけがいて、他の職員は全員横並びであるため、人間関係が単純であること、その染谷チーフも、威圧感がまったくなく、監視を真面目《まじめ》にこなして報告書をちゃんと書いてさえいれば、ほとんど何も注意してこないこと、など。もっとも、染谷チーフに関しては、チーフ監視室での疲れ果てた様子や、給湯室に置いてある梅昆布茶の缶が三日に一回未開封の新品に入れ替わっていることを考えると、怒る気力がないだけなのかもしれない。悪いとは思いつつも、私も少し拝借して飲んでみたが、常飲するのもわかるというぐらいおいしかった。ただ、あんなに飲んでいて塩分は大丈夫なのか。というか、染谷チーフが食事をしている様子がまったくないので、梅昆布茶が食事代わりなのではないか、と考えると、薄ら寒いものがある。だとしたら、染谷チーフの小柄さも納得がいくのだが、どうかそうではありませんように。

あと、前の職場では、よく昼に何を食べたいかで困っていたのだが、それがなくなった。何を口にしたらいいのかわからない時は、山本山江が食べていたものを食べればいいことに気が付いたのだった。もちろん、近所のコンビニやちょっとだけ帰る自宅では、自炊している山本山江と同じものを調達できないこともあったが、とにかく山本山江の食事は、自分が何を食べたいかのトリガーにはなってくれた。たとえば、豆腐と豚肉と白菜のキムチ鍋《なべ》を食べていたら、私もコンビニのおでんの焼き豆腐とロールキャベツを買ってそこにキムチを投入する、という具合に。

えんえんと山本山江を見張っていると、山本山江が持っている便利そうな道具などが欲しくなってくる。台所の壁に貼り付けて包丁を吸い寄せる長方形のマグネットや、ノートパソコンの間を掃除するための薄い鳥形のシリコン製の器具、すごくたくさんピンチのついた小物干しなどである。小物干しは、思い立って拡大してピンチの数を数えると、五十個あった。一人暮らしの山本山江だが、下着は当たり前としても、靴下を重ね履きしている上に毎日替えるので、いくらピンチがあっても足りないのだろう。

結局、すべてめぼしい商品を探し出して、そのページをブックマークした。しかし、通販しても夜中しか家にいないので受け取れないため、購入はまだだった。今は実家に帰っているので、両親に受け取りを頼めばいいとも思うのだけれども、家に帰っているだけでもなんだか恥ずかしいのに、通販物の受け取りまで頼むのは情けなくていやなのだ。

監視対象から商品の訴求を受けているという奇妙な状態にありながら、買えないことでストレスが溜まった。テレビ番組にたとえるなら、山本山江がCMで、しかしメインの番組も山本山江という構造といえるだろう。たまには他の人を見張りたい、とも思う。大泉さんによると、慣れてきたら職員同士で監視対象を交換するのもアリとのことだが、この仕事を始めて一か月未満のひよっこなどには百年早い取引らしい。

いい仕事だとも思えなかったが、とにかく建物でずっと過ごしていることには慣れてきた。給湯室にはレンジがあるので、今日の残業食には、近所のスーパーで買ってきたハムとチーズを、売店で売っているベーグルにはさんで温めて食べた。いつものやきそばパンでじゅうぶんにおいしいので、そんな手間のかかるものはあまり食べたいとは思わないのだが、山本山江が夜食に食べているのを見るとどうしても食べたくなったので、わざわざ作った。私にはとてもおいしかったが、山本山江は食べ慣れているのか、あまり良い顔はしていなかった。また仕事の進みが良くないのかもしれない。

この仕事をしていると、監視対象者の真似《まね》をし始めることはありませんか、と訊くと、普通にある、と大泉さんはうなずいた。

「前の前の対象者が、私より二つ年下の会社員だったんだけど、お金を持ってないなりにおしゃれな人で、彼女の買い物の様子を見てたら、小物とかこうしたらいいのか！　って思って、その通りにやってみたら、娘に、おかあさん垢抜《あかぬ》けたねって言われるようになった」

「それはそれは」

「染谷チーフもこの仕事長いけど、ときどきあるらしいですよ」

「へえ、どんなでしょ？」

「それは教えてくれませんけど……」

その後、大泉さんは、山本山江は鍋ばっかり食べているようなので、家族の夕食の参考にはならない、ということと、平行四辺形の面積の求め方を私に尋ねた。娘さんから訊かれたのだという。私が、普通に高さ×底辺ですけど……、と言うと、そうかあ、平行四辺形って日常で見かけないからなあ、と言いながら、大泉さんは帰っていった。

私は、大泉さんが帰ることができるのをうらやましく思いながら、モニターの中の仕事が進まない山本山江に視線を戻す。大泉さんはパート待遇で、私は試用期間中の契約社員である。試用期間後、適性があると見做されれば、正社員に昇格できるらしい。自分としては、給料は安くてもいいから、パートでよかった、と思う。ぴったりの仕事がある、と教えてくれた相談員さんは、パートで働くことも選べるなんてまったく教えてくれなかったので、この職場がその時に募集していたのはフルタイムの枠だけだったということなのだろう。今からパート待遇にしてくれと訴え出ることはできるのだろうか。誰に言えばいいのか。染谷チーフなのか。

山本山江は、もはや仕事を諦《あきら》めた様子で、ｗｅｂチラシを眺め始める。拡大して確認すると、この近くのスーパーの特売情報のようだ。大泉さんが監視を任されている所でもある。私は、そういえばあのスーパーは夜の十二時までやってるんだったよなあ、と思い出しながら、山本山江がスクロールさせるままにｗｅｂチラシを眺める。キッチンペーパーなどの日用品からお菓子、野菜から肉と見たところで、『直輸入ソーセージ（ヴルスト）１kg』という記述と商品写真が目に入る。白いやつだ。１kgも。『４９８円！！！！！』らしい。破格すぎる。山本山江もそう思うのか、まったくチラシのその部分から視線を外す気配がない。私は、タスクバーに表示されている時計を睨《にら》みつけて、あと二時間で帰ろう、と思う。『498円！！！！』を買う。なんとしても買ってやるのだ。

＊

次の日は、ぐったりして実家の前の職場に出社した。私としたことが、というか、私はわりとよくミスをやらかすほうではあるのだが、チラシの有効期限をちゃんと見ておくんだった。昨日私が見た「チラシを眺める山本山江」は、おとといの山本山江で、特売情報はおととい限りのものだったのだ。少し考えれば注意できることだったのだが、ソーセージに気を取られすぎていてチェックしていなかった。なので、十二時の閉店ぎりぎりにスーパーに駆け込んだのは、完全な無駄足だった。スーパーはまあ、この職場から歩いて五分ぐらいのところなので、そんなにものすごく何もかも大いに無駄だった！　という感じではないのだけれども、退社二時間前からのソーセージに対する期待値が高すぎたので、店員さんの、特売は昨日で終わりました。全部売り切れました、という言葉は本当にショックだった。なぜか私と店員さんの話に入ってきたおばはんが、あたしなんか3キロも買っちゃったわよ、冷蔵庫に入らなーい、と言い残し、オホホと笑って去っていったのには殺意を覚えた。明日、出社したくない、と思った。自宅でごろごろしながら、感傷に耽《ふけ》っていたい。もしくはおばはんに買い物かごのカートを当て逃げするか。

そんなつらい思いを抱えた夜にも、もちろん朝は来て、前職の末期の出社時と同じように、履き古した靴の裏のような表情で、私は実家の前の道路を渡り、監視の仕事に戻った。家と職場が離れすぎているのはもちろん良くないことだが、近すぎるのも良くないと思う。寝起きのどんよりした感じが、まったく抜けきらないまま出社することになってしまう。今の仕事は、朝の十時に出勤と始業が少し遅いのだが、帰るのが夜の十一時を過ぎていたら、その遅さには何の価値もなくなる。

左右のモニターに電源を入れて、端末を立ち上げ、左に最新の昨日の映像を吸い出し、右側では、おとといの買い物から帰ってきた山本山江の映像を再生する。外出から帰ってきた直後の山本山江は、いつも生き返ったように元気になっている。買い物が好きというほどは物を買わないのだが、座りっぱなしはそれだけつらいということなのだろう。私も座りっぱなしだが、時間の裁量が利《き》く山本山江と違って、昼食を買いに出るぐらいしか外に出る時間がない。体を動かすことに関しては、山本山江のほうが自由であるということだ。

左側の昨日の山本山江は、いつもと同じように、腕を組んで仕事に行き詰まっていて、右側のおとといの買い物帰りの山本山江は、そばにねぎと油揚げととろろ昆布をのっけるだけという簡素な食事をすませ、いそいそと仕事机に戻り、テレビとレコーダーの電源を入れた。途端に、漫才の特番が映し出されて、うわあ、と私は思わず呻《うめ》く。あの番組そろそろかなあと思ってたけど、今年は最近やってたのか。中途半端《はんぱ》に遅い。誰か教えてくれないと。こんな生活じゃわかるわけがない。

音声のない漫才の様子を見ていても、もどかしさしかない。私は、目を凝らして顔を歪《ゆが》めて、いったいどんなネタをやっているのか把握しようとするのだが、よくわからない。うけているのかすべっているのかも判然としない。山本山江は、テレビを指差して笑っている。ごきげんである。三組ほど見終わると、山本山江は録画の残りの時間を確認して一時停止し、キッチンへと移動した。よもやこの展開でブツが出てきたりブツを受け取ったりはしないだろうけれども、そういう決まりなので映像を切り替えると、ニコニコしながら冷蔵庫から白い棒状のものを出している。ソーセージである。私の買い損ねた。そして速やかにパックを剝《む》き、二本ほど出して、包丁で程よい長さに切る。フライパンをガス台の上に置いて、炒《いた》め始める。

くー、という、尖った空気の音が、ひとりでに私の口から漏れる。私が録画できなかった番組を見ながら、私が買えなかったソーセージを料理する対象者である。ソーセージはすぐに焼けて、山本山江はケチャップを小鉢にひりだし、その上にカレー粉を振りかけている。ソーセージをあれにつけて食べるのだ。

私はいったん、おとといの映像を一時停止して、事務椅子の肘掛《ひじかけ》に全体重を預けてがっくりと頭を垂れた。自分は不幸だと思った。いやわかっている。世界には、こんなもの屁《へ》でもないようなつらいこと、大変なことがたくさんある。それでも、この瞬間だけは不幸ゲージを最大まで上げさせて欲しい、と思う。すぐ下げるから。あさってぐらいには。

やりがいはあったが、質量ともに慢性的に仕事に裏切られているような感じに耐えられず前職を辞め、実家に帰って、失業保険が切れた。しかし、生活を覗かれるよりはましだよなあ、とどこかで思いながら、私は山本山江を監視していた。なのに、そんなことはないということを思い知らされたのだった。

私は、まだ再生されている左側のモニターの映像も一時停止して、冬眠していた熊《くま》が穴から出てくるようなイメージで席を立ち上がる。そして、とぼとぼと部屋を出て、売店へと向かう。何かこう、サワーな飲み物が欲しかった。梅と黒酢の炭酸ドリンクなどが理想的だが、はたしてそんなものはあるのか。

とにかく、黙りこくっているとついでに息をすることを忘れてしまいそうなので、息継ぎをするかのように売店のおねえちゃんに切々とそのようなことを訴えると、あ、じゃあ作りますよ、とおねえちゃんは朗らかに言って、少しの間店の奥に引っ込んでいった。微《かす》かに、何が出てくるのか怖い、と自分の常識が身を竦《すく》めたが、山本山江にあそこまでやられては、もうどうなっても大したダメージなどないように思える。

おねえちゃんは、自動販売機のSサイズぐらいの紙コップを持って出てきて、どうぞ、と私に渡してきた。シュワシュワと無数の泡がはじける深い金色の飲み物は、確かに相談内容と同じようだ。梅の香りもちゃんとする。

「おいくらですか」

「えーと、400円です」

高い。「えーと」って、今値段を決めただろう。しかし、口をつけてみるとやはりすごい回復力を発揮しそうではあるので、私は紙コップを売り場の空いたところに置いて財布を取り出し、きっちり400円を払う。そこにもともと何があったのか思い出そうとするけれども、思い出せないまま、私はおねえちゃんが作ってくれたドリンクを半分ほど飲む。酢と炭酸と甘みである。これはほとんどドーピングだ。

「瞑想の本が売り切れましたので、新しい本を募集中です」

おねえちゃんは、空いた売り場を手で示しながら、ハキハキと言う。

「バーンアウトで前職を辞めてから、字がまともに読めないんで」

誇張しているようだが、半ば本当のことだ。一日に、A4の紙一枚以上の文章を読むと、虚脱感で使い物にならなくなる。そのくせ目が冴《さ》えるので、すごく面倒なことになる。

「早い者勝ちですよ」

おねえちゃんはたぶん、私の話を聞いていない。無力感にさいなまれながら、考えておきます、とその場を立ち去る。おねえちゃんは、私のそんな気持ちなどもちろん意に介さず、よろしくお願いしますね！　と声をかけてくれる。親しみはこもっているので、何か安堵《あんど》させるものはあるのだが、マテ茶はまだ入荷してくれないし、梅酢ドリンクの値段もその場で決める人だ。

結局、席に戻る前にドリンクを飲み終わった。ある程度元気は出たものの、また自分より幸せな山本山江漬けの監視に戻る。いっそのこと、新婚さんとか、生まれたばかりの子供がいるとか、宝くじが当たったとか、とにかく自分の状況とはかけ離れて幸せな家を見張るほうがいいのかもしれない、と思う。日本人でなければもっといい。新婚のイヌイットとか、子供が生まれたばかりのパタゴニアの一家の監視などが望ましいのだが、残念ながら、この職場で見張っているのは、大抵日本国内、それもこの職場から決して遠くはない半径の中に在住している人々である。

仕事を愛してはいたが職務に敗れて実家に帰った私と、そこそこのフリーランス稼《か》業《ぎょう》で孤独に仕事をする山本山江では、先に挙げた人々よりは近い立ち位置にいるような感じがする。だから、山本山江が生活の中でOKを出す物事の良さが、無駄に理解できてしまうため、つらくなるのではないか。

左のモニターの山本山江は、依然パソコンの前で陰鬱そうにしていて、右側のソーセージを食べながらお笑い番組を観て楽しそうな山本山江も、やがては仕事に戻らなくてはならなくなり、ほぼ左側と見分けがつかない状態になった。一瞬同情しそうになるのだが、それでも、右の山本山江は少なくとも、ソーセージを腹に納めている。

私は首を振った。

＊

『まちおは、残業の疲れをかなぐり捨てるように、ビールを飲み干した。中ジョッキを、三度口をつけるだけで飲み干す勢いで、我ながら疲れすぎ、と串揚《くしあげ》屋の片隅で、一人自嘲《じちょう》する。そんなまちおの腹などいざ知らず、串揚屋の若い女の店員は、淡々と注文をとり、仏頂面《ぶっちょうづら》で揚げ物を続ける。ほとんど茶封筒の色ぐらいの薄さまで脱色された前髪が、三角巾《さんかくきん》の端から少しだけ覗いている。今日はエリンギのベーコン巻きと、銀杏《ぎんなん》と、うずらにしよう、とまちおは思う』

　違うだろ、と私は思う。まちおは、前の前の章で、銀杏の食べすぎで倒れて、土日を全部潰《つぶ》しただろう。小説の中の時間の流れでは、たぶん先週末の出来事だったので、そんなに短いスパンでまちおが銀杏の災難を忘れるとは思えない。あと、まちおは会社を出る時に、今日はいつもより早かったな、とか思ってたじゃないか。それで「かなぐり捨てる」ほどの疲れを負うとはちょっと考えられない。だから、「残業の」じゃなくて「連日の業務の」とかにしたほうが良くないか？

　私は、山本山江のパソコンのモニターからズームアウトして、しばし首を傾げる。つじつまの合わないことを書いている山本山江自身は、いつもより調子が良さそうで、それなりに順調な様子で執筆しているので、私のつっこみなどは余計なお世話なのだろう。それにしても、作家ってこんなにいいかげんなもんなんだろうか。それとも、書ける時に書けることをざっと書いて、後から丹念に修正するものなのだろうか。しかし山本山江の小説の中のまちおは、自分の隣の女が銀杏の串ばっかり四本も皿にのせていることに注目している。この銀杏推《お》しの展開だと、銀杏の食べすぎで倒れた前の前の章に手入れが必要だろう。銀杏じゃなくて牡蠣《かき》にするとか。

私は、山本山江に、牡蠣をおすすめしたくて仕方がなくなったけれども、対象者の連絡先は監視者には知らされない決まりになっている。監視者は、監視目的に関すること以外では、いついかなる場合でも、対象者にはたらきかけてはならない。あやしい場合は染谷チーフにまず連絡するのだが、染谷チーフも案件を上にあげるだけで、対象者の住所も電話番号も知らされていないそうだ。ある時、対象者がディズニーシーへ家族旅行に出かけた直後、テレビの裏側でごく小さい漏電が起こっていることがこの職場で発見された際は、染谷チーフに報告があった十五分後、消防士と電気工事員が極秘に対象者の自宅に駆けつけ、事なきを得たという。自宅があわや火事になりかけたことを、対象者は今も知らずに暮らしている。

俺だって、ざまあみろリア充燃えろと思わなかったわけじゃなかったけどさ、と、給湯室で今日知り合った鉄さんという人は言っていた。「鉄」がなんと読むかはわからないので、ひとまずはアニメさんと呼ぶことにする。売店の愚痴から始まり、私がマテ茶のことを話すと、自分もアニメのＤＶＤを入荷してもらえないから、と言っていたので。

「三人の子持ちの男を見張ってたんだけど、子供とか嫁さんに対して、なんていうか横柄《おうへい》なやつでさ。子供に、早く食えやボケがとか平気で言うんだよな。俺なら絶対そんなこと言わないんだけどな、と思うんだけど、俺自身は結婚できてないし、ていうかあてもないし、その上こんな地味な仕事してるし、なんか悩むよ」

ふくよかメガネで、私より五歳ぐらい若そうなアニメさんに、何のアニメのDVDを売店のおねえちゃんに頼んだのか訊くと、一本は『ダーククリスタル』で、もう一本はたぶん知らないから言わない、と告げられた。教えられたやつでさえ私は知らないので、言っても言わなくても同じだと思うのだが。

この仕事に就いて一年半というアニメさんによると、大抵は同じぐらいの年齢の同じ性別の人を割り当てられるのだが、クラスに合うやつも合わないやつもいたように、見張るのが苦痛な相手もいるという。それこそ、漏電を報告した対象者のことは大嫌いで、毎日出勤するのがつらかったそうだ。そういうミスマッチはよくあるらしく、あまりに合わない対象者を見張るように言われると、交渉をすることができるように組合ができたので、正社員になった暁には入ると良い、とアドバイスされた。

ソーセージの話をアニメさんにすると、そんなの序の口だとアニメさんは妙に胸を張った。ここだけの話だが、とアニメさんは前置きして、ずっと見張っていると、カメラの前で事に及んだ夫婦もいたし、見ているのが申し訳なくなるような修羅場もいくつか目撃したという。ただの痴話げんかならいいけど、お金とか親権とか介護とかが絡《から》んでるのはつらいね、とアニメさんは目を伏せて、紙コップに残っていたリアルゴールドの残りを飲み干した。私は、山本山江の変化のない日常に感謝すると同時に、この仕事を続けることのリスクを感じた。

まだ話したそうなアニメさんに、すみません、お名前の漢字はなんとお読みすれば、と尋ね、「まさかり」であるということが判明し、その部分だけはすっきりして仕事に戻ったものの、山本山江の仕事に関する誤りが気になって気になって、なかなか集中する気になれなかった。ただ対象に動きがあるか見張るだけなので、集中力など必要としない仕事であるとはいえ。間違ったまま快調に仕事をしているのが、なんだか腹立たしいんだか微笑《ほほえ》ましいんだかざまあみろという感じなんだか、よくわからなかった。

山本山江はここ一週間ぐらいは継続して、小説のようなものを書いている。ずっとというわけではなく、時間帯が違えば、違う物事についても書く。小説家というよりは、文章に関する何でも屋のような印象を受けるのだが、前述の通り私は、一日にA4の紙一枚分以上の文章を読めない人間になってしまったので、詳しいところはわからない。

左側のモニターでは、山本山江が腕を組んでうとうとし始めたので、私は恐る恐る早送りにする。ずっと見張っていると、さすがに目をつむって休んでいるだけなのか、本当に眠っているのかわかるようになってきた。山本山江は、休んでいる時は左に休を傾けるけれども、眠っている時は右側に頭を垂れる。もう片方のモニターでは、少し仕事に行き詰まったのか、立ち上がってキッチンの方へと向かう。お茶を淹れるようだ。

給湯室から戻ってきて三十分も経《た》っていなかったけれども、自分も売店に行こうかなどと考えながらそわそわしていると、大泉さんが出勤してきた。パンパンの買い物袋をぶら下げ、しきりに寒い寒いと言っている。大泉さんは、よくパートに来る前に買い物に寄ってくるのだが、肉や魚などの生ものはどうしてらっしゃるんですか？と訊くと、給湯室の冷蔵庫にしまわせてもらってますよ、と答えていた。

「売店にね、本が入ってたんですよ」

そう大泉さんが言いながらうしろを通り過ぎていったので、どんな本でしょう？と振り返って尋ねたのだが、大泉さんは床に置いた買い物袋をごそごそやって、あれ？　あれ？　などと首をかしげている。私は、自分の声が聞こえなかったのだろうと判断して仕事に戻る。

しばらくしてから、あ、あった！ と大きな声が聞こえて、どんどんとパーティションを叩《たた》かれる。立ち上がって大泉さんのほうを覗き込むと、これこれ、と薄い文庫本を私に見せてくる。

「娘にね、お母さんは漢字知らなすぎって言われたから、小説でも読もうと思って。でも、小説家の名前なんか一人も知らないし、売店でこれ買っちゃった」

本のタイトルは『ダンス・ウィズ・ヒヒ』という。著者は山本山江だ。違法動物園からヒヒを貰《もら》い受けた主人公が、郵送物の対応や電気水道の振込み、洗濯物の取り込みなどをヒヒに任せているうちに、その生活を少しずつヒヒに乗っ取られていくという話らしい。「ヒヒの献身は本物なのか戦略なのか？」とあらすじ紹介の最後にあるけれども、知らんわ、と私は思う。ていうか、今度はこの本を売ることに決めたのか、売店。誰がリクエストしたんだ。

漢字の勉強なら、他にいくらでもいい本はあるだろう、と思いつつ、それは言わずに大泉さんに本を返しながら、他にご存じの作家を誰か思い出せませんか？ と訊いてみると、大泉さんは、えーっと、夏目漱石？ と言いながら『ダンス・ウィズ・ヒヒ』を受け取った。

しばらくすると、ヒヒかわいいー、という声がパーティション越しに聞こえてくる。大泉さんは、スーパーで買い物をする山本山江の行動をチェックしながら、山本山江の本を読んでいるのである。なんというか、対象者の作品に触れてはならないというきまりもないとはいえ、私なら違和感で身が縮まりそうなのだが、大泉さんは何とも思わないらしい。

左側のモニターの中の山本山江が、ぶるっと震えて目を覚ます。そして二分ほど頭を抱えたのち、ぼつぼつとキーボードを叩き始める。起き抜けに何か書けるんだ、と拡大してみると、「仕事したくない」と打ち込んであった。まあな、と思う。隣からは、またごそごそと袋の中を探るような音が聞こえる。やがて大泉さんが、ヨーグルトの容器を手に、小走りに部屋を出て行った。

＊

その後、私はますます山本山江の購買事情に訴求されるようになり、もはや自ら欲しいものをチェックすることもなくなってしまった。いや、もともと大した物欲もなかったし、山本山江もそんなに買い物をするわけではないのだが、あまりお金を持ってもいなさそうなため、持ち物の一つ一つをかなり考えて買っているようで、買い物の参考にはなった。座りっぱなしの職業に就いている人間の膝下《ひざした》の血流の動きを促すサポーターや、インクの乾きが早くなったという直液式のペンも、両方売店で売られていたので買った。あるアメリカの刑事ドラマのシーズン10の製作が決定したことも、山本山江のネットニュースのチェックで知ったし、山本山江が好きなのか、録画した試合のマルアン・フェライニのゴールを繰り返し観ていた時は、自分も一緒に楽しんだ。

だんだん、自分が山本山江と生活をともにしているような気分になってきていた。喜怒哀楽、というとバリエーションが過ぎるのだが、「喜」「楽」ぐらいは共有しているような感じがする。「哀」は惜しいのだが、どちらかというと「怠」に近い。雨が降ると、山本山江はやたら眠くなるようで、しょっちゅう椅子《いす》に座ったまま寝ているのだが、私も居眠りをするようになってしまった。対象者が眠っている時は、早送りをして時間を稼ぐことができるチャンスなのに、私もまだだなと思う。『ダンス・ウィズ・ヒヒ』の進捗《しんちょく》状況については、毎日大泉さんが教えてくれるのだが、一日に2ページぐらいしか進んでいないようだ。娘さんが先に読んでしまったらしい。おもしろかった？　と訊《き》くと、ふつう、と娘さんは答えたという。

しかし、仕事への慣れとはこういうものなのか、べつにあと一年ぐらいこいつを見張ることになっても大丈夫なんじゃないか、と思い始めた矢先に、山本山江は不審な行動を取り始めた。カメラの方を妙に見るようになってきたのだ。仕事机の周辺では、斜め後ろの納戸《なんど》、キッチンでは、流しの上の収納にカメラを仕掛けているのだが、最近、仕事をしている途中にやたら振り向く動作をするし、料理をしている時も、上を見たりする。特に、仕事をしている最中の背後が気になる様子だ。

生活をともにしているようだ、と言っても、モニター越しに目が合うのは、なんだか不気味だ。見張られていることに気が付いたのだろうか？　それにしては、カメラを探す様子も見せないし、ただ、漫然と警戒する気分になっているように見える。誰かに何か吹き込まれたのだろうか？　しかし、私の調べでは、業務に関する事項や友人とのくだらない与太話以外、山本山江は外部と連絡を取っている様子はない。訪ねてくる人間も、宅配の人しかいない。電話もかかってこない。携帯メールを使って、友人と食事の約束をしたりはするものの、どの予定も今から一か月以上先である。

私は、熱心に仕事をしていたかと思うと、突然後ろを振り向く山本山江の行動に、少しずつ恐怖のようなものを感じるようになってきていた。本当は、山本山江は見張られていることを知った上でいろいろと行動していて、今は、知っているぞ、とアピールする時期にきているということなのだろうか。

まず、隣で働いている大泉さんに意見を聞いてみると、首が凝ってるんじゃないでしょうか？　というあっさりした答えが返ってきた。娘さんは「ふつう」と言ったが、山本山江著の『ダンス・ウィズ・ヒヒ』は、大泉さんにとっては相当おもしろいらしく、作者を見るために出勤するのが楽しみになってきた、という。私は、首が凝っているという可能性も否定できないが、とは考えたものの、もちろん心配は拭《ぬぐ》えず、次は染谷チーフに相談してみた。

「あれかな？　先週の木曜にあった民放の怖い話特集で、一回振り返るごとに30センチずつ近寄ってくる、鎌《かま》を持った中年男の霊の話をしていたからかな？」

染谷チーフは、グリーンの蛍光インクで誰かの報告書にマーキングをしながら、事もなげに言った。私も、山本山江が熱心にその番組を観《み》ていたことは知っていて、報告書にも一般的な行動として記したけれども、大して気にも留めなかった。

「どういうもんなんですかその幽霊は？」

「妻の浮気を疑って、一家全員を手にかけちゃって、自分も自殺したんだけども、浮気は勘違いだったんだよね。それを後悔していて、一人でも不幸な道連れを増やそうと生きた人間を狙《ねら》ってるらしいよ」

「勝手すぎませんかそれ」

「まあね。でも幽霊の考えることだから」

少しずつ近寄ってくるのは、普通に、じわじわと恐怖を与えて人を長く苦しめるためだという。悪意以外の何ものでもないが、霊能者によると、「修正不可能な思い込み」らしく、どうにもできないそうだ。染谷チーフは、番組自体は観ていないが、私の報告を受けて、番組の内容をブログなどでチェックしたのだという。さすがというべきか、この仕事のプロなら当然なのかそういうことは。キッチンで上を見るのは、棚の奥に古いコーヒーメーカーがしまってあるからじゃないか、と染谷チーフは言った。流しの上の戸棚のカメラに関しては、底板に小さな穴を開けてレンズを仕込み、開封した形跡のない食器の箱で隠しているらしい。山本山江は、三か月に一回も戸棚を開けないけれども、今になって興味を持たれて中の整理でもされると困るようだ。カメラを仕掛けた人からは、山本山江宅のキッチンの戸棚にあるもののざっとした目録を受け取っていて、コーヒーメーカーはその中にあるという。しかしなぜコーヒーメーカーなのか。

「最近あの人、コーヒーに関する仕事をしただろう。それでだよ」

「確かにしてました。普段はお茶を飲んでるんですが」

私はコーヒー党なのだが、と騙《かた》ってフェアトレードのコーヒーのPRの文章を書いていた。自分の書いた文章に触発されてか、ペーパードリップで淹《い》れてみようと試みるのだが、どうもうまくいかないようだ。だから、自分がコーヒーメーカーを持っていたことを思い出して使おうとしているのかもしれない。

「困ったな、まだカメラの回収はできないし。コーヒーメーカーの懸賞を仕掛けて応募させるかな」

面倒だな、と言いながら、染谷チーフは手元のメモ帳に素早く、ケンショウ、スーパーで？　などと記していく。私は、自分にできることはありますかね？　と前職で発揮した積極性の感触を思い出しながら、染谷チーフに問うてみたのだが、今はないので仕事に戻ってください、とすげなく断られた。たまには少し監視以外の仕事もしたかったので、そのことにやや落胆しながら、私は席へと帰る。

染谷チーフに合理的な説明をされても、一人で仕事に戻るとどうにも腑《ふ》に落ちない感じがして、落ち着かなかった。相変わらず、モニターの中の山本山江は、十数分に一回はこちらを振り向く。幽霊なんかいないし、あんたの手元にはそのうちコーヒーメーカーが行くだろう、と伝えたくても、それは禁じられていることだった。

＊

あるときを境に、山本山江は、積極的に部屋を片付けるようになった。断捨離に関する取材を数件こなしたからなのだが、つくづく影響を受けやすい人だと思う。一人暮らしには少し広い間取りなので、汚部屋というほどにはならないが雑然としていた山本山江の部屋は、少しずつ片付いていった。物を捨てられるようになったようだ。いろいろ捨てているうちに、捨てること自体に楽しみを見出《みいだ》すようになったのか、今日は辞書が入っている箱までえいやっと捨てて、満足げだった。

山本山江が満足げというと、こちらが送りつけたコーヒーメーカーも気に入っているようだ。山本山江がいつも利用している通販サイトの名を騙って、コーヒーメーカーのモニター募集のメールを送ったのだ。『何月何日までに返信をくれた人は全員モニターにしてあげます。一週間のモニター期間終了後、800字のレポートを書いてくださった方には本体を差し上げます』という内容だった。染谷チーフと私で話し合って決めた。具体的な字数を出して、山本山江の文筆業者たる部分を刺激するのが工夫といえば工夫だ。山本山江が、スーパーに設置した『コーヒーメーカー　一万人に

CAMERA 02
12:46:27

当たります！』というアンケート用紙にまったく興味を示さないため、どういう方法なら山本山江が応募しそうか相談された。今まで漫然と見張っているだけだったので、意見を求められるのはうれしかった。無事受け取ったよ、ありがとう、と染谷チーフに言われたことにも、やりがいを感じた。まさかこの仕事にそんなものを感じる日が来るなんて想像したこともなかったのだが。

一人の監視者が一人の対象者を継続して観察するのは、その相手をよく知るためという意図があるんだ、と染谷チーフは珍しく話を続けた。だから、ただ相手を監視して咎《とが》めだてるというだけの仕事ではなくて、共感することや、洞察力も必要なんだな、と。はあ、と私はうなずきながら、どうも染谷チーフはこの仕事がかなり好きなようだ、ということを今更悟った。

なので、山本山江が捨てることを楽しみ始めたのは、私にはある種の危険な兆《きざ》しに思えた。そのことを書き添えて報告すると、それはそうかもしれないね、と染谷チーフもうなずいていた。それゆえに私は、さまざまな物をゴミ袋に入れて家の外に出した山本山江が、コーヒーを淹れたマグカップを片手に、ＤＶＤやＢＤがアホほど積まれたウォークインクローゼットを開けて考え込む様子を見せると、すぐさま染谷チーフに内線をかけたのだった。

私がチェックした映像は、今日の早朝、就寝前のものだった。わりとせっかちな山本山江の性格上、起きてすぐに、ディスク類の整理を始める可能性がある、と告げると、いつも見ている一日遅れの映像から、リアルタイムのものにモニターが切り替わった。案の定、山本山江は、寝る前と同じフリースのガウンを着て、ぼんやりとケースの山を見ている。最初の数十枚は、プラスチック製の引き出しなどにしまっていたようだが、ある枚数からはもうどうでもよくなったのか、横に寝かせて、ただただ天井に向かって積み上げてある。何枚持っているのか、数える気も失《う》せる枚数である。枚数というか、完全に一山いくらの世界だ。

山本山江が中身を知らないで知人から預かっているブツは、そのDVDケースの山の中のどれかに入っている。山本山江のウォークインクローゼットの中は、わりと初期に見ていたのだが、改めて、これを全部開けて中身を検《あらた》めるぐらいなら、カメラを仕掛けて帰ったほうが早いっていうのもわかる、と思う。

その知人とやらが、どのDVDを押し付けていったか？　ときたま忘れそうになるが、それを確認するのが私の仕事である。どれが山本山江の持っていなさそうな作品なのか？　クローゼットの動画をローカルに保存して、余裕がある時に一時停止して確認してください、とは染谷チーフから言い付かっていたのだが、なかなかやる気が出ず、ほとんど確認しないまま今に至る。ぱっと見、『ダイ・ハード』みたいなベタなものもあるし、ソビエト時代の名作映画もあるし、アダム・サンドラーの出ているロマンチックコメディもやたら持ってるし、昔の刑事ドラマのボックスもあるし、里山の自然を映しただけの作品もある。何でも観ていやがる、と思う。厳密には、観ていないジャンルはいくつかあるのだが（官能映画、スプラッタホラー、アイドルものなど）、どれも山本山江が仕事終わりにやけくそでネット通販したものに見えてくる。

山本山江は、おもむろに目の前の山のてっぺんに置いてある「１００円」というシールが貼《は》られた『レディ・イン・ザ・ウォーター』を手に取り、一分ほど悩んだあげく、右隣の山の上に再び置く。あれは売りたくない気分のようだ。そしてその下にあった『メメント』のジャケットを眺め、数秒後に足元に置く。仕分けの様子を見ているうちに、隣の山に置いたものは手放さない、足元に置いたものはもういい、という法則がわかってくる。

よもや他人のものを手放しはしないだろう、そこまで非常識な人間ではないだろう、だから仕分けているうちに一枚だけ、知人に返却というジャンルのものが出てくるはずで、そこにブツが入っているというのが大方の見方なのだが、山本山江は最初に手を付けた山をきっちりと二つに分けてしまう。山はまだ五つほど残っているので、まだ焦《あせ》ることはないのだろうけれども、山本山江はどれを借りたかわからなくなっているかもしれないということを思い出すと暗い気持ちになる。それを、私が日々見張ることによって当てないといけないのが今なのだが、なんで他人自身より他人のことを知らなければならないのか。

仕分け作業に没入し始めた山本山江は、着実に山を切り崩してゆく。まだ、知人から何を借りたかを思い出して、脇《わき》に除《よ》ける気配はない。残りが一山という状況になると、私は再び染谷チーフに内線をかけ、やはり山本山江はＤＶＤを借りたこと自体を忘れているようだ、と説明する。

山本山江が仕分けを終えるまであと七枚、という状況で、スマホで誰かと話しながら、染谷チーフが入室してくる。早急に現場近くに人員を待機させてください、などと言っている。

「いえ、ゴミ置き場に出すか、近所の中古屋に売りに行くかはまだわかりません」

ゴミ置き場だと話が早くていいんですが、と言いながら、染谷チーフは私の後ろに立つ。量がすごいので、箱に詰めて宅配で中古屋に送るかもしれませんよ、と私が言うと、染谷チーフはそのままのことを話の相手に告げる。

いったんクローゼットから出て行った山本山江は、「インカのめざめ」と書かれた大きな段ボール箱を手に戻ってきて、仕分けたディスク類の手放すほうを中に詰め始める。なんだあの箱、と私が呟《つぶや》くと、染谷チーフは、じゃがいもの品種だね、と答える。

手放すと思われるディスクの枚数は、当初の勢いのわりには少ないように思えたが、それでもじゃがいもが入っていた箱いっぱい分ぐらいはある。山本山江は、一度箱を両手に抱えてみようとして、相当重かったのか、手に持って運ぶのは諦め、箱を押してクローゼットを出て行った。そうやって玄関まで箱を移動させると、今度は電話を取りに戻り、どこかに連絡する。

「これは配送業者にだね」

「そう思われますが」

染谷チーフは、山本山江の住んでいるマンション近くに待機していると思われる係の人に、予想される今後の動きについて伝える。山本山江から荷物を預かった業者が来た場合は、インセンティブ（予算は十万まで）を与えて中身を確認させてもらってください、とのことである。いきなりの生々しい話で引く。

手放すと決めた物々を梱包《こんぽう》して、すっきりした様子の山本山江は、配送業者が来るまでの中途半端な時間を、コーヒーを淹れて過ごすことにする。私は、山本山江のいないクローゼットの中に映像を切り替えて、本当にブツの入ったDVDを手放したのかどうか、気休めに確認する。『森のリトル・ギャング』、『ダニー・ザ・ドッグ』あたりはなんかあやしい気がするのだが、アニメは好きそうだし、ジェット・リーが出ている「ワンス・アポン・ア・タイム・イン・チャイナ」シリーズは別格の扱いで、横置きではなくちゃんとプラスチックの引き出しの中に収まっている。

コーヒーを飲んでいた山本山江は、おもむろに立ち上がって玄関へと小走りで向かう。思ったより早く業者が来た。いつも宅配便を持ってきてくれる女性とは違う制服を着ているので、拡大して確認してみると、作業着のロゴが、近くの古本チェーンのものであることに気が付く。その場で査定するのではなく、ただ引き取りに来ただけのようなのだが、申し込み用紙の記入などは意外と煩雑《はんざつ》なようで、山本山江は少し手間取っている。ひょろりとした業者の青年は、カメラを通して見てもものすごく元気がない。背筋は曲がってるし、ときどき体を折り曲げて斜め後ろを向いて咳《せき》をしているし、声が小さいのか、山本山江は何度か手続きなどについて言い直してもらっているようだ。

古本屋の出張引き取りが来たね、と、染谷チーフは電話でどこかに連絡する。店の名前を言うと、何かよからぬ返事が返ってきたのか、うーん、お金じゃないかもしれないってことなんだね、と首を傾《かし》げる。

「お金じゃないってどういうことすか？」

「この青年は、インセンティブを渡しても、こちらの思い通りにはならない可能性がありそうだ」

古本チェーンは、かなり厳しい業態のところで、出張引き取りに出かけるアルバイトは、自動販売機でジュースを買う程度の寄り道さえ禁じられているらしい、と染谷チーフは説明する。そういえば、昼休みに本を買いに行って、そのあと終電で帰る前に寄った時も同じバイトがいたな、と染谷チーフは続ける。この監視の仕事も大概だと思うのだが、客商売で長時間労働というのは、座りっぱなしで特定の人物の行動をチェックする仕事の何倍も大変だろう。

山本山江は、やっと用紙に記入し終わったのか、へこへこと頭を下げながら業者の青年を送り出す。ＤＶＤが詰め込まれた「インカのめざめ」の箱はかなり重そうなので、青年に持てるのだろうかと一瞬心配になるのだが、玄関に台車を待機させていたので妙にほっとする。

目標が対象者の家を出ました、確保してください、と染谷チーフは指示を出す。山本山江は、非常にせいせいとした顔で伸びをし、そのままコーヒーメーカーもマグカップもほったらかして、ソファに横になってしまった。判断疲れを起こしたようだ。

私自身の仕事も、染谷チーフが指示を出している現場に配置された人が、業者の青年に現金を握らせて荷物の中身を確認させてもらうというところまでのお膳立《ぜんだ》てはすみ、これで終わりと思われたのだが、仕事はまだ続いた。

「なんだって？　十五分しかもらえなかったの？」いつも感情をあらわにすることのない染谷チーフは、少しだけ驚いた様子で、スマホに向かって話した。「出張引き取り業務に一定以上の時間がかかると、二時間のサービス残業だって？」

なんて職場なんだ。そりゃ元気もなくなるわ。だからといって、あんたが今持って帰ろうとしているものの中にはヤバいものが含まれてるかもしれないからよこすんだ、と強引に山本山江が売ろうとしたものを押収《おうしゅう》するほどの権力も、こちらの組織にはないようで、現場の人たちはマンションのガレージの隅で、ＤＶＤのケースを一個一個開けて確かめることになったようだ。

「手伝いに行ければいいんだけどねえ」

染谷チーフは残念そうに言う。モニターの中の山本山江は、頭までブランケットをかぶって完全に寝入ってしまった。染谷チーフは、箱の中に入っているＤＶＤのタイトルを読み上げてもらいながら、自分でも復唱する。「ハリー・ポッター」シリーズの一作が不自然に出てきたので、それがあやしいと思ったのだが、中身ははずれだそうだ。

特になすすべもなく私は、モニターの右隅の時計を凝視しながら、ブツが見つかるのを待った。この場合、噂《うわさ》されているボーナスは、私と染谷チーフと現場に行っている人で山分けということになるのだろうか、と考える。しかし確実にブツが出てくるという保証もない。いくらいいかげんな生活を送っている山本山江であるとはいえ、知人から借りたものはしっかり別の場所に保管している可能性もある。

ブツが見つかる様子がないまま、無情にも時間は過ぎる。チェブラーシカのアニメのやつもはずれだったし、オアシスのライブのDVDも不発だった。染谷チーフは、淡々と『奥様は魔女』とか『俺たちフィギュアスケーター』とか『恐竜ランド3D』などと復唱し、私は、山本山江はウィル・フェレルが最近どうでもよくなったのか、などと考えて、一応メモする。

「あと十秒か……」

染谷チーフは、無念の表情を浮かべて腕時計を見る。『ほえる犬は噛《か》まない』、『マダガスカル』ときて、『バタフライ・エフェクト』と染谷チーフが口にした瞬間、私は反射的に、それじゃないですか？　と染谷チーフを振り返った。

確信はないが、山本山江はアシュトン・カッチャーが嫌いなのだと思う。『ダンス・ウィズ・ヒヒ』の中で、デミ・ムーアを捨てて若い女に走ったひどい俳優なので、その後どれだけいい仕事をしても自分だけは頑として謗《そし》り続ける、それが私の決めた生き方、と主人公がヒヒに向かって説明していたと大泉さんから聞いたことがある。また山本山江は動物が好きなので、動物がネタになっている先の二つは購入している可能性が高い。

「そうか、見つかったか」染谷チーフは、ほっとしたように肩を落とした。「じゃあ、それだけ買い取って、業者さんには仕事に戻ってもらってください」

ごくろうさんです、今日は帰っていいよ、と染谷チーフが言いながらドアに手を掛けようとするので、何が見つかったのかこの際尋ねる。現場の人の手と、私の指摘ではどちらが早かったのかは定かではないけれども、自分には知る権利があると思った。

「宝石だよ、密輸品の。また明日説明します」

染谷チーフは早口でそう答えて、そそくさと部屋を出て行った。モニターの中の山本山江は、ソファからずり落ちそうになりながら眠りこけていた。

＊

私たちが見つけたブツについては、次の日に詳しい説明を受けた。知人というのは、山本山江が何度か一緒に仕事をした若い女の編集者で、エコツアー特集の取材に行くという名目で海外に渡航して宝石を密輸していたそうだ。当局に睨《にら》まれる前は、帰国と同時に捌《さば》いていたのだが、今回、追及を受けそうになるにあたって、山本山江にしばらく預けることにしたのだという。実際にブツが見つからなかったため、罪に問うには決め手に欠けていたのだが、DVDのケースに付着していた指紋から、犯人だと確定した。山本さんなら、自分で観ないといけないものを山ほど溜《た》めているので、ケースを開けない自信があった、と女は説明したのだという。山本山江が預かっていたのは、マダガスカルのサファイアだそうだ。

「あの時、『マダガスカル』を選んでいたら危なかったね」

染谷チーフはうれしそうに言っていたけれども、本当は十五分以内に確認作業を終えられなかったみたいで、出張買取の青年は、バイト先で大目玉を食らったらしい。大の大人で大目玉って、のどかな物言いの裏に隠れた悲惨な現実を想像したくないのだが。

山本山江に関する私の仕事は唐突に完了し、次の日は染谷チーフから事件についての説明を受け、簡単な事実確認をされるだけに終わった。カメラはいつ取り外すんですか？と訊くと、あのマンションはそのうち、全戸でケーブルテレビの点検をする予定だから、その時にでも、とのことだった。

ボーナスは普通に出るようだ。きっちり十万円。想像していたのと違うような、もらえるだけでもうれしいような、まったく妥当な金額のような。明日でちょうど一か月なので、契約更新の書類が来ると思います、とも言われた。

「この人には素質があります、と上には話しておきました」

「ただ座ってモニターを見てるだけなんですけど、向き不向きとかあるんですか？」

まあそれはあるだろうな、と思いながら訊くと、心療内科に通院し始める人もいますよ、と答えられて、ちょっとぞっとした。答えは急がないとも言われた。私は、正職員は手取り十七万（昇給あり）、各種保険完備という求人票の文言を思い出しながら、道路を渡って家に帰った。

素質があるといわれるのは悪い気はしないし、条件も自分が求めている最低のものより少し良いぐらいなのだが、はたしてこの仕事を続けていいものなのだろうか。

二日連続で早く家に帰され、とりあえず寝るぐらいしか思い付かないことに、自分が毎日長時間の仕事に慣れてしまっていたことがわかる。両親は定年退職したけれども、まだパートで働いているため、家には誰もいない。居間のソファに腰掛け、傍らに置きっぱなしになっている新聞を取る。薄いので昨日の夕刊と思われる。

テレビ欄を見ようとして、ああでも昨日のだった、と思い出し、しかしせっかく新聞を手に取ったのでとのろのろめくる。目がすべる。文字がしんどいし、写真も頭に入ってこない。疲れているのだ、と思う。それは、連日モニターを凝視していることによるものかもしれないし、前職で負った疲労がまだ解消されていないのかもしれない。

開いた新聞をたたむのも面倒だという気分で、ぼんやりと紙面を眺めていると、文化面で山本山江の名前を発見してぎょっとする。違う私はそいつの仕事をおわらせたばっかりなのだ。軽いエッセイの欄だった。本当に軽い。新聞を二つに折って投げ捨てるか、それとも一応目を通すかという選択の間でしばらく迷って、結局読んでしまう。

『三十代半ばにして、テレビで観た幽霊についての話を忘れられず、しばらく背後を気にする日々が続いたのだった。わたしは寝ても覚めても幽霊について考えていて、仕事を進める手も止まり、そのことで苦しむ日々が続いた』

知っている。のんきなものである。

『一種の自縛状態である。自縛といえば地縛霊で、もし自分の近くに霊がいるとしたら、地縛霊なのか浮遊霊なのかと考えた。地縛霊はともかく、子供の頃は浮遊霊がうらやましかった。浮遊してるんだから旅に行き放題じゃないか。頑張ったらブラジルとかにでも行ける』

ばかだな、と思う。浮遊してるんなら交通機関は自分をすり抜けるから利用できないだろうし、徒歩でブラジルに行くようなものだ。行けても徒歩で行こうと思うかブラジル？

『それに対して、地縛霊はすごく暇で気の毒だろうな、と思う。ずっと同じ所にいなければならない。わたしなら、テレビ好きの主婦の居間か、映画館にとりつきたいと思うのだけれども、場所が選べないから彼らもつらいのだろう。人がいないのも厳しいだろうけれども、つまらない人間だけがいる所にいるのもいやだろう。わたしの部屋に地縛霊がいたとしても、彼は本当につまらない思いをしている』

なんとなく、胃酸が分泌《ぶんぴつ》されるような感触がしてくる。私は山本山江のように振り返りはしないが、新聞を持つ手に力が入らなくなってくる。

『わたしは月に一度ほど、どうしても足の爪《つめ》を噛みたい気分になる日があり、幽霊を怖がっている期間にその衝動が来たのだが、それをがまんした。幽霊だって見たくないだろうそんな所と思ったのだ。見張られるほうにもエチケットというものがある』

私は首を振って、新聞を床に下ろし、背もたれに頭を置いて目をつむった。疲れた。私は山本山江のすべてなど知りたくないし知らないと思ってきたけれども、頭のどこかでは、相当知っているだろうと思い上がっていた。しかし、単なる外面的な癖でさえ知らないことがあった。

頭痛がする。契約更新はしないでおこうと思う。

第2話　バスのアナウンスのしごと

また仕事を探さなければならなくなったので、最新の求人票をだらだら眺めながら、久しぶりの外食だから今日は何を食べて帰ろうかと上の空でいると、背後から名字を呼ばれた。声の感じから、私に監視の仕事を紹介した相談員さんであることはなんとなくわかったので、見つかりたくなかったなあ、と思いながらも、お世話になっています、とできるだけへらへらして振り向くことにした。

「契約更新をされなかったというお話なんですが」

「そうなんですよー」

「せっかく、とても適性のありそうな人が入ってきたのに、と先方も残念そうでした」

「そうなんですかー」

相槌《あいづち》しか打ってない。相手が内容のあることを言っているのに、自分がその調子だとだんだん罪悪感が頭をもたげてくる。このまま立ち去ってくれたほうが気楽だ、という本音と、今度こそは本当に自分に合った仕事を紹介してもらえるかもしれないからちゃんとしておけ、という建前に二分されながら、契約を更新しなかった言い訳を考えていると、立ち話ではなんなので、とフロアの隅の面談スペースへと連れて行かれる。

私を担当してくれている、正門《まさかど》さんというその相談員さんは、ちゃんとお茶を出してくれて、首から下げているグラデーション眼鏡をかけ、私との面談記録と思われるファイルにざっと目を通す。正門さんはいくつなのだろう、と私は思いながら、何かを言われるのをおとなしく待つ。顔や手の皺《しわ》の感じから、六十歳は越えているように見える。とても物腰が柔らかで、若い時からごりごり働いてきましたというようには思えないのだけれども、前職での人間関係の悩みを話すと、やはりそれがいちばん大事ですよね、そこがちゃんとしていれば、少々の薄給は我慢できますもの、などと共感してくれたり、それなりに職務経験はあるように見える。

「契約の更新をしなかった理由については、一身上の都合とありますね」

「はい」

大抵のことはそれでいいとネットで見たのだ。退職届だって、すべて『一身上の都合』で片付く。三十分に一度上司に嫌味を言われるだとか、指示書に間違って記された存在しない書類の紛失を自分のせいにされただとか、同僚に悪辣《あくらつ》な噂《うわさ》を流されただとか、取引先のおやじと飲みに行かなかった後に取引の内容を見直すことになってその責任を押し付けられたとか、どんな複雑な事情があっても、『一身上の都合』で丸めてしまう。

しかし正門さんは、それでは納得しないようだ。

「ご都合について説明をお願いできますでしょうか？　今後お仕事を紹介する参考までに」

なんとなく怖くなった、という、それだけだった。悪い仕事ではないのだが、業《ごう》が深くて、自分の器ではそれを受け入れられないような気がした。もしくは、私みたいにどうのこうの考える人間には向いていないと思った。私は、染谷チーフのように監視の仕事に愛着が持てないだろうし、同じ部屋で働いていたパートの大泉さんみたいに素直な人間ではないのだ。この人間なら気が狂わないだろう、と見込まれたと思うのだが、たぶん私は遅かれ早かれおかしくなったと思う。

「座りっぱなしが本当にきつくて。残業もかなり長かったですし」私は、少し首をすくめて、理由の中でも言いやすいものだけを取り出す。「とてもいい仕事だったんですけれども、このまま続けたら職場にご迷惑をおかけするのではないかと思いまし

た」

「そうですか。迷惑か迷惑じゃないかは、やり続けてみないとわからないと思いますが」

もっともである。でもとにかく、ここは体がつらかったで押し切らせてもらう。

「なかなかこう、変化がないなと思ったら急激に何かが起こることも、自分には向いていないなと思ったんです」

「なるほど。コラーゲンの抽出を見張るような仕事というご希望だったのに、そんなに大きなことが起こるんですね」

それは失礼致しました、と正門さんはあやまる。私も、いやいや基本的には希望通りですし、ついていけなかった私が悪いんです、申し訳ございません、と謝罪し、二人して恐縮する。

「やはり、どこまでも淡々としているほうが良いということでしょうか？」

「そうですね。でもときどき急激でない変化があるのが良いです」

「それで変わらずデスクワークをご希望されますか？」

「はい」

デスクワークを希望しながら座りっぱなしがいやとかいいかげんにしろよ、と自分でも思うのだが、とりあえずは大きめに言っておく。そこから譲歩していって、ましな条件を引き出していく作戦である。

正門さんは、私の面談記録とは別のファイルを開いて、素早くめくり始める。べつにいいのに、とも思う。いや、仕事が見つからなくていいということはないのだが、とにかくそんなに一所懸命私にかまってくれなくていい、と。失業相談で、前職にどれだけ身体的にも精神的にも焼き尽くされたかということを忍耐強く聞いてくれた人であるとはいえ。

「一件、どうかというのがありますね」正門さんは、ファイルを私の方に向けて、仕事内容の欄を読み上げる。「一時的に人手が足りないため急募とのことです。雇用期間については、一か月から無期限。社内での需要によって検討するそうです」

私は、ファイルを手元に引き寄せて、求人票を凝視する。給与は監視の仕事と同じぐらいだが、正社員にならないと健康保険はないようだ。

「変化はあるけれども穏やかなデスクワーク」正門さんは、看板か何かを読み上げるように言った。「ご希望通りのお仕事かと思われますが」

＊

君にはそれだけではなくて、江里口《えりぐち》君を見張って欲しいんだ、と面接官兼採用担当者である、風谷《かぜたに》課長は神妙な顔付きで言った。それだけというのは、今回採用された循環バスのアナウンスの編集の仕事のことで、初日にして私は再び、誰かを見張る仕事を頼まれようとしていた。

「江里口さんに何か問題が？」

係のたった一人の先輩で、これから私に仕事を教えてくれる予定の江里口さんは、定時ぴったりに帰っていった。私よりだいぶ年下ではあるものの、江里口さんはとても落ち着いていて、頼りになりそうに見えるのだが。

「あるとも言えるしないとも言える」

風谷課長は、顎《あご》の前で腕を組んで、どこか深刻ぶって見えるような仕草で私を見上げる。妙にボリュームを持たせた髪形が、なんか若作りだな、と思う。まだこの職場へ来て一日しか経《た》っていないので、さしあたってはこのぐらいしかつっこむところはない。

「どういったところを見張ればいいんでしょうか？」

「いろいろだな。彼女が作るアナウンスの中身が正確かどうかとか」

「ああ、仕事内容の確認ですね」

「いや、それだけじゃない」風谷課長は、ちょっと大仰《おおぎょう》な感じでゆっくりと首を振る。「彼女自身の仕事中の態度について、気が付いたことがあれば報告して欲しい」

そんなこと言われてもなあ、と思う。気が付いたことって、今日初めて会ったんだから、江里口さんのやることなすことほぼ全部が気が付いたことだろう。三時のおやつのオレオを分解して食べてるな、とか、ボールペンのペン先は太いのにこだわってるな、とか。

「私から見てなんかへんだなという点があったら報告しますよ」

風谷課長の奥歯に物の挟まったような言い方を平たく翻訳して鸚鵡返《おうむがえ》しにすると、うむ、と風谷課長は一人うなずき、それではまた明日、と私の日報を受け取った。何かやりにくいことを私に丸投げにして、気持ちのほぐれた様子の風谷課長に一礼し、私はまだほとんどの社員が残って仕事をしているフロアを退室する。駅前の七階建てのビルの三階と四階を占めているバス会社の事務所は、大きいとも小さいとも言えない。ごくありがちな規模と言える。私はこれから最短で一か月、パーティションで六畳ぐらいに区切られたスペースをあてがわれ、江里口さんという若い女性と二人で仕事をすることになる。

　見張れって言われても、なんなんだろう、と私は今日一日つきっきりで仕事を教えてくれた江里口さんのことを思い浮かべる。まずは自分よりだいぶ若い、という印象が先に立つ人物である。もしかしたら、私より十歳以上年下かもしれない。背が小さく、声も小さい。大学生の就職活動みたいなスーツを着て、化粧はせずに地味なのだけれども、決められた少ない字数の中で宣伝をしたい店や会社や施設の特色を余すところなく伝える、という教えにくそうな仕事内容のこつを、かなり的確に、私が何本的外《まとはず》れなものを書いても忍耐強く教えてくれる。見た目の不慣れで硬い感じと、実際は仕事に慣れていて余裕のある様子にギャップがあるといえばあるのだが、江里口さんについて突出している部分というとそれぐらいだ。私がこの職場に来て目にした人間の中でも、もっとも無害に見えると言っても過言ではない。風谷課長のほうがまだ若作りな感じがして警戒を催す。まだ一日目なので、ぱっと見た印象のことしかわからないのだが。

　私は、江里口さんを見張れと言われたことに合理的な理由が見出《みいだ》せず、上の空で初日の帰路につく。今度の職場は、前のところからは少し離れていて、実家から自転車で通勤する距離にある。周囲にファーストフードや大きなスーパーマーケット、それとレンタルＤＶＤの店ぐらいはあって、そこそこ栄えているので、家のまん前にあった前の職場ほどは閉塞《へいそく》感を感じずにすむことを期待する。

自転車で国道沿いを走りながら、ふと、江里口さんを見張ることは仕事内容になかったので、手当などは出るのだろうか、と思いつくけれども、たぶんそれはないな、と首を振る。いったい、江里口さんの何を見張るのだろうか。ああ見えて、何か不正をはたらいているのだろうか？　だとしたらどんな？

循環バスにアナウンス広告を出したい店などの宣伝文句を、決められた字数の中で考える、という仕事内容は悪くなく思えたが、初日から妙なことを頼まれて気が重かった。どうせなんとなく気になるけどちゃんと確認するのがめんどくさいからああいうふうに言ってみただけだろう、と経験上から推測し、そっちの頼まれ事は片手間にやって、まずは仕事を覚えることに集中しようと決め、私はペダルを踏んだ。

＊

循環バス「アホウドリ号」を存続させるのか廃線にするのかという議論は、会社の中でもう半年以上続いているのだという。二年前、赤字ではないがかなり微妙な収益が続いているため、一度は「廃線にします」という告知を出したものの、地域住民の激しい反対にあって、結局存続した。しかし、今年度に入って、車内の備品の交換時期が近いのに、その予算が確保できずにいるため、再び存続か廃止かと騒がれ始めたそうだ。

また廃線するする詐欺《さぎ》をやらかすわけにもいかない、と判断したバス会社は、これまで一つの停留所に対して一つあるかないかぐらいだった沿線に関するアナウンス広告を増やし、店や会社や病院や習い事教室から得た広告費で、バスの維持費を賄《まかな》い、とにかくあがくだけあがく、という作戦に出ることに決めた。しかし社外のコピーライターなどに外注すると、またそれだけ費用がいるので、社内の人間にアナウンスを書かせることにしたのだった。

だから、自分はこの会社でずっとこの仕事だけをしてきたわけではないし、するわけでもないと思います、と江里口さんは言っていた。私自身もそのはずだという。ただ、私はアナウンスの編集業務中心という仕事内容で雇われているので、バスの内装費用調達のためのアナウンス改正がすべて終わった後も、この職場にいられるかどうかはわからない。江里口さんは、先々月までは総務にいたらしいのだが、アナウンスを作る手際《てぎわ》はかなり良いと思う。

　よその会社はどうしているのかはわからないけれども、という前置き付きで、江里口さんが説明してくれたアナウンス作成の流れは以下の通りだ。まず、アホウドリ号それ自体や、回覧板などに広告募集の告知を出し、アナウンス広告を出したい店や会社や施設を募る。その後、こちらから連絡をして、広告では業務のどのへんの内容を強調したいのか、ということについて顧客から指示を受け、資料を預かって目を通し、必要とあらば軽く取材し、それをもとに作ったアナウンスの内容を顧客に戻す。それでOKが出れば、社内の声のいい社員にアナウンスを読み上げてもらい、そのデータを顧客に聞かせて最終調整をし、アナウンスが一本できあがる。一度に大量の字を読むと疲れるので、資料を見られるかどうかが心配だったのだが、なんとか大丈夫になっていた。

　一つの停留所につき、最低二箇所は欲しい、という希望的観測のもと、新規に舞い込んできたアナウンス作成の仕事は三十本を超え、まだ増えているという。そんなに増やしたら、バスが走ってる間はひっきりなしにコマーシャルのアナウンスということになりそうなものなのだが、背に腹は代えられないのだということを、一度は廃線になりかけたことを知っている乗客もわかってくれるはずだ、とバス会社は高を括《くく》っているらしい。

　初日とその翌日の二日をかけて私が作ったアナウンスは、老舗《しにせ》の和菓子屋のもので、売りたい商品が連絡を取るごとに変わっていくのが厄介だった。

『あれ？　こんなところに大きなおまんじゅうが。割ってびっくり、中には赤・黄・緑の小さなおまんじゅう！　なんて縁起がいいのかしら！　慶事には、伝統和菓子梅《ばい》風庵《ふうあん》の蓬萊山《ほうらいさん》をどうぞ！』

　蓬萊山という巨大なまんじゅうの存在を、私は初めて知ったのだが、結婚祝いなどで贈ったりするらしい。大きなまんじゅうのなかに小さなまんじゅうが入っているので、別名子持ちまんじゅうという。梅風庵の社長は、最初は梅ゼリー、その次は月餅《げっぺい》、その次は落雁《らくがん》を推したいと言ってきて、三回アナウンスを作り直させた後、蓬萊山になんとか落ち着いた。江里口さんは、梅風庵の商品カタログを眺めながら、ちょっとずつ単価が高いものに変えてきてますね、と言っていた。

「梅ゼリーが180円、月餅が210円、落雁がいちばん小さい箱で500円、蓬萊山が4800円」

「いきなり高くなりますね」

「梅ゼリーが十個売れるより、蓬萊山を一個売ったほうが儲《もう》かるっていう心境の変化ですかね」

でも蓬莱山を贈るような出来事ってそんなにあるのか、と思うのだけれども、慶事には蓬莱山と断言されると、誰かが結婚したとかという時に思い出す可能性はある。また、アホウドリ号が巡回する周辺には、お年寄りが多いらしいので、結婚祝いに洋菓子みたいなしゃらくさいものを贈ってられるかという男性のご老人にも朗報なのではないか、と江里口さんは言う。まさにバス会社の思惑を代弁する、ポジティブな考えである。

江里口さんは、この二日間で私の指導をしながら、二本のアナウンスを作った。片方は不動産屋で、もう片方は耳鼻科である。

『私のお店、もう少し広いほうがお客さんが来るかな？　子供が大きくなったから、そろそろ住み替えを考えなくっちゃ。そんな時は、丸本ホームにご相談を！　看板のゴリラ君も、丸本ホームにお願いして良かったって！　ウホウホ』

『明日はデートなのに鼻水が止まらない！　来週子供のピアノの発表会なのに耳が聞こえにくい！　こんな時そんな時、ぜひ竹山耳鼻科にいらしてください！　お庭の松の木が目印です！　竹だけど松です！』

店の拡張を目論《もくろ》む自営業者とか、子供が大きくなってきたと日々思う親とか、明日デートで鼻水が止まらない男か女とか、子供のピアノの発表会を控えた親御さんとか、訴求対象がかなり狭いように思えるのだが、江里口さんによると、漠然とした「困っている人」よりは、仮にでも訴求対象をはっきりさせたほうが、顧客には評判が良いのだという。実際のところ効果があるのかどうかは、バスの中で流してみないとわからないけれども。

作成したこれらは、定時の遅くとも一時間前から、実際の音声の編集作業に入り、作業が終わり次第、アホウドリ号の各車両に受け渡され、次の日から車内で流される。そのインスタントさも、アホウドリ号にアナウンスを流すメリットだということで売りにしているようだ。

音声の作業も江里口さんと私の仕事で、十五時になると、経理の香取《かとり》さんというベテランの女性を訪ねて、アナウンスを読み上げてもらって録音する。私と江里口さんが、経理の札が天井から吊《つ》り下げられている一角に行くと、香取さんは、キーボードに手を置いたまま、顔をしかめて首を回し、あからさまにぐったりしているという状態を装《よそお》った。

「えりぐっちゃん、また今日もなの？」

「申し訳ないです。あとひと月もしたら全部出揃《でそろ》うと思うんで」

「もー、私えりぐっちゃんの書いた変な原稿読み上げるために会社に来てるんじゃないんだけどなー。数字のこと考えるためなんだけどなー」

声は確かにいいと思う。ラジオの昼の番組のアナウンサーみたいだ。なんていうか、浜村淳とか、笑福亭仁鶴とか、新野新とかとしゃべったら本当に似合いそうな、心地《こち》好《よ》さと気風《きっぷ》のよさを両方持ち合わせているような。

「辛抱してください」

「疲れちゃったよー。もう喋《しゃべ》れないよー」香取さんは、横に揺れてイヤイヤ感をアピールする。なんだか気分屋っぽい人だなと思う。「あ、そちらの人は新しい人?」

「そうです」

私が名前を言ってあいさつすると、香取さんは立ち上がって背筋を伸ばし、どうぞよろしくお願いします、と深々と礼をする。悪い人でもなさそうなのだった。

「香取さん、糖分が欲しい時間ですよね。アナウンスのお仕事の前に、これを差し上げますんでどうぞ」

江里口さんは、ポケットから月餅を出して、香取さんに差し出す。香取さんは目を見開き、おお、とあからさまに感銘を受けた様子で、江里口さんの手から月餅を奪い取る。おそらく梅風庵のやつだろう。

「それ食べたら、こっちの仕切りの方に来てくださいね」

「うん」

香取さんは、さっそくフィルム包装を剝《む》いて、月餅にぱくつく。

「頼りにしてますからね」

「わかってるって」

その後、ちゃんと香取さんは、私たちと江里口さんが仕事をしている、フロアの片隅のアナウンス作成部という貼《は》り紙が貼られたパーティションの所にやってきて、私たちがこの二日間で作った三本のアナウンスを、険のない声で読み上げていった。香取さんが読み終わると、江里口さんは、ごほうびなのかもう一個月餅を香取さんに献上し、ありがとう、明日もがんばる！　と言わせていた。

アナウンスの録音作業は十六時前に終わり、江里口さんは十六時五十五分までに音声を編集して、バスの整備担当者に送信した。私に教えながら、五十五分で作業を終えたので、江里口さん一人でやるならもっと手早くやったかもしれない。そして五分で日報を書き、江里口さんは退社していった。私はというと、パソコンでの音声編集についてのメモを清書したりしているうちに定時がやってきたので、江里口さんより少し、日報の提出が遅れた。

日報の提出先である風谷課長の書類トレーの上にノートを置いて、お先に失礼します、と頭を下げると、ちょいちょい、と風谷課長が手招きしたので、デスクの傍に寄る。

「江里口君、何か変なことしてなかった？」

「いや、べつに」

変どころか、手際はかなりいいんじゃないのか。一緒に働いて二日目でこんなことを言うのもなんだが、この会社のアナウンス作成部で働く者としては最適の人材だろうと思う。仕事を覚えていくうちに、私もそれなりになるのかもしれないけれども、これまでの職場経験から、自分が江里口さんのようになるのは相当時間がかかるんじゃないかという気がする。

「そのうち何か、あれ、と思うようなことが出てくるはずなんだ……」

風谷課長はそう言いながら、ちょっとふわふわした頭を片手で抱えて見せる。私は、江里口さんにじかに仕事を教わっている立場上、江里口さんに不信を抱くほうが日々つらいことになる、という保身もあり、内心で、なに芝居がかったことをこのおっさん、と呟《つぶや》く。

「具体的に、どういうことなんでしょうか？」

差し出がましい感じもしたが、私も年なので図太くてな、と言葉にしないエクスキューズを付け加えながら、努めてのんびりした、悪気のない口調で訊《き》くと、風谷課長は、首を捻《ひね》って、少し押し黙った後、重々しく口を開く。

「ないじゃないか、と思ってたら、あったりするし、なくしてしまったら、本当になくなってしまったりもするんだよね」

「はあ」

辛うじて語尾は下げたつもりだ。風谷課長は、いや、いいんだ、と手を振り、引き続き、何か変なことがあったら報告して欲しい、と言って、日報のトレーを手元に引き寄せ、上の空な様子でめくり始める。

ないと思ったらある、なくしてしまうと本当になくなる。なんなのか。社内で使う文具のことか。江里口さんは、会社の備品を拝借したりしているのだろうか。でもいいだろそれぐらい。きちっと仕事をしてるんなら。

出入り口で振り返って、風谷課長の様子を確認すると、日報を見る気をなくしてしまったのか、またトレーを元の場所に押しやったり、大きな住宅地図を開いて、片手で頭を抱えながら凝視したりしていた。

厄介ごとはいやだ、と反射的に思いながら、ロッカールームへと引き上げる。一か月でこの職場を去る覚悟はしているとしても、毎日つつがなく暮らしたい。これ以上、働くことから余計な感情を押し付けられたくない。

なので私は、風谷課長の不安のようなものは無視することに決めたのだが、なんだか見た目がちゃらいとはいえ、何か悩んでいる様子なのは本当であるように思えた。そんなに江里口さんが気になるのなら、当人に直接訊けばいいのに、私に見張らせるのはなんでか。

いくら考えても答えは出なかった。この職場で働いて二日目なので、当然のことだったが。

＊

風谷課長の言う、江里口さんのおかしいところはついぞ見つけられないまま、新しい職場での初めての週末を迎え、私はアホウドリ号に乗ってみることにした。私の実家からは少し離れたところを通っている路線だし、基本的には電車を利用するため、二か月に一度ぐらいしか乗らないバスだが、実際に乗ってみると、これで百円というのは便利だなというのはよくわかった。

大きめのスーパー、役所、各種病院に加え、レンタルＤＶＤ店、書店、パチンコ屋、ファミリーレストラン、商店街の入り口など、だいたいこのへんを押さえていれば退屈せずに生活できる、という場所を押さえて停留所が設置されている。ただ、その一つ一つがすごく近くにあるというわけではなくて、循環の範囲がちょっと大回りになっており、所要時間が長いことが難点といえば難点だが、アホウドリ号を利用しているのは地元の老人や主婦や子供が多数だと聞くので、時間の悠長さには寛容だろう。

車内のアナウンスは、本当に香取さんの声だったので、なんだか少しだけ感動した。自身もアホウドリ号で通勤をしているという香取さんは、たまに気持ち悪いことがある、と昼休みに肩をすくめていたのだが、なんというか、本職の声の仕事をしている人たちに負けないぐらい、自然なアナウンスだった。

『座っているだけで……憂鬱《ゆううつ》になるなんて……。つらい痔《じ》。誰にも言い出せない痛みですよね。その鬱憤を、思いっ切り田口肛門《こうもん》病院で打ち明けてみてください。私たちと一緒に、悩みを吹き飛ばしましょう！　もう座ることは怖くない！』

というアナウンスの、座っているだけで……、という部分などは本当に悲しそうで、こんな演技派もいいとこである。香取さん自身、アナウンスを読む作業をしていて、こんな店や医者があったのか、という発見があるという。私たちは意外と住んでいる町のことを知らないのよねえ、とおっとり言っていた。

アナウンスは、大きなチェーン店やランドマークではなくて、どちらかというとニッチな物件を次々紹介していく。私がこれまでに聞いたなかで、そんな所があるのか、と思ったのは、そばの製麺所《せいめんじょ》とコーヒー豆の卸業者と海外ブランドのロードバイクの正規代理店である。いずれも、大通りを少し入ったところにあるらしく、停留所からのルートを簡潔に説明していた。私はまだ、停留所の前の店についてしか書いたことがないので、難易度が低いものを任されているのかもしれない。

意外と自分たちは住んでいる町のことを知らない、という香取さんの言っていたことは本当のようで、実際にアホウドリ号に乗ってアナウンスと突き合わせながら風景を眺めてみると、いろいろな発見がある。私は以前、アホウドリ号とルートが重なるバスに乗って出勤していたのだが、その時には見ていなかったものが見えてくるようだ。

感慨に耽《ふけ》りながら、もしかしたら自分はいい仕事に就いたのかも、一か月で終わるかもしれないのはさびしいな、などとぼんやり考えながら、普段自分がよく自転車などで通る界隈《かいわい》にやって来る。循環バスが完全に一周するまで、停留所はあと三つである。晩ごはんに何を食べたいのかまだ決めていないことを思い出して気が重くなりながら、見慣れた窓の外を眺めていると、真っ赤な五階建ての建物が通り沿いに見えてきてぎょっとする。

『太陽が好き？　踊るのが好き？　ハビエル・バルデムが好き？　ならば極東フラメンコセンターにお越しください！　フラメンコはもちろん、スペイン語教室も、お料理教室もやってます！』

五階建ての建物の窓は、すべて黄色いカーテンが掛かっている。なるほどスペインだ。そして極東とは大きく出た。

私は、口を開けっ放しで窓の外を過ぎてゆく極東フラメンコセンターと思われる建物を見上げながら、こんなものほんとにあったのか？　と目を疑う。このへんは、そうしょっちゅうではないけれども、ちょっと大きめの書店と生醤油《きじょうゆ》うどんがうまい店があるからたまに来るのだ。月に二回ぐらいか。

なぜ気付かなかったのか。バスに乗っているときほど、建物の上の方は見ないからわからなかったのか？　書店に来るのはだいたい夜だったから、単純に暗くてわからなかったのか？　それが有力だと思うのだが。

まさしく発見である。バスは順調に停留所を消化し、私は自分が乗り込んだ場所で降りた。歩きながら、まだ面食らっていた。香取さんが言うように、私たちは意外と自分が住んでいる町のことを知らないのかもしれないけれども、それにしても大きなものを見逃していたなあと思う。

どうしても確認したい欲求に駆られ、私は自分の実家とは逆の方向の、極東フラメンコセンターのある方向へと戻る。見慣れた地上一階分の駅前の風景の中で、どのぐらい埋もれていたらあの真っ赤な二階より上を見落とすのか。

確かに、「la institución español del extremo oriente」と金色でプリントされた透明なドアの向こうに、フラメンコの衣装でもFCバルセロナのユニフォームでもなく、真面目《まじめ》そうな本ばかりが並んだ本棚だけが見える様子は、建物全体の外観と比べてずいぶん地味に思える。出入り口の傍らに、小さい掲示板が置いてあるので内容を読むと、「バスク風ケーキお持ち帰りあります。３４０円。お気軽にどうぞ」とちょっと弱々しい字で書かれてある。とてもフラメンコに関わっている人の字とは思えないので、ハビエル・バルデムが好きな人のものなのだろうか。

そして私はドアを開け、ふらふらと極東フラメンコセンターの中へと入っていったのだった。お持ち帰りしたケーキは普通においしかったが、その日は寝るまで釈然としない気持ちでいた。

極東フラメンコセンターの一件以来、私はときどき用もなくバスに乗るようになった。退社後の夕方ばかりだったので、あたりが暗くなっているせいもあったのだろうけれども、それにしても、こんな建物あったのか、と思うことがよくあった。

＊

アナウンスの件数は、着々と増えていって、一つの停留所に対して最低三つは読まれるという具合で、ほとんど音声によるタウン情報誌のような様相を呈していた。そんなに読んだら、乗客はうるさいと思ったりしないのか、という当初からの疑問もあるのだが、香取さんの声はなかなか気持ち良く、一度もアナウンスがうるさいという苦情がきたという話を聞いたことはない。入社してしばらくの間、音声編集はすべて江里口さんが担《にな》っていた。アナウンスを作ることより、機械的になされるそちらのほうが下っぱの仕事のように思えたので、いつまでも書いてばっかりですみません、と江里口さんにあやまるのだが、江里口さんは、いえいえゆっくりやってください、と穏やかに返すばかりだった。

職場に来て二度目の週明けに、私はやっと一人で音声の編集をすることになった。

専用の音声ソフトを使い、従来のアナウンスの後に新しいアナウンスを付け足すのと、アナウンスが多すぎて停留所から停留所までの走行時間をオーバーしていないかをチェックするのが主な仕事である。今のところは、すべての停留所間が無難なところにおさまっているのだが、極東フラメンコセンターがある「駅前交差点下ル」という停留所のあたりは、栄えているのか宣伝したい業者が多いのか、あと一本分ぐらいしか空きがない。

アナウンスの更新作業は、だいたい三日に一回ぐらいの頻度である。私と江里口さんが、一日に何本もアナウンスを作れるようになったら、毎日のことになってもおかしくないのだが、得意先に電話取材をしつつ、そして作ったものをチェックしてもらいつつになると、一日で完成するのは多くて二本、非常にスムーズな日で三本だった。どうしても先方と話が通じ合わない感じがすると、求められなくても、実際に現地のお店や施設や会社を見に行くこともある。そうして先方の暇な社長さんにでも捕まってしまったら、午前中の三時間がつぶれたりする。

会社は、私と江里口さんが自分たちのペースでアナウンスを作り続けていることに関して、とやかくは言ってこなかった。急げとも言わないし、急ぐなとも言わない。ただ、詰め込めるだけ詰め込んでいけ、というのが、私と江里口さんに課せられた使命だった。

あれ？　と思ったのは、今日追加した停留所のアナウンスを連続して再生している時だった。

『週末は息子の野球の試合なんだけれども、ＰＴＡで配るお弁当の容器がなくて困っている。または、お店のお惣菜《そうざい》を清潔に持って帰って欲しい。そんなお母さん、そして店主さんは、伊藤パッキングにお任せください！　あなたのニーズにあった容器をお届け！』

江里口さんが作ったものだった。いつもの具体例とお店の名前、店の抱負のようなものの並びを聞いていて、次は、梅ノ木小学校前、という言葉が聞こえ、私は音声を一時停止する。

梅ノ木小学校の近くに、包装資材の店なんてあっただろうか？　あったらたぶん知ってると思うんだけれども。私は、包装紙とか使い捨ての弁当の容器とかがわりと好きなので、一回ぐらいは入ってそうなものなんだが。

というか、「梅ノ木小学校前」は、おとといバスで通ったのだ。そんな店は影も形もなかった。といっても一本筋を入ったところの事情は、バスからではわからないので、そこに元からある店なんだと言われたら反論のしようもないのだが。

現地に行って確認してみよう、という気持ちよりも、なんか変だ、という違和感のほうが先に立った。私は、音声編集を終えて送信し、日報を書いて、江里口さんを先に家に返すと、住宅地図を探しにパーティションで囲まれた仕事場を出る。地図資料は、風谷課長の後ろの書棚にまとめて詰め込まれているので、私はとにかく何気なさを装って、周囲の様子などは窺《うかが》わずにまっすぐ書棚へと向かい、梅ノ木小学校の近隣が含まれている地図の今年度版を抜く。

ページをめくって、梅ノ木小学校の周辺を確認しても、『伊藤パッキング』などという店は見当たらない。顔をしかめながら、梅ノ木小学校が含まれるページの一軒一軒を指でなぞりながら確かめてみる。ない。前後の近隣のページもそうやって見る。目がしぱしぱしてくる。やはりない。「伊藤」という名字すらない。

住宅地図を開いたまま、書棚のところでじっとしていると、風谷課長がいつのまにか傍らにやってきていた。

「どう思う?」

私は、主語など諸々《もろもろ》を省いた風谷課長の物言いに、何かなれなれしいものを感じて、何がでしょう?　と訊き返す。風谷課長は、軽く一歩下がって、いや、その、などとしどろもどろになるので、悪かった、と私は思いなおす。少し気が弱い人なのかもしれない。

「すみません、作った文言と実際の店の位置を確認してただけで」

「そうか……」

風谷課長は首を振って、自分の席に戻る。いいかげん共感してあげたほうがいいのか。しかしそうするにしても確信が持てない。江里口さんの作るアナウンスはおかしいと、この段階で認めるわけにはいかない。

日報を提出して退社した後、私は居ても立ってもいられずアホウドリ号に乗り込んだ。停留所ごとの風景も、香取さんのアナウンスも、ほとんど頭の中に入ってこないまま、梅ノ木小学校前、という声だけを待って、バスを降りる。

周囲はすっかり暗くなっていた。夜の小学校の運動場は、澱《よど》んだ池のようでぞっとするものがあったが、職員室と思われる一階のある場所だけ、電気が点《つ》いていて少し安心した。小学校の斜め向かいにある梅風庵が、シャッターを半分下ろして閉店の準備をしている。その他の店も、このあたりは夜が早いのか、全部閉まっていた。

私は、昼間に来られる週末まで待つべきだった、と後悔しながら、とりあえず梅風庵のある側の歩道に乗って、目を凝らしながら道沿いのシャッターに書いてある店舗名を確かめていく。『伊藤パッキング』はない。思わず、会社に電話をかけて風谷課長を呼び出そうとすら考えついた瞬間、通りに面した広いめの路地の向こうに明かりが見えた。どうもまだ開いている店があるようだ。

走り寄ってみると、大きめの派手な花の鉢植えが二つ置かれているのが見え、続いて、黒い地に金色があしらわれた寿司《すし》のトレー、朱色の弁当箱とそのセットの透明なふた、大きな円形のオードブルの容器などが柱のように重なり、割り箸《ばし》で縁まで満たされた段ボール箱、ピンク・水色・黄色のクマの顔をしたバラン千枚セットの包みが数え切れないほど、という売り場に出くわす。鉢植えには二つとも、「伊藤パッキング様　祝・開店　××商事より」などということが墨字で書かれた札が挿さっている。バラン千枚セットの包みを手に、呆然《ぼうぜん》と真新しい店内を見渡していると、いらっしゃいませ！　と前掛けを身につけた五十がらみの男性に声をかけられる。

「あの」

「何かお探しですか？」

「いえ。最近開店されたんですか？」

「そうですよ。昨日です」男性は、朗らかにうなずき、鉢植えに目をやる。「わたくし、先日までそちらのバランのメーカーに勤めていたんですけれども、このたび、亡《な》き父の跡を継いで、食品包装資材の卸をやることに致しました」

「本当は存命中に、店を開けたところを見せてやりたかったんですけれども」

「亡き父の……」

男性は、感慨深げに店内を振り返る。お客は数人いる。クレープの包み紙を真剣に吟味している若い女性、アルミ鍋《なべ》（400）と印刷された大きな段ボール箱を抱えた中年の男性、連れ立ってカラフルなアルミのカップを指差して何事か話し合っている三十代半ばぐらいに見える二人の女性。

「お弁当は作られます？」

「いや……」

今のバス会社の周囲にはコンビニもお弁当屋もあるし、午前中、顧客に話を聞きに行った帰りなどは近くの店を探して外食するのが楽しみだ。というか、自分は就労生活を通して、一度も弁当を作ったことはない。朝は一秒でも長く寝ていたい。

「作られるようになった時は、ぜひうちへ。格安で容器を提供いたします。毎日替えると、衛生的でいいですよ」

「はあ」

わかってはいるけれども、たぶんそうはしないと思う。私の心中を察してかそうでないのか、二代目の伊藤パッキングの社長は、腹の前で手を組んでにこにこしている。

「そういえば、住宅地図でこの周辺に伊藤さんというお名前はなかったはずなんですが、お父様はいったんこの土地を離れられたんでしょうか？」

バス会社の人間だと明かさないんなら、そこそこつっこんだことを訊いてもいいか、と判断して、そう尋ねると、社長は相変わらずにこにこしながら、いいえ、と答えた。

「わたくし、入り婿《むこ》なんですよ。それで父親とは苗字《みょうじ》が違います」

「なるほど」

「婿に入った先の姓が伊藤です。もとの苗字は梨山《なしやま》です」確かに、そういう名前を住宅地図で見かけたような気がする。「梨山パッキングでもよかったんですけれども、女房の実家に悪いなとも思いまして」

その後社長は、奥さんが一人娘で、彼女の姓が変わってしまったら、伊藤の名前を継ぐ者が一人もいなくなるため向こうの籍に入ったのだ、ということと、でも自分たちも娘が一人なのでこの先どうしようか、ということまで私に話し、やがて他のお客に呼ばれて、そちらの方へと説明に行った。

私は、これ以上知りたいこともなかったので、そろそろと店を出て、梅ノ木小学校前のバス停のところに戻る。ふたを開けてみたらこの程度のことか、という思いと、それでも、何か釈然としない感じが残る。やって来たバスに乗り、風谷課長の言う

「何かおかしい感じ」と私の感覚が一致しているのかどうかはわからないが、風谷課長がまったくでたらめな不安を持っているというわけでもないということはわかる。

どうも早く放送されすぎる印象を受けるのである。江里口さんのアナウンスは。いや、ある店が新装開店する時に、宣伝のためにチラシをまいて店ができることを周知させることとなんてざらにあるだろうけれども、とはいえ、彼女が携わっているのはバスのアナウンスだ。

私たちはあくまで、バス内の広告や回覧板や口コミで、広告を希望する顧客を募っているはずだが、江里口さんは、お店の開店やその販促行動に関して、何か独自のルートでもあるのだろうか、と思う。彼女は一切そんなことを口にしないし、私たちには営業行為は課せられていないのだが。

＊

バスに揺られながら、また極東フラメンコセンターのあたりを通る。異様なまでに煌々《こうこう》と輝く黄色いカーテンに縁どられた窓を眺めながら、自分が町を知らないどころか、町自身が自分の知らないものに変化しているのではないかと思った。

午前中にピアノ教室の取材に行き、わりと話の早い先生だったので、その日は十四時に一仕事終わった。あとは香取さんに読み上げてもらうのと、明日作るアナウンスに関して、電話で要望の確認をするというのがその日残った仕事で、私は少し休むために、お茶を淹《い》れに給湯室へ行った。風谷課長が給湯室の前の廊下を通りかかったのは、私が茶筒を開けてすぐのことだった。

風谷課長は、いったん給湯室を通り過ぎようとして、戻ってきた。私は、給湯室に自分以外の人間がいることは好かないので、すみません、と部屋を出て行こうとすると、いやいや、と風谷課長は手に持っていた缶コーヒーを寄越してくる。いいですいいです、と手を振ると、この銘柄はだめかな、と風谷課長は缶を確認する。無糖のもので、確かに私にとっては、買ってまで飲みたい商品ではないのだが、どうも腰の低い風谷課長に申し訳なくなってきて、受け取ることにした。たぶん、悪い人でもないのだろうと思う。まあ、職場の人間は、シチュエーションに応じて悪人になるので、常に悪い人というのもいないのだが。

私が仕方なくコーヒーを受け取ると、風谷課長は、給湯室の出入り口に手を掛けて、話を始める。

「私がちょっと前から言ってる話なんだけど」きたな、と思う。ただ、昨日の伊藤パッキングの件で自分が味わった妙な感じのことを思い出すと、風谷課長のこだわりは理解できるような気もする。「仕事をしていておかしいと思うことはないか?」

江里口さんにまったく不満はないものの、アナウンスと町の様子の関係についてかすかな違和感があるのは確かなので、まあ、ちょっとは、と私はうなずく。

「なんていうか、すごく反映が早いなということはありました」

江里口さんの名前は出さないことにする。私は、変だなと思うだけの者で、江里口さんを追及したいという意図はまったくないので。

「ないと思っていたらある、ってことが続かないか?」

まさしくその、風谷課長が何度か言っていた言葉の通りの感じだ、と私は気が付いたけれども、変に尻馬《しりうま》に乗って、さらに何かを探れと言われても不本意なので、はあ、まあ、そうですね、というぐらいの消極的な同意にとどめる。

とはいえ、同意そのものには力を得たのか、今までは、それ以上の内容には踏み込まなかった風谷課長が、今日は違っていた。

「だから一度、ないと思っていたのに現れた店の音声を、しばらく経ってから消してみて、それを送信したことがあるんだよ、江里口君にはもちろん内緒で」風谷課長は、本当に悪いことをしたとでも言いたげな、苦い顔付きで続ける。「その後、その店のあったところを見に行ったら、閉店していたんだ。看板も取り外されていて、よほど注意深く見て回らないとわからなかった。消えるように、なくなってしまったんだ」

私は、胃に重いものを感じながら、その店はなくなったままなんですか？　と訊き返す。そのようだね、と風谷課長は答える。

「もともと閉店する予定の店だったんじゃないでしょうか？」

「その可能性もあるけど」

奥さんが、嫁ぎ先の一階を改装して一人でやっていたネイルサロンだったという。ものすごく真剣な生業《なりわい》、という感じでもなさそうだったが、そこそこはやってもいたらしい。風谷課長の奥さんも、一度行ったことがあるそうだ。

「家庭の事情もあるかもしれないし、一概には言えないんだろうけれども」

風谷課長は、そう言った後、電話があったんでとってください、と呼ばれて席へと戻っていった。私は、給湯室で、好きでもない銘柄のコーヒーの缶を握りしめたまま、考え込むといってもほとんど判断材料がないので、同じようなところを回るだけ回って、とりあえずこのコーヒーは香取さんにあげよう、ということだけを決めて給湯室を出た。

＊

その週はずっと、風谷課長の言っていたことが気にかかっていた。要するに、あの人は、アナウンスが消えたら店も消えるんじゃないか、という非常識なことを言っていたのだが、江里口さんと連日アナウンスの仕事をしてみると、その逆に近いような現象に接することが何度もあるので、完全なでたらめとして処理しきれないものもあった。というか、風谷課長は、アナウンスありきで店が現れるという現象の確認を試みて、店が消えるという状況に遭遇したわけだが。

いやいやばかばかしい、と思う。風谷課長は、たぶん男性更年期か何かなのだ。鬱《う》っぽいのかもしれない。私も前の職場でさんざんしんどかった時は、上司が私の文具を盗んでいるんじゃないか、とか、誰かがわざと仕事を遅滞させようと書類を隠しているんじゃないか、などとちょっと妄想がちになってしまったことも何度かある。結局両方とも、私の管理が悪くてどっかにいってしまっていただけなのだが。

江里口さんは相変わらず、てきぱきと仕事をしている。今朝なんか、感謝のハガキをもらっていた。『アホウドリ号のアナウンスのおかげで、開店したてのウチのお店が当初の三倍の売り上げを上げることができました！』という内容だった。「駅前交差点東通り」という停留所の近くにできた、佐世保バーガーの店からだった。今、新規に開店して佐世保バーガーなのか、と考え込むところもあったのだが、スリークォーターサイズのものにポテトと飲み物を付けて、最安で650円以内に抑えるという値段の方針が受け入れられているらしい。江里口さんが作ったアナウンスは以下である。

『おいしい、ボリュームのあるハンバーガーが食べたいなー。でもちょうどいいサイズのがないのよねえ……。そんな時はドック佐世保にいらしてください！　ドック佐世保では、フルサイズ、4分の3、ハーフサイズ、そしてミニサイズなど、各種のバンズをご用意して、みなさまをお待ちしております！　ポテトもいっぱいだよ！』

ドック佐世保も、いきなり現れた店だったように思う。帰りにバスに乗っていて、「駅前交差点東通り」の停留所からいちばん近い角の空き店舗に、食べ物屋らしい派手なテントが掛かったなあ、と思っていたら、その次の日に開店し、アナウンスも流れていた。手際が良すぎると思う。これまであった店が、より売り上げを伸ばすためにバスのアナウンスを頼むのではなく、新装開店と同時にアナウンスを流してもらう。そういうケースがほかにもいくつかあったけれども、不思議なのは、江里口さんしかそういう事例は手がけないということだ。私は常に、既存の店や病院や会社や教室のアナウンスを作っている。ここのアナウンスを作って、と言われたら、はいはいあそこね、となんとなくわかるところばかりだが、江里口さんがアナウンスを作る所は、時に突然ぱっと現れる。

新しい店のアナウンスを作れば、何か手当がもらえるということなどはないようだ。江里口さんが無類の新しいもの好きで、優先的に新装開店する店の仕事ばかりを回してもらっているということもないだろう。この店のアナウンスを作って、という指示は、広報部から回ってくるものだし、私たちが直接依頼をもらってやっているわけでもない。つまり、江里口さんが新しい店などのアナウンスばかり作っても、江里口さんに特段のメリットがあるというわけではない。もちろん、私が以前からあるスポットの説明を作り続けて、デメリットがあるというわけでもない。

なので、やはり風谷課長が考えていることは変だし、ネイルサロンが消えたのもただの偶然だろう、という結論に達する。そして達したものの、どうせ偶然なら確認してもいいんじゃないか、という衝動に駆られる。

魔が差した。いや、全部自分の意思でやったことだろう、仕事に関してそんな頭の悪い物言いをするんじゃないよ、とも思うのだが、その音声編集を任された日は、そういう心境だった。一日ぐらいならいいんじゃないか、と考えたのだった。折しも、バスに編集した音声が反映される次の日は水曜日で、私が一日だけ音声を消してみたらどうだろうと考えていた極東フラメンコセンターは定休日だった。

風谷課長が言っていたネイルサロンに関しては、嫁ぎ先のガレージを改装して、お嫁さんが趣味でやっているような店だったし、そりゃふっと消えることもあるだろう、と思ったのだった。でも、極東フラメンコセンターみたいな、五階建ての真っ赤な建物が消えるわけがない、と。どうせ定休日なんだし、一日ぐらいアナウンスがなくなったってどうということはないはずだ。

そういうわけで、その日に作って録音したアナウンスを足した後、私はしれっと、「駅前交差点下ル」の停留所に関するアナウンスから、極東フラメンコセンターについての音声を消して、バスの整備担当者に送ってみた。江里口さんは、私のことを信用してくれているのか、中身について確認をしたりもしない。ゆるい勤務体制につけ込んだ形となって、ものすごく申し訳ない感じもしたが、疑問を解消することも仕事をやっていくための要素の一つだ、と自分に言い聞かせて、私はそんなことをやってしまった。

驚きのあまり卒倒しそうになったのは、次の日のアナウンス録音の時のことだった。

香取さんが言ったのだ。極東フラメンコセンターってさ、閉めちゃうの？　と。

「お昼休みにさ、あそこで安くておいしいタパスを売ってくれるから、ちょっと贅沢《ぜいたく》しようかなって日に、ときどき社用の自転車借りて買いに行くんだけど、今日行ってさ、シャッター閉まってて。あ、定休日だったな、って思ったんだけど、よく見たら様子が違ってて」

　センター長急病のため、無期限閉館とさせていただきますっていう紙が貼ってあってねえ。

　まさか。血の気が引いた。隣にいる江里口さんはというと、へー、極東フラメンコセンター閉まるんですか、とただ残念そうにしている。

「じゃあ、早めにアナウンス編集しないとだめですね」

　私は、自分が極東フラメンコセンターについての音声を消してしまったことがばれてはいけないので、あ、今日私やります、やっときます、と手を挙げる。江里口さんは、そうですか、じゃあちょっと、電話で確認取ってきますんで、と席を外す。

「去年いきなりできた時はびびったけど、すごい派手じゃない、あの建物」

「ええ、まあ」

「閉まるって聞くとめっちゃ寂しいよねえ。タパスおいしかったし、一階の喫茶店みたいなとこ、会社終わってからすごいぼーっとできて良かった」

香取さんは、ふと寂しそうにする。香取さんは、三十代の前半に一度結婚していたことがあるらしいのだが、離婚して、それからはシングルだという。少し前に、昼休みに話してくれた。退社後には、だいたいアホウドリ号に乗ってジムに行き、でも毎日行くのはしんどいので、それ以外の日はカフェに行ってゆっくりするのが好きなのだそうだ。

突然、わっと込み上げてきた香取さんに関する情報に、私は戸惑う。私は香取さんから、場所を取り上げてしまった。すぐに戻ってきた江里口さんは、首を振って、電話、つながらないですね、と言う。

「とりあえず、明日も連絡してみますね。ただ、閉館のお知らせが貼られているのにアナウンスをするわけにもいかないので、今日のところは消しておいてください」

江里口さんの指示に、私はうなずく。うなずきながらも、反対のことをしてみたらどうなるだろうと考えた。アナウンスを復活させるのである。そしたら、極東フラメンコセンターも、閉館を撤回するかもしれない。完全に妄想なのだが、風谷課長の一連の話と、今回の出来事を照らし合わせると、アナウンスが消えることで店や施設が消えるのなら、もう一度復活させることで、その場所が戻ってくるのではないか？

その日私は、昨日自分が消した極東フラメンコセンターの音声を戻して、整備担当者に送信し、アホウドリ号でループを一巡して帰宅した。「駅前交差点下ル」の停留所のあたりになると、少し腰を上げて、極東フラメンコセンターの真っ赤な建物の様子を確認してみた。閉館ということになったという話だが、何か事後処理のようなものでもやっているのか、どの階も電気が点いていた。

異様だったのは、すべての階の黄色いカーテンが、まるで何かを弔うようにすべて黒いものに取り換えられていたことだ。私は首を振って、埋もれるように椅子《いす》にもたれた。

私はいったい何をしてしまったのか。

＊

整備担当者から連絡があったのは、出勤して一時間ほどが経《た》った頃のことだった。電話を取ったのが私でよかったと思う。江里口さんは、今日の作業分の新たなアナウンスを作るための取材に出かけていた。

運転士から、フラメンコセンターのアナウンスが消えたり戻ったりしてるって言われたんだけど、どっちのバージョンが最新なの？　最新のデータを送ってくれる？　と整備担当者は疑問を呈した。ええと、戻ってるのが最新だと思いますけど、と私は自分が消してみたことは伏せておく。

「でもあそこ、閉館するんじゃなかったっけ？」全館に黒いカーテンが掛かっているので、おかしいと思った運転士が帰宅時に確認に行き、無期限閉館の貼り紙を見かけたという。「昨日は定休日だったから消えたのかな、って運転士は思ったらしいんだけど、貼り紙を見たら閉館って書いてあって、そしたら今日の分のアナウンスではまた流れてるから、変だなと思ったんだって」

アホウドリ号の運転士も、ちゃんと聞いているし、見ている。私は、自分がとんでもないまぬけに思えてきた。整備担当者の声には、まったく責めるようなニュアンスはなかったが、私は自己嫌悪《けんお》に陥った。

「ええと、じゃあ今日の分の編集で、なんとかしておきます」

消す、とも、そのままにするとも言えなかった。整備担当者は、じゃあよろしくねー、と軽い感じで電話を切った。

その日の仕事中は、とても暗かった。自分の悪事、というか、勝手な試みが及ぼした影響と、それがまったく明るみに出ていて、他の人の知るところになっていることに、非常な恥の意識を感じた。何をやっているのか私は。もう十四年ぐらい社会に出て働いているのに、何を厚かましく思い上がってやらかしているのか。

江里口さんは、昼休みに入る少し前に帰ってきた。今日行ったお惣菜屋さんがくれました、と山菜ごはんと玉子焼きと鮭《さけ》の切り身のお弁当を分けてくれて、昼ごはんにはそれを食べたのだが、自分のやってしまったことと、それをどう江里口さんに伝えるのかずっと考えていて、ほとんど味がしなかった。江里口さんと香取さんは、おいしいおいしい、と言いながらきげんよく食べていた。

午後の就業時間が始まっても、私は江里口さんに自分のしたことを打ち明けられず、どんよりと仕事を進めながら、とにかく十五時のお茶を飲んで一息ついて、十六時になったら、自分のやらかしたことを打ち明けよう、と決めた。

江里口さんは、今日の惣菜屋についてのアナウンスの案を練りながら、一時間ごとに極東フラメンコセンターに電話をかけているようだった。相手は留守電になっているのか、毎回、何度も失礼致します、と、ご連絡をお待ちしております、という言葉を丁寧に繰り返して、電話を切る。

胃が痛い。もう、大学を出て以来、ちまちまと積み上げてきた仕事に対する自信なんてめためたである。違うんです、私はもっと仕事に対してシリアスな人間なんです、

今回のことは、風谷課長と話していて、そしていろいろなことがあって、魔が差したというか……。だめだ。風谷課長の名前を出すのはクズだし、魔が差した、はアホだ。大人の言うことじゃない。

十五時になって、香取さんにアナウンスを読んでもらう時間になっても、私の考えはまとまらなかった。自分が決めた時刻まで、あと一時間しかない。江里口さんが、取材先でもらってくるおやつなどをまとめて入れている箱を開けて、香取さんへの貢《みつ》ぎ物を物色し始めた時に、内線がかかってきた。私が取ると、極東フラメンコセンターからです、江里口さんにつないでください、と総務の女性が言う。私は、ほとんど胃が裂けるような思いで、冷や汗をかきながら、江里口さんに受話器を渡してつなぐ。

「はい江里口です。お電話ありがとうございます。何度もご連絡を差し上げて申し訳ございませんでした」

香取さんに読んでもらう原稿に何度か目を通すものの、まったく頭に入ってこない。昨日社内の者から知らせを受けた時はびっくりしました、などと言う江里口さんの口調は、ほぼ平坦《へいたん》で、私は、自分の立場が好転するのか暗転するのか、ほとんど予測できずにいた。そして、いやいや好転とかないだろ、都合のいいことを考えるな、と自分を戒め、江里口さんから受ける侮蔑《ぶべつ》について想像する。

でも、アナウンスの枠がだいたい埋まるまでしかこの職場にいないんだから、何を思われても別にいいだろう、とも思う。しかしなぜか私は、この下手したら十歳は年下かもしれないぐらい若く見える先輩から、さげすまれたくはないと強く思うようになっていた。そりゃ誰からでもそういう目では見られたくないけれども、この人とは特に悪い関係になりたくないな、と思った。理由はよくわからない。私は何か、敬意のようなものを、江里口さんに抱き始めていたのかもしれない。

「そうですか、体調が回復されて」江里口さんは、わずかに声を弾ませて、受話器を持ったまま、何度か軽くうなずく。「後継の方も決められたんですね。わかりました。ただ、次の具体的な開館については決まっていない、と。いえいえそんな。センターの皆さんの営業努力の賜物《たまもの》でしょう。アホウドリ号のアナウンスはどうされますか?」

それでは引き続きよろしくお願い致します、と言って、江里口さんは受話器を置いて、突っ立って固唾《かたず》を呑《の》んでいる私のほうに向き直った。

「まだ開館のめどは立たないですが、アナウンスはそのままにしておいて欲しいとのことです。なので、昨日消したデータにまた加えて今日の分を送信することにします」

私は、そうですか、そうですか、と無駄に何度も小刻みにうなずく。

「そういうわけなんで、今日の録音が終わった後、そのように編集していただけますでしょうか？」

「い、いやいや」私は、とっさに断わる。自分がこの件に関わり続けるよりは、江里口さんに任せたほうが良いと思ったのだった。「ちょっと今日は、目がしぱしぱしておかしい感じなのと、あと、耳もなんか、空気が入ってる感じで音がこもって聞こえるんで、パソコンの作業は江里口さんにお任せして良いでしょうか？」

「大丈夫ですか？　早退されます？」

「いやいやいや、そこまでじゃないんですけどね」

「わかりました。確かに、最近ずっとお任せしてましたしね」

私の捻《ひね》り出したアホみたいな理由を、江里口さんは怪しみもせずに、香取さんへの貢ぎ物である梅ゼリーを持って、じゃあ香取さんを呼んできます、と立ち上がった。

私は、どうぞどうぞ、とパーティションの外へと手を振ったあと、ぐったりとデスクに伏せて、そうだ、江里口さんに音声をやってもらうんなら、フラメンコセンターが消えてるデータに差し替えておかないと、と思い出し、パソコンのところに突進して、私がフラメンコセンターについてのアナウンスを復活させても閉館したままだった今のデータを、前日に作った消したもので上書きした。

その後、香取さんのアナウンスの録音はつつがなく終わり、音声の編集を江里口さんが手がけた。あれ？　このデータ、最終更新が今日になってるな、おかしいな、と目ざとく発見されたのだが、私は、今朝ちょっとノイズを取ったりしていました、などとすかさず言い返して事なきを得た。

帰りは、ものすごくぐったりして、アホウドリ号で一巡した。痛む胃を抱えながら、極東フラメンコセンターの建物が見えてくるあたりで身を起して様子を確認したのだが、まだカーテンは黒いままで、今日は電気も点いていなかった。いたたまれない気持ちで家に帰り、夕食も食べずに寝た。

次の日は、どうしても気になって、昼休みに会社から出て、徒歩で極東フラメンコセンターを見に行った。シャッターは下りていたが、貼《は》り紙がなくなっていた。少し離れて、全体が見えるところから建物を確認してみると、三階から下のカーテンが、また黄色いものに戻っていた。四階の窓際《まどぎわ》には、人の気配があって、黒いカーテンが黄色いカーテンに取り換えられる瞬間を、私は地上から凝視した。カーテンを替えている人が、こちらを見たような気がして、私はそそくさとその場を逃げ出した。

*

その週の木曜、私が提出する日報を受け取りながら、明日朝いちで会議をやるんで、と風谷課長が言った時は、血の気が引く思いがした。なんなのか、江里口さんは何も言っていなかったが、極東フラメンコセンターについての一件が実はばれていて、話を上にあげたのか。でも、私だって長いことこの職場にいるわけじゃないんで、いちいち会議なんてしないで欲しい。廊下の隅に呼び出して十五分ぐらい怒って、もう明日から来なくていいから、と言えばすむ立場ではないのか私なんて。

退社後から出勤前まで、以上のごとく小心にぶつぶつ考え込んでいたのだが、杞《き》憂《ゆう》だった。会議は、おまえ変なことしやがって、という内容ではなく、アホウドリ号に新しい種類のアナウンスを付け加える方針に関するものだった。

出席者は、江里口さんと私、風谷課長、広報部長、営業部長、営業部第三課の若者の六人で、営業部長は最初の十分で退席した。この職場に来てから、ひたすらアホウドリ号のアナウンスのことをこなすのに気を取られていて、あまりちゃんと考えたことはなかったのだが、このバス会社は、もちろん通常の路線バスも運営しており、江里口さんと私の正式な係名は、アホウドリ・アナウンス作成係というそうだ。営業部第三課の、庄田《しょうだ》さんという若者が、アホアナ係と一回だけ略して言ってしまい、しまったという顔をしていたが、江里口さんも私も平然とした顔をしていた。そういうふうに軽く見られている係に、江里口さんと私はいるわけだが、みだりに人を軽く見ることが明るみに出るのもこっぱずかしいもんだと思わせることができたら幸いである。

広報部長が言うところによると、営業部が地域から拾い上げてきた情報では、最近、アホウドリ号が循環している周辺には、変質者が出没しているので、そのことに関する注意喚起をアホウドリ号でやるのはどうか、とのことだった。江里口さんは、私たちの仕事場から持ち出してきた資料を眺めながら、どの停留所とどの停留所の間なら、別のアナウンスを入れられそうかということをてきぱきと話してゆく。さすがだと思う。私は、実際に音声データにあたってみないと、どこのアナウンスが混んでいてどこが空いている、といったようなことは、印象でしか話ができない。どちらかというと、商業地域である駅前や商店街の入り口の側ではなく、梅ノ木小学校やその周辺といった、住宅地の方面に時間的な余裕があるようには思う。

今後、特にそちらから新しいアナウンスの依頼が入ることもないと予想しますが、と江里口さんが妙にはっきり言い切っていたことがちょっと気にかかり、風谷課長もやはり、やや奇異なものを見るような目で江里口さんを見やったのだが、広報部長と営業第三課の若者は、まったく気にしない様子で、じゃあひとつ、アホウドリ号、ひいてはこのバス会社の著しいイメージアップにつながるような文言をよろしく、と江里口さんに頼んでいた。著しいって、アナウンスひとつでまたそんなむしのいい、と私なんかは思うのだが、江里口さんは真剣な表情で、了解しました、とうなずいていた。

会議に出席した人々には、それぞれにやる気があったけれども、私と江里口さんは、席に戻ってもどうも複雑だった。このへんは、犯罪とかほとんどないのどかな地域だと思ってたんですけどねえ、と私が言うと、江里口さんもうなずいた。

「大学を卒業してからこの会社に入社して、このあたりに住み始めて四年とかなんですけれども、一度も怖い思いをしたことがないのに」

めったに自分の話をしない江里口さんが語り始めることに、私は仕事の手を止めて耳を傾ける。江里口さんは本当に自分の話をしない。昼休みも、香取さんや私の話に合いの手を入れたり返事をしているだけだし、外食にも一度も行ったことがない。だからこれは貴重な機会なのだと思う。

大学までは実家暮らしで、郊外の住宅地の、親が建てた一戸建てに住んでいた江里口さんだが、アホウドリ号が循環している地域のように、古かったり、ごちゃごちゃしていなかったりしているなりに、怖いな、と思うことがいくらかあったのだという。人通りが少なくて、夜が早いところだったらしい。何年かに一度は、下校している時に、知らない人に突然声をかけられたりしていやな思いをしたそうだ。

「私はこの界隈《かいわい》が好きなので、妙なことがあるとは心外です」

江里口さんは、非常に珍しいことに、怒っている、とでもいうような感情をあらわにする。私は、自分は生まれも育ちもアホウドリ号の循環している地域だが、まあ、あんまり変なことがあったという話は聞かない、と答えた。子供が被害に遭うという話よりは、うちの母親が交差点で車道側にバッグを持っててひったくりに遭ったり、父親が駅で財布をすられたり、私が男子高生の自転車に当てられそうになったり、といった、被害者の老若《ろうにゃく》男女を問わないガラの悪い事件が多い。

注意喚起の対象は、子を持つ親と、その他無辜《むこ》の乗客たちということになった。営業部の庄田さんの説明によると、報告されているのは、おやつやゲームなどで下校中の小学生を誘い出そうとする手合いで、私と江里口さんは話し合って、直球の内容のものを作った。

『最近、お菓子などを子供さんに与えて連れ去ろうとする事例が報告されています。

知らない人から物をもらったり、ついていったりしないように、ご注意なさってください』

広報部長にそれを見せると、基本的にアホウドリ号以外の路線バスのことで忙しいせいか二つ返事でOKを出して、あ、あとさ、アナウンスの中で注意が目立つように、香取さんじゃなくて別のぜんぜん違う誰か、たとえば男の社員に読んでもらえばどうかな、と付け加えた。

「男の人ですか？」

「そう。女のアナウンスの中に男の声が聞こえたら目立つんじゃないかと思って」

「じゃあ部長が吹き込まれます？」

江里口さんが言うと、おれみたいな汚い声のはだめだよう、と広報部長はわざとらしく咳払《せきばら》いをしながら、顔の前で手を振った。

「じゃあ庄田さんとかでしょうか？」

「あーいいと思うよ。でも彼は夕方まで帰ってこないな」

広報部長は、路線バスのほうの大口の顧客と打ち合わせがあるとかで、ブリーフケースに資料を突っ込んで準備を始めながら、そう雑に言って、結局誰にアナウンスをさせるのかということは決めずに、フロアを出ていった。

適当なことを言われてもねえ、と私が江里口さんに言おうとすると、広報部長の近くの席にいた風谷課長が、江里口さん、と言いながら、かすかに緊張した面持ちで近づいてきた。上司だからそんなに硬くならなくていいのに、と思うのだが、風谷課長にはやはり、江里口さんをどこかで畏《おそ》れている部分があるのだろうか。

「私がアナウンスを録音していいだろうか？」

江里口さんは、ええ、よろしいですとも、と事もなげにうなずく。江里口さんが風谷課長よりだいぶ若いとはいえ、どちらが職場での権限が強いのか、傍目にはよくわからなくなってくる。

「お手すきでしたら、すぐにでも録音しますが」

風谷課長は、そうか、と言って、デスク周りを見渡し、じゃあ、三時ぐらいまでに今の仕事を片付けるから、と答える。

私は、改めて風谷課長のデスクトップをちらっとのぞく。奥さんと思われる風谷課長と同じぐらいの年頃の女性が、十歳になるかならないかぐらいの女の子の肩を抱き寄せて、笑っている。コスモスの花畑を背景に、二人はとても幸せそうである。穏やかな表情を浮かべた奥さんは優しそうだし、歯を見せて笑っている娘さんはとてもかわいい。風谷課長は、アホウドリ号が循環している地域に住んでいて、会社にもアホウドリ号に乗ってやってくるという。

昼休みに一緒にごはんを食べながら、私は何度か江里口さんに、風谷課長がアナウンスを志願したのには、娘さんのこととかもあるんですかね、と言おうとしたけれども、どうも言えなかった。

午後三時きっちりに、風谷課長は江里口さんと私が仕事をしている部屋を訪ねてきて、アナウンスを吹き込んでいった。香取さんのように頻繁にアナウンスを読んでいるわけではないので、最初の三回ほどはつっかえたり、言い間違えたりとNGを出したが、すぐに慣れて、かなり心がこもった様子の、本気で地域のことを心配している感じのアナウンスが録音できた。

その後、私は音声の編集、江里口さんは次の日の仕事である、江戸時代から続いているという漬物屋の資料を読みながら、どちらともなく、いいアナウンスが録音できた、という話をした。香取さんのも毎回いいような気がするのだが、風谷課長のも素朴で良かった。

この仕事もいい仕事のような気がする、と私は江里口さんに言いかけようと振り向くと、江里口さんは漬物屋に電話をかけていて、私はまた、言おうと思ったことを言いそびれた。

風谷課長のアナウンスを流し始めてから一週間後、アホウドリ号を利用しているという梅ノ木小学校の先生から、お礼の連絡があった。応対したのは営業部で、効果は上がっていますかと尋ねたところ、児童からの変な人に話しかけられたという報告は、アナウンスを流す直前の週の九件から、二件にまで減ったという。江里口さんと私に報告してきた庄田さんは、意気揚々といった様子で、比較的空いている停留所間は、すべて風谷課長のアナウンスを流せないだろうか、と言ってきたのだが、我々より広報部長にご相談ください、と江里口さんはあっさり返答していた。

＊

江里口さんから衝撃的な告白があったのは、その次の日の昼休みのことだった。ドック佐世保の4分の3サイズのハンバーガーの付け合わせのキヌアサラダをつつきながら、実は私、アナウンスを全部作り終わったら退職するんです、などと言う。私は、驚きのあまり、からあげの衣を嚙《か》み砕くのと一緒に口の中を嚙んでしまって、ものすごく痛い思いをしたのだが、それを訴えることもままならなかった。一年前から言ってたからねえ、と香取さんはぜんぜん驚いておらず、ずっと前から決めていたことのようだった。

あの、ちょっと、個人的に急なんですが、差し出がましいかもしれませんが、とよろよろしながら口を挟むと、すみません、でも、会社にとっては私が辞めるのはほんとに小さいことですし、アナウンス作成の仕事が終わる目処《めど》も立っていなかったもので、と江里口さんは答えて、ちょっと恐縮しているような様子で、何度もすみませんと言った。

私に関しては、契約が延長されて会社に残られるのでしたら、それなりにどなたかを付けて仕事を教えてもらえると思いますんで、大丈夫でしょう、と言う。香取さんは、経理に来たらあたしが教えてあげるからねー、と事もなげに私の腕を叩《たた》き、江里口さんは、どこに配属されても、皆さんいい方なんで、とそれに続くのだが、私は呆然としていて、体が冷えて目の前がちょっとぼやけていた。

アナウンスを全部作り終わる、といっても、まだ少しずつ依頼はありますし、そんなに急な話ではないでしょう、と江里口さんは言うけれども、アホウドリ号の中の広告募集のお知らせを取り外したり、バス会社のサイトでの告知をやめたり、着々とアナウンスを作る仕事は終わりに向かっているように思えた。

江里口さんがいらっしゃらなくなったら、私はどうしたらいいかわかりません、と私は言った。いや、そんなこともない、というのは、さすがに十四年も仕事をしてきたのでわかっている。けれども、完全に社交辞令というわけでもなかった。仕事上のパートナーがいなくなると、いずれ落ち着くにしろ、一時的に混乱状態に陥るのは必至だし、一緒に仕事をするうちに、私は江里口さんに敬意を持つようにもなっていた。できるだけ長く、江里口さんと働けたらいいな、と思っていたのだ。しかしその願望は、けっこう軽い感じで絶たれてしまった。

しかし、そりゃ江里口さんにも人生設計があるしなあ、と私はすぐに気を取り直した。自分が職場を辞めてきた原因を考えると、言いにくいだろうか、と思いつつ、仕事中に、やめられたらしばらくお休みになるんですか？　と尋ねると、江里口さんは、大学のクラブの先輩たちが小さな事務所を立ち上げることになったので、そこで雇ってもらうことになりました、と快く答えてくれた。何のクラブですか？　と、ただ好奇心だけで訊《き》くと、女子大の山岳部です、とのことだった。

私は、まあ自分だって、アナウンスを作り終わったらどんな身分になるかわからないしな、今日だってあんまり仕事がないし、と何度か折り合いをつけようとして失敗しながら、遅めのお茶を淹れるために、十六時前に給湯室に行くと、風谷課長が廊下の向こうからやってくるところだった。なぜか、ピンク色のワニのフェルトのアップリケが入った、これまたピンク色の四角い布袋を持っている。異様に感じたのでじっと見てしまうと、ああこれ、これね、と風谷課長は言いながら、給湯室に入ってくる。

「社内では黙っててもらえるかな？　これのことは」

ああ、それはまあ、とうなずくと、娘のなんだ、と風谷課長は、給湯室のテーブルの上にいったん布のバッグを置く。確かに、小学生がよく持っているような、手作りっぽいものだ。なんだかでこぼこして、重そうなものが入っているように見える。

「今日は、図書の授業があってね。クラス全員で図書室に行くっていう、梅ノ木小にはそういう時間があるんだけど、娘はいつも、上限の五冊まで借りてしまって。すごく重そうだったから、一冊だけ渡して残りを持って帰ってきた」

はあ、とうなずく。うなずくものの、なんで風谷課長が勤務時間中に娘さんの布バッグを持っているのかはわからずじまいだ。

「ちょっと中抜けして、娘を学童保育に送ってきたんだよね。学童がけっこう遠いところにあって、昨日そこへ行く道で、知らない男に追いかけられたって言うからさ」

「アナウンスは効果を上げてるっていう話ですが」

「まあ、一定の効果はあるけど、撲滅には至っていないのかも」

「変質者が複数いるのかもしれないですね。お菓子で声をかけるほうのはやんだけど、違うやつはそうでもない、とか」

なんだか無神経なことを言ってしまったかもしれない、と一瞬後悔したけれども、風谷課長は、そうかもね、とうなずいた。

「うちは共働きで、妻の会社は特急で通うようなとこにあるし、近所に住んでる姑《しゅうとめ》と交代でっていっても、二日に一回中抜けするっていうのもなかなかだし、これからどうするかな、と思う」

私は、風谷課長の気持ちをある程度は理解したつもりだったが、かといって、じゃあ自分も中抜けしますんで三交代にしましょうか、などと提案するわけにもいかず、大変ですね、と無力な同意をするばかりだった。風谷課長は、変な目に遭わないために学童に行かせてるんだけど、そこへ行く道に現れるんならなあ、と頭を抱えていた。帰りは大丈夫なんですか？　と訊くと、私か妻が会社帰りに迎えに行くんでそれは大丈夫、とのことだった。

とりあえず、アナウンスをもっと詳細なものに作り替えてもいいんじゃないだろうか、と思ったので、江里口さんとお茶を飲んだ後、風谷課長の後ろの本棚から住宅地図を出して、席に戻った風谷課長に、どのあたりで娘さんは追いかけられたんですか？　と訊いてみた。

「ここだね、この、細長い三角形の角地と、公園に挟まれた道路」

公園はあまり人けがなく、人がいたとしても、道路側の植え込みがけっこう大きいので、視界を遮っているのだという。角地には、三階建ての事務所兼住宅があったのだが、住人だった設計士が、事務所を移転させてからは長いこと空き家になっているそうだ。言われてみると、鋭くとがった土地は、なんだか住む人も働く人も選びそうな形状をしているように見えてくる。そして、問題の道路側に面した角地の隣は、コインランドリーである。ふっと人けがなくなる場所なのだ。

娘さん、道を変えられたらどうでしょ、と言おうとしたけれども、学童保育所は、その公園に面した道の端の行き止まりの民家だということで、他人のことながら、私は腕組みをして唸《うな》ってしまう。学童ができた当初は、角地に事務所が入ってたし、コインランドリーは喫茶店だったそうだよ、と風谷課長は言う。

じゃあ学童保育には行かないでさっさとうちに帰ったらどうでしょう、とも私は言えたかもしれないが、まあ、言えなかった。風谷課長は、江里口さんがなんとかしてくれないかなあ……、などと、私に話すでもなく、ぼんやり呟《つぶや》いていた。私は一応、江里口さんは普通のバス会社の社員さんですし、と現実的な返しをしておいた。極東フラメンコセンターや、その他の物件のアナウンスに関して、江里口さんが常に、何か先行するような、その物件の存在自体を深く左右するようなことをしてきた現象については、自分の目で目撃してきたけれども、しかし、単なる偶然だったという線だって捨てきれない。というか、常識的には、偶然ということですまされる範疇《はんちゅう》の出来事だろう。

仕事場に帰り、風俗課長の名前は伏せて、知人の言うところではという態《てい》でその話を江里口さんにしてみると、それは間が悪い時に出て行かれましたね、その設計士さん、と少し困ったように言った。

「おかしな手合いが一人じゃなくて、手口が一つじゃないとしたら、困りますよね」

「まあでも、その場所についてそのままアナウンスしても、べつの死角を探されるかもしれませんし」

いたちごっこですね、と江里口さんが、あまり心を動かされた感じでもなく言ったので、私はなんとなく落胆して、それもそうなんですけど、と完全に同意はしなかった。

「とりあえず、梅ノ木小学校の先生に報告しておきましょうか」

江里口さんは、パソコンで私が報告した場所の住所を調べて、営業部の庄田さんに内線をかける。スピーカーホンにしていたわけではないが、庄田さんの大きな声が受話器から聞こえてくるので、はあ、はあ、とあまり要領を得ていない様子なのがこちらにも漏れてくる。住所を二回聞き直している。そのたびに江里口さんは、最初とまったく変わらない口調で、件《くだん》の場所の住所を読み上げる。ちゃんと梅ノ木小学校の先生に要件が伝わるのか、どうも不安な感じだ。

受話器を置き、私なら首を振ったり溜《た》め息をついたりするところを、江里口さんは何も表明せずに、仕事に戻る。老舗《しにせ》の漬物屋がアナウンスを流すことにしたと聞きつけて、隣の停留所の近くの同じぐらい古いお茶屋が、うちのも作ってくれと言ってきたので、その資料を読み、文案を練る。私は、今日も昨日も一本も作らなかったので、音声の編集作業もなく、これまで作ったアナウンスに関する資料の整理を始める。

「交番とかがあのへんにできたら、変な人間が出没しなくなったりするんですかね」

風谷課長にクギを刺したわりには、自分も江里口さんにまつわる『ないと思ったらある』現象を頼りにするようなことを言ってしまう。

「交番の新設とかっていうのはさすがに耳にしませんね」

江里口さんは真面目《まじめ》な口調で答えてくれるが、それだけといえばそれだけで、私は物足りないものを感じた。かなり身勝手な話だと自分でも思ったけれども、どうしても、この人なら何かできるんじゃないか、と考えずにはいられなかった。

*

バスのアナウンスの枠は、当初の期待を大幅に上回って埋まり、放送を依頼してきた顧客からの成果に関する報告も上々で、変質者への注意喚起を始めたことにより、地域への貢献もこなすアホウドリ号、ということで、数年の存続は堅いだろうという評判が社内で聞こえるようになった。

そしてアナウンスの文言を書くことも少なくなり、アホウドリ号の延命も確実なものとなった今、庄田さん言うところのアホアナ係には、急速に使命がなくなっていった。

江里口さんには総務に戻ってもらおうという話があったんだけれど、あなたに関しては、もしかしたら、ここでの実績を携えて、違う職場に行ってもらったほうがいいんじゃないかという話があって、と広報部長に呼び出されて持ちかけられたのは、江里口さんの送別会の日の午後いちばんのことだった。

「この会社にいたいということであれば、やめてしまう江里口さんの代わりに総務に行ってもらってもいい。ただ、うちの会社の得意先に、アホウドリ号のアナウンス事業が一段落しかかっていることについて話したら、ぜひ江里口さんかあなたのどちらか来てもらえないだろうか、という申し出があってだね」

　このバス会社より、時給が１５０円高かった。所在地は、今の職場より一駅ほど遠い。この会社とは違って、契約社員の状態でも健康保険はあるそうだ。

「いや、またアナウンスを作る仕事っていうわけではないんだけど、似たところのある仕事ではある。うちはしばらくアナウンスを更新することはないし、こちらでいちから総務の仕事を覚えるよりは、馴染《なじ》みのあることをできるかもしれない」

　広報部長の口振りや表情から、私をお払い箱にしたいのか、それとも別に居てくれてもいいけどと思ってくれているのか、ということについては量れなかった。この会社は、それほど悪い雰囲気ではないし、広報部長からしたら、どっちにしろ自分の下を離れるのだから、そんなに重大な案件でもないのだろう。政略結婚的な、そちらの会社に送り出したらこちらが得をする、という意図もないように思えた。すべては私の胸一つということだ。

　このことについては、総務に頼んで、あなたをこの会社に紹介してくれた担当者さんにも話をしてある、相談してきてくれてもいい、と広報部長は言っていた。私は、しばらく考えさせてください、と答えて、席を立った。

何月何日に江里口さんがやめる、とまだ決定したわけではないのだが、送別会までやったのだったら、江里口さんが退職するのはもう覆《くつがえ》せないことなんだな、と改めて感じた。場所は、商店街入り口の停留所でアナウンスされている、チェーンの居酒屋で、繁盛《はんじょう》している、と私たちバス会社の一行は歓待された。アナウンスが流されるまでは、売り上げで悩んでいたのだが、ランチで惣菜《そうざい》バイキングを始めた、ということをアホウドリ号で流し始めると、周辺で働く会社員や高齢者がけっこう来るようになったのだという。

『お肉やお米を食べるのは簡単だけど、野菜や海藻を摂《と》るのはどうしてこんなに難しいんだろう……。そんな悩みをお持ちの方、商店街の中の居酒屋さゐまるにお越しください！　ランチは、野菜と海藻たっぷりのお惣菜が食べ放題。もちろん、お肉もごはんもどうぞ！』

江里口さんが作ったアナウンスだった。香取さんが一人で偵察に行ってきたそうで、最後に強調されるお肉の正体は、からあげとミートボールなのだが、ごはんが十穀米なので、あれで720円はけっこううれしい、とのことだった。

夜は食べ放題ではないため、さすがにローストビーフなども出てきて、江里口さんはいろいろなものをおいしいおいしいと言って食べていた。せいせいしているようにも見えるのだが、会社の他の人たちや私には、もっと一緒に働きたかったです、残念です、というような内容のことをしきりに繰り返していた。風谷課長は、娘を迎えに行きますんで、すみませんけど、と会費を全額払ったにもかかわらず、最初の三十分で出て行った。

梅ノ木小学校に問い合わせると、今週も二件、尾行された、声をかけられた、という児童からの報告があったらしい。窓口になっている先生は、いやいやでもアナウンスのおかげで変なことが減りましたよ、助かりますよ、と言ってくれるのだが、まだある、ということが頭に引っ掛かって仕方がなかった。広報部長から、今より時給のいい仕事を紹介されても、そちらをなんとかするまでは、気持ちを切り替えられそうになかった。

しかしその一方で、送別会での江里口さんは、もはや会社からは出てしまった人のような顔をして、本当にお世話になりました、などと言って回っていた。誰も彼もは救えないんだということは、もちろんわかっているつもりなのだが、私は何か、心強い味方を失ってしまったような気がした。

もはや、極東フラメンコセンターをめぐるいろいろなどは、過去の話になってしまった感じだ。あんなに冷や汗をかいたり、異様な思いをしたにもかかわらず、ちょっと懐《なつ》かしいぐらいにも思える。あの時が、アナウンスの文言作成の仕事への没入のピークだった。広報部長は、私の身の振り方について期限は言わなかったし、私は「しばらく」とだけ言うに留めたけれども、自分は決められるのだろうか。決断すること自体がストレスに思えて、私は、ただ仕事をしていれば時間が過ぎていった、あの当時に戻りたい、と思った。

＊

『急に広告を出すことになったけど、どうやってPRしようかしら？　お店の会員さん向けに、素敵なダイレクトメールを送りたい！　そんな時は、はなばたけ　アドにお知らせください。コピーやスキャンサービス、USBプリントにラミネート加工、名刺や小冊子の作成もお任せください！』

それが、江里口さんが最後の出勤の日に作った文言だった。香取さんにしては珍しく、二回ほどとちって、ごめんごめんと言いながらやり直していた。梅ノ木小学校前の停留所の、最後の枠に入ってきたアナウンスだった。広告作成と、ビジネスコンビニを兼ねた店舗という感じだろうか。小学校の近くでやっていけるのか、と思うのだけれど、先生が利用しそうといえばしそうだし、アホウドリ号が循環している地域には、あまりそういったデザインやコピーを請け負うような場所はないので、悪くはないのかもしれない。

風谷課長は、まだ二日に一回中抜けをして、娘さんを小学校から学童保育所まで送っていっていた。その上で残業したり、中抜けが原因で仕事に支障をきたしている様子はなかったから、特に文句も出ていなかったが、本人はけっこう気にしているようで、給湯室やエレベーターで一緒になるたびに、悩んでるんだよ、というようなことを言ってくるのが、同情すべきなのか少しうっとうしいのかという具合だった。仕事はしっかりやるため、誰にも迷惑をかけていないとはいえ、上のほうもあまりオフィシャルに風谷課長の中抜けを認めるわけにもいかないので、風谷課長自身としても、宙吊《ちゅうづ》りにされているような気持だったのだろう。そんなに気にしないでいいんじゃないですか、と私が言っても、風谷課長は、いやいや、いつまでもこんなことをしているわけには、と首を振る。親たちでお金を出し合って、小学校から学童保育までの送迎専門のシッターさんを雇ってはどうか、という話まで出ているらしい。学童保育所の先生が迎えに来たりしてくれないのか？　というのが私の素朴な疑問だったが、小学校を定年退職後に学童保育を始めたというその先生は、今は脚があまり良くないので、いちいち小学生たちを迎えに行くわけにもいかないようだ。

私は、次の会社に移ることをほぼ決めていた。ほぼ、というのは、私一人で決めるのではなく、私に仕事を紹介してくれている正門さんに一度相談したほうが良いように思われたからで、彼女に何か、今のバス会社にいたほうが良い理由についていろいろ述べられたら心が動くかもしれないが、私自身としては転職を考えていた。これからすぐ後に三連休があるのだが、今日相談に行って、連休明けに広報部長に意向を伝える予定だった。

江里口さんの最後の出勤日は、けっこういろんな部署の人が私たちの職場を訪れて挨拶《あいさつ》していった以外は、特に何事もなく過ぎていった。香取さんは、今度ごはん行こーよ、と顔を合わせるたびに言っていた。私は、送別会で江里口さんと初めて外食をしたのだが、香取さんもそうだったようで、本当に会社とプライベートを分けている人なのだなと思った。でも、訊けば大学の時に所属していた部活の名前も教えてくれるので、秘密主義というわけでもないようだ。

次々やってくる社内の人々への応対に追われたので、いつもより少し遅い時間に給湯室にお茶を淹《い》れに行くと、娘さんを小学校から学童保育に送り届けるために中抜けしていた風谷課長が、やや軽い足取りで帰ってきているところだった。お疲れ様です、と言うと、風谷課長は、角地に事務所が入ってたんだよ！　といつになく弾んだ調子で言った。

「角地？」

「ほら、前に話した、死角になっている角地だよ」

「ああ」

私は、結局、自分も江里口さんも梅ノ木小学校の変質者の問題は解決しきらずに去るのだ、ということを思い出して、少し落ち込んだのだが、風谷課長は明るかった。

「ここ最近、何か運び出してるのか、運び込んでるのかっていう気配はあったんだけれども、あまり期待はしないでおいたら、全面ガラス張りの店舗ができてて、中にいた女の人に訊くと、広告の事務所兼出力サービスの店を開くんだっていう」

「よかったじゃないですか」

「よかったよ。お店の方は、社員さんが三人常駐するっていうし、公園側の道路に面した側に、商談スペースが並んでるんだ」

風谷課長は思い切って、その近くに学童保育所があることと、娘さんが怖い目に遭ったことについて話したのだという。女の人は、じゃあそっち側に注意しときます、接客カウンターは反対側ですけど、私たちの作業台は公園の方を向いてますので、とあっさり答えたそうだ。休みは日曜と祝日なので、小学校がある日は常に開店していることになる。

何か肩の荷が下りたような顔つきで、廊下を歩いてゆく風谷課長の後ろ姿を見ながら、まあ、一件落着なのか、と思うと同時に、何か引っかかるものを感じた。

その日の音声の編集は、江里口さんがさっさと済ませて送信し、江里口さんと私は定時までゆっくりした。後は広報部の他の社員さんにデータと資料の管理について引き継ぐだけで、それは私が連休明けにやることになった。江里口さんは今日で最後だが、私は来週いっぱいは会社に来る予定だ。

どの依頼主が印象に残ったか、という話をした。江里口さんは、丸本ホームの社長さんは、すごく痩《や》せていてキリンみたいな印象の人なのだが、看板のゴリラをめちゃくちゃ推してくることがおかしかったそうだ。私は、最初の梅風庵の仕事で蓬莱山というでかいまんじゅうを見てぎょっとしたことですかね、などと月並みなことを言った。

仕事の話をしているうちに、すぐに終わりの時間はやってきた。お世話になりました、と江里口さんはそう言って、いつもと同じように去っていった。あっさりとしたものだった。

＊

バス会社の職場にいる最後の週に、私は梅風庵を訪れることになった。友人の一人の出産が近づいてきたので、他の一同で蓬莱山を贈ることになったため、買いに行ってくれと頼まれたのだった。妊婦があんなでかいまんじゅう食べて体に障《さわ》らないか、といったんは没になりかけたのだが、旦那《だんな》が甘いものが好きらしいので、分けて食べてくれ、と言って渡すつもりだった。

アホウドリ号のすべてのアナウンスを作成し終わり、その資料と音声データの引き継ぎをした後はずっと暇で、一日中それらの目録を作成するという日々が続いた。その作業も、立ったり座ったりお茶を淹れに行ったりフロアの掃除をしたり、休み休みやってやっと時間が潰《つぶ》せる、といった具合だった。

風谷課長は中抜けをやめたようだったが、私のほうこそ、会社を抜け出して買い物にでも行きたい感じだった。一人でパーティションの中の仕事場にいると、香取さんがときどきやってきて、とりとめのない話をしていった。極東フラメンコセンターが、踊りのフラメンコを教えるだけに飽き足らず、ギターの講座も開いたとのことで、香取さんは迷ったあげく申し込んだそうだ。

蓬萊山を買いに、退社後に梅風庵に行ったのは、最後の出勤日の一日前のことだった。蓬萊山は実は、行ったらすぐに買えるというものではなくて、受注生産品だった。日付指定で先方に送ってくれるそうなので、私は、友人たちとメールで相談しながら、ひといきに全部食べたら胎児に悪いかもしれないから、旦那と一緒に少しずつ食べてくれ、などとおせっかいな手紙をその場で書いて、お店の人に託した。ならもっと無難なものにしろよ、とも思うのだが、誰かに蓬萊山を贈る絶好の機会を逃すわけにはいかなかった。

梅風庵の閉店と同時に店を出て、そういえば、風谷課長がこだわっていた角地はこのあたりにあったな、ということを思い出した。小学生が脅されたということは、私もそれなりに危ない目に遭う可能性があるのかもしれないわけだけれども、ガラス張りの明るい事務所ができたので大丈夫そうだ、という。私は、最初からうすうす風谷課長という人にナイーブさのようなものを感じていたので、言っていることが本当か、ちょっと確認しに行きたくなった。

梅ノ木小学校前の停留所周辺は、特段に暗いということはなかったが、店舗などの閉店がとても早くて、人けがほとんどなかった。会社で見た住宅地図を思い出しつつ、停留所の庇《ひさし》の下でスマートフォンの地図を開き、風谷課長が言っていた公園を探す。小学校から3ブロックほど離れた場所に、「梅ノ木運動公園」という、ちょっと大きめの公園があり、道路を挟んだ尖《とが》った角地には、「山本アーキテクト」という表示がある。角地にはかつて設計士の事務所兼住宅があったと風谷課長は話していたので、スマホの地図がまだ更新されていないとしたらおそらくそこだろうと思われる。

私は、小学校の真ん前の停留所から、梅ノ木運動公園がある方向に向かって歩き始める。民家や店舗がいくつかあるのだが、ぱっと見て明かりのついていない空き家と思われる家がちらほらあるし、米屋や和装店などの店舗はすべてシャッターが下りていて、まだ経営しているのか、店をたたんでしまったのかは見た目にわかりにくかった。夜はちょっと通りたくないな、という周辺だ。昼間も、小学生が下校する時間以外は、にぎやかとは言えないだろう。

狭くはないがひっそりとした道を通って、梅ノ木運動公園のある角に差し掛かると、突然、煌々《こうこう》とした大きな光が目に入ってくる。コンビニを思わせる、広々とした地上一階の明かりだが、そこにあるのはコンビニではなくて、ガラス張りの事務所だった。大きなコピー機が、見えるだけで二台置かれていて、その隣には大判のプロッタがある。四人掛けのテーブルが、梅ノ木運動公園の植え込みのある側に向かっていくつか設置されていて、近所の高校の制服を着た女の子と男の子が、立ったまま難しい顔付きでラミネーターのようなものをさわっている。あまりうまく使えていないようだ。二人は、微妙な距離を置いて少し話をした後、奥にあるカウンターを振り返って、中で作業をしていた店の人と思われる女性たちに声をかけて手を振る。

私は、事務所に少し近付いて目を凝らし、事務所の入り口の上に掛けてあるステンレス製の表札を読む。「hanabatake　ad　—　はなばたけ　アド」と印刷されている。ラミネーターを使っている高校生二人のところに、カウンターの中から女の人のうちの一人がやってきて、立て続けに三枚、手際よくカードのようなものを出力してみせる。高校生たちはうなずいて、彼女の真似《まね》をしてラミネーターを操作する。カードが次々と作られていく。カウンターから出てきた女の人は、一礼して、またその中に戻っていく。

江里口さんだった。私は、風谷課長の言葉を思い出した。江里口さんがなんとかしてくれないかなあ、という。「はなばたけ　アド」は十時から二十一時の営業で、小学生が学童保育所に行く時間は余裕で開いているだろう。江里口さんは、どうもなんとかしてくれたようだ。

第3話　おかきの袋のしごと

相談員の正門さんの意見も、私の素人《しろうと》考えとほとんど一致したもので、転職の意思は固まった。次の会社も契約社員ではあるのだが、時給が１５０円高くて健康保険があることが、前のバス会社とは大きく違っているところだった。

「でも、すごく働かされるとか、不当に大きい責任を負わされるとか、そういうことはありませんかね」

「それについては調査をしましたが、特にその会社について当局に苦情が寄せられたという事例はありませんでした」

パート募集の求人票を出して欲しいという依頼が、だいたい半年に一度あるのだが、離職が頻繁にあるわけでもなく、現在働いている人と面談しても、特に不満は出てこなかったという。

私がバス会社の広報部長から紹介された職場は、創業四十年の米菓の製造業者だった。要はおかきを作っている会社である。地元の、小売りのおせんべい屋の二代目が、もっとおいしいものを！　という志を持って、作る側に回るべく、倒産寸前のメーカーを買い取って興《おこ》したらしい。名前を聞いて、誰もが知っているというわけではないが、スーパーでは有名企業の間に挟まれながらもしっかりと売り場が確保されており、固定ファンも少なからずいるという、堅実そうな企業だった。私は、どちらかというとしょっぱい味のものならスナック菓子を好むので、自ら進んでおかきを購入する人間ではないのだが、正門さんは「私はよく買って帰って食べています」とのことだった。おいしいんですか？　と訊《き》くと、おいしいですよ、大判の揚げせんいか&みりんがおすすめです、と言う。そう言われてみると、うちの家でよく母親が食べているような気がする。

広報部長は、前のバスのアナウンスの文言を作る作業に「似たところのある仕事」という、わかったようなわからないような説明をしていたのだが、正門さんが詳しいことを問い合わせたところによると、「おかきの袋の話題を考える仕事」であるとのことだった。

「外注はしないもんなんですかね、そういうの」

「我が社にとってとても重要な仕事なので、べつの仕事と並行してやってもらうのはちょっと、っていうのが社長さんのお話でしたね」

「おかきの袋についてばっかり考えてほしいってことでしょうか？」

「まあそうなりますね」

　私は、「とても重要な仕事」という言葉に重圧を感じながら、それを察知したのか、正門さんは、まあ社長と会うだけ会ってみられたらどうでしょうか、どうしてもできそうにないということであれば、辞退ということにしていただいても結構ですし、と言う。

「だからといって、一度社長に会っちゃったら、もとのバス会社に戻るっていう選択もできないでしょう」

「まあそれはそうなりますね」

「困ったなあ」

　困ったも何も、仕事をし続けていかなければならないところは変わりないため、前に進まなければならないのだが、あんまり会社にとって大事なことは任されたくないなあ、と思った。循環バスのアナウンスを考える仕事は、それなりに重要な仕事であったと解釈しているのだが、採用の段階でそんなプレッシャーをかけられた覚えもないし、江里口さんという頼りになる先輩もいた。

「仕事を教えてくれる人が、ちゃんとした人ならいいんですけどね」

私が言うと、正門さんは、手元の書類を見てやや首を傾《かし》げる。

「原則的には一人でやる仕事であるとのことです。前の方は、四十三歳の男性で、今は鬱病《うつびょう》で休職中だそうです」ありえない、ありえない、と私が首を振ると、正門さんはそれをいさめるように手を伸べて軽く振った。「原因は、婚活での疲弊によるもの、と。鬱病で休職ということを申告するのには正直さがありますし、理由も妥当かとは思われますが」

無理に面談に行けとは申しません、と正門さんは付け加えた。婚活で疲弊して鬱というのが妥当な理由かはわからないけれども、とにかく会社とは関係ないのか、と私は思った。

＊

六十代後半と思われる社長は、かなり熱の入った様子で商品を紹介してくれた。まるで私が、求職者ではなく、どこかの大手のスーパーのバイヤーだと勘違いしているのではないかという勢いだったが、会社のモットーは、『お客様と社員、それぞれの幸せのために全力を！』とのことだったので、社員の候補である私も、その全力の対象に入っていたのかもしれない。

「わたしはね、うちの全部の製品が大好きですが、強いて言うとこのＢＩＧ揚げせんいか＆みりんが好きですね！」

社長は、事務机の真ん中に置いた自社製品が詰め込まれたかごの中から、個包装された大きめの揚げせんべいを取って、私にすすめてくる。正門さんが言っていたやつである。私は、はあ、とうなずきながら袋を剥《む》く。ＢＩＧというだけあって、私の手のひらぐらいのサイズがある。社長によると、揚げせんべいは、だいたい直径4～5センチぐらいのサイズで、何枚も口に運びたくなる味のわりに、袋に手を入れる回数が多くなったり、個包装であっても小さめであるため、食べることに煩雑《はんざつ》さを感じるお客さんもいらっしゃるのだが、このＢＩＧ揚げせんいか＆みりんは、いちど袋を剥くとなかなか食べ終わらないし、袋の部分を持って食べればいいので、手も汚れなくて良い、とのことだった。また、いかみりん味のものは、でんぷんが原料のぺたんとしたものが大多数を占めるが、ごつごつした揚げせんべいにいかみりんの味を付けて欲しいという潜在的な要望も多くあり、この味が出せるのは弊社だけなのです、という。社長の説明を聞きながら食べたＢＩＧ揚げせんいか＆みりんは、かなりおいしかったように思う。

BIG
揚げせん
いか&みりん

「大きいのでね、お好み焼きソースとか、マヨネーズをかけたり、アレンジもしやすいのです」

　さらに青のりや削りぶしなどをのっけたレシピを、公式サイトで公開しているとのことだ。砕いてお茶漬けに入れてもOKであるという。その際も、個包装であるため、袋の上から砕けばいいので便利です、と社長はとても素晴らしいことであるかのように言った。

「他におすすめはね、薄焼き納豆&チーズかな。おいしいですよ」社長はまた、かごの中から、薄焼きのおせんべいの上にチーズと納豆がのったおかきを取り出して、私の前に置いてくれる。「納豆にはこだわりがあって、においの少ないものを使っています。この商品には固定ファンが多くて、年に一度、期間限定でプラスわさびというシリーズを出しているんですが、そちらの評判も上々です」

　でも、どのおかきもおいしいですようちは、私をはじめ、社員が食べたいものを作って売り出していますから、と社長は胸を張る。薄焼き納豆&チーズもやはりおいしいので、なるほど、そのように振る舞う理由もわかるなと思う。

「それで、おかきを食べる時は楽しくないといけないと思うんですよ」

「はあ、それはもちろん」

「おいしかったし、楽しかったし、それに加えて、得したな、とも思ってもらえるような商品を目指しております して」

袋の裏側を見てください、商品名が印刷されていないほう、と唐突に指示されたので、私は手元にあったBIG揚げせんいか&みりんの袋を裏返す。『ヴォイニッチ手稿』という、おかきの袋にはそぐわない文字の並びが飛び込んできて、私は刮目《かつもく》する。『世界の謎《なぞ》(17)ヴォイニッチ手稿：1912年にイタリアで発見された、未知の言語で書かれた文書。植物や女性などの美しい挿絵があるものの、文章として何が書かれているのかはまだ解読されていない。暗号とも、楽譜とも、体裁だけのでたらめな文字列であるとも言われている』

なんとなく、どこかで目にしたことのある話題ではあったが、おかきの袋の裏で遭遇するようなものではないことは理解できる。(17)とのことで、他のもあるのかとかごの中からべつのBIG揚げせんいか&みりんの袋を手に取ると、『世界の謎(6)：ジャージーデビル』というのも出てくる。かごに入っていた最後の一個は『世界の謎(13)：ロアノーク植民地』だった。

「どうです？　ちょっと楽しいし、勉強ができてお得じゃないですか？」

「ええ、まあ」

社長は、目を輝かせて、机から身を乗り出し気味にするので、私は勢いに押されるようにうなずく。そちらも見てください、と言われたので、薄焼き納豆&チーズの袋を裏返すと、『日本の毒のある植物（7）：スイセン』とある。見た目がすごく似ているのでニラと間違えないように、とのことなのだが、間違える人いるんだろうか、と思う。別の袋には『日本の毒のある植物（9）：シキミ』とあり、ハッカクと似ているが、シキミは抹香、ハッカクは甘い香りがするため、匂《にお》いで区別しろ、とのことだった。

「製品を袋まで楽しめるものにしたいんですね。お母さんが子供さんに教えたり、会話のない男女に束《つか》の間《ま》の話題を提供したり、ひとりでのんびりしている時の頭の隙間《すきま》に入れてもらったり」

「なるほど」

方針は間違いではないと思う。ジャージーデビルだとか毒のある植物だとか、ちょっとぎょっとするネタなのだが、そういう陰のあるもののほうが話題にしやすいというのはわかる。お母さんが子供に、と言われると、それもどうかと思うんだが、私が子供の頃は、世界の有名な観光地や、四季折々の花々の話なんかより、世界の七不思議や毒のある植物の話が大好きだった。どうも前任者である四十三歳男性にも、社長にも、その辞書に無難という言葉はないようだ。

社長は、かごをひっくり返すように中身をどんどん出して私に見せ、これは独裁者シリーズで、インターネットで話題になりました、とか、これは六秒レシピといって六秒で読める簡単な料理の手順です、などと、袋に書いてある話題を紹介していく。

「弊社では、これを一手に引き受ける社員がいたのですが、リフレッシュ休暇中に始めた結婚活動で、女性のひどい裏切りに遭ったため、心身のバランスを崩してしまい、現在は休職中です」

あなたには、アホウドリ号のアナウンスを作っていただきたい、と社長は続けた。

「いや、アナウンスを作っていたのは主に先輩の方でして、私は裏方的なことをやっていただけなんですが……」

アナウンスの文言を考える時点ですでに裏方なのだが、「実績」と言われると私は江里口さんに対して完全にかすんでいる立場なので、簡単にはうなずけない感じがする。

「でも、梅風庵さんや森村ピアノ教室さん、エトワール占星術学院さんやZOZOサラダ工房さん、いしかわ血液内科さんなどのアナウンスを書かれたでしょう？　他にもたくさん」

「まあ、それは確かにそうです」

立て板に水という様子で、自分の関わった仕事について述べられると、それなりにうれしく、前向きな気持ちになってしまう。

「でしたらやはり、弊社が求める人材ということになりますよ」

社長は深くうなずき、失礼、と言いながら、机の中ほどに置かれたおかきのかごから、『磯辺《いそべ》の梅』、と袋に書かれたおかきを取り出して、袋を破く。生地に海苔《のり》を練り込んで、梅肉で味付けをしたものらしい。普通にうまそうではある。すみません、と袋を渡してもらい、裏面を確認すると、『サイの豆知識：サイの角は、体毛が固まったものでできています。一度の妊娠で一子を産み、大事に育てます』と書いてある。

「どうでしょう？　うちでやってみませんか？」

私は、『磯辺の梅』の袋を表にして机に置き、そうですね、と答えた。

＊

『国際ニュース豆ちしき（89）プッシー・ライオット：モスクワを拠点とするパンク

ロックグループ。二十歳から三十三歳の、最大時で十一人の女性で構成。2012年2月、モスクワのロシア正教会の大聖堂にて、政権を批判する歌を歌ったため、ボーカリストの三人が逮捕された。うち一人は同年10月に無罪判決を受け、そして2013年12月に、残りの二人が釈放された』
『国際ニュース豆ちしき（90）タックス・ヘイブン：日本語では租税回避地。目立った産業などがないため、税金をなくす、もしくは極めて低い税金を設定して、海外の企業や資産家を誘致する国や地域のこと。モナコやサンマリノ、ケイマン諸島などが代表的。ヘイブンはhaven（安息地）であり、heaven（天国）ではないことに注意』
すべての袋裏の文言に目を通すという社長に見せに行くと、「パフォーマンスはわかりにくいので、歌を歌うにしてください」、「ヘイヴンよりはヘイブンの表記のほうが、お年寄りに向けては望ましいです」とのことだったので、そのとおりに直した。
出社してまず命じられたのは、前任者の清田《きよた》さんという人がリフレッシュ休暇前に残していった仕事の続きに着手することだった。清田さんが休職直前まで取り掛かっていたのは、「国際ニュース豆ちしき」というシリーズで、『黒豆小判』という黒豆が生地に入った塩せんべいの袋にずっと印刷されてきたものだった。姉妹品に、『黒豆カレー小判』という商品がある。「国際ニュース豆ちしき」は、清田さんにとって入社以来手がけてきた、いわばライフワークのような位置付けの仕事だった、と昼休みに工場の女の人たちが教えてくれた。工場は、私が勤めることになった本社以外に、郊外にもう一箇所あって、本社では焼くおかき、郊外のほうでは揚げるおかきを作っているという。

「そんなに結婚のことで悩んでたんなら、私たちに相談してくれたらいいのにねえー」

社員食堂に来たものの、列の後方でおたおたしている私に、トレーとお箸《はし》を最初に取って陳列の小鉢を適宜集め、その日のメインを盛ってもらう、という社員食堂のシステムを教えてくれたパート勤務の寺井《てらい》さんという人は、残念そうにそう言って、私の湯呑《ゆの》みにやかんからお茶を注いでくれる。私が取った小鉢は、きゅうりとじゃこの酢の物と昆布巻きで、今日のメインは親子丼《おやこどん》だった。

「じゃあ、どなたか紹介するあてはあったんですか？」

「それはないけどー」

寺井さん他、五人のお昼ごはん仲間と思われる女性たちは、顔を見合わせてあっはっはと笑う。自分たちにあてはないのだが、清田さんが婚活の意思はさほどないかのように振る舞っていたのが水臭いと思ったらしい。正社員二名、パート三名で構成される寺井さんのグループは、清田さんとずっとお昼ごはんを食べていて、袋裏のトピックについてのアドバイスもいろいろしていたのだという。女ざかり中期〜後期の女性たちと毎日一緒にごはんを食べる四十三歳男性というのもなかなかいないだろうな、と思う。その話で、なんとなく、悪い社風ではないように感じた。

「ていうか、私たちの意見も反映されるんですよね」

そう言いながら、五人の女性の中で一番若く見える、パートの浦川《うらかわ》さんは、紺色の大きなお弁当箱のふたを閉める。男の子のお下がりのようだ。え、どういう形でですか？ と訊くと、話題についての投票があるのよ、と他の誰かがすぐさま答えてくれる。寺井さんは、ここの会社はわりとよくそういうことするけどねえ、新製品の味を決める時とか、と付け加える。ぽっちゃりした寺井さんと対照的に、痩《や》せていて小柄な、正社員の河崎《かわさき》さんという人は、でもあたし、刺激物だめだから、うすやきなっとうチーにわさびとかないわって、ラインの子を集めて組織票入れてやろうかと思ったんだけど、普通にうまいじゃないですかって相手にしてもらえなかったのよねえ、と早口で言う。えー確かにあれおいしいけどそんなすげない言い方したの誰よー、山村《やまむら》くんー？ いやーそれは言えないけどぉ、と話がどんどん展開していくので、私は、それをせき止めるように、袋裏のトピックって投票にかけられるんですか？ と訊く。

五人の女性は全員、何をわかりきったことを、というような顔付きで、そうよ、そうよ、と口々に言う。おかきの味に関して、社長や社員が食べたいものを、ということだわりがあるのは聞いていたが、袋裏のことについても社員の意見を聞くとは予想していなかった。

「国際ニュースのシリーズ、終わっちゃうのかあ」

「あたし、あれで勉強してたんで息子の社会の宿題の答えを華麗に解いたことありますよ」

「うわ、尊敬されたでしょ」

「まあ、ちょっとは見直したみたいですね」

「私も息子に見直されたいなあ。でももう二十五歳とかだからなあ」

「あんたんとこ、前に安月給で悩んでるっつってたから、公務員試験とか受けさせたらいいのよ。一般常識の問題に出てくるわよ、なんかが」

「その手があったかー」

ない、ないよ。私は、丼《どんぶり》を顔の前にもっていって、米の残りを掻《か》き込む。かなりうまかったと思う。さすがに食べ物を取り扱う会社の社食というべきか。明日から楽しみだ、と思いつつ、まだ知らなかった新しい仕事の全容には、軽く不安を覚えた。

＊

私があてがわれた職場は、陽あたりのよい八畳ほどの部屋だった。社屋の一階の隅にあるのだが、一階の大部分は、「おかきミュージアム」と銘打たれた、社のこれまでの販売物や沿革、おかきについての豆知識などの展示室になっているため、一階で働いているのは私だけだった。受付というのはなくて、用事のある人は正門で守衛の福元《ふくもと》さんに申し出て社屋に入り、用件の相手のいる階にエレベーターで向かう。私が働いている部屋は、エレベーターホールからおかきミュージアムをはさんでその裏側なので、ほとんど誰も私の部屋の近くにはやってこない。もし昼休みに、工場棟にある社食に行かなかったりすると、一日誰にも会わないという可能性だってある。今のところは、物珍しいのか社長が訪ねて来たり、決まった時間に総務の文具の注文担当の人が、何か欲しいものはないですかと訊きに来たりということがあって、部屋にいても完全に一人ということもないのだが。

袋裏に関するお客さんの反応は、お客様相談室の担当者がすべてのメールや郵便物を選り分けて、プリントアウトしたものを毎日日報に挟んで寄越してくれる。たいていは好意的な反応だが、『各県の県花のシリーズをお願い致します』という要望を書いた達筆な絵手紙が、この一年間毎週来ていると申し送られたり、『いつもソリッドな話題選びに感心しています。給料はいくらでもいいから、自分を雇ってください。そしたら連続殺人犯のシリーズをやります。第一回はエド・ゲインです。第二回はジョン・ウェイン・ゲイシーです。第三回はペーター・キュルテンです。第四回は……』という物騒なメールも受け取ったりする。

そういうんじゃないんだよね、と社長は言う。袋裏に関する声を整理して渡してくれる、お客様相談室の大友《おおとも》さんという三十歳ぐらいの女性も言う。社食で知り合ったパートさんたちも言う。あっと思って一瞬心をかき乱されたりはするんだが、残酷だとかスキャンダラスだとか、そういうのとは違う。うちの社の袋裏は。

私は、彼らの物言いにうなずきつつも、いつかその言葉が自分に向けられるのではないか、とふと思いついて、一人の部屋で気が滅入《めい》った。しばらくは、清田さんが残していった「国際ニュース豆ちしき」のリストの一つ一つを消化していく仕事で時間が埋まりそうだったが、その後の企画について、清田さんは何も残していかなかったので、私が考えるということになるのだろう。

今日は、『(91) ブラッター元会長』、『(92) エドワード・スノーデン氏』、『(93) ツングースカ大爆発』、『(94)ヤンキー原発』、『(95)マララさん』という項目について書いた。一つの話題につき、１４０〜１６０字というと、短いしすぐに書けるようにも感じるのだが、十歳から九十歳までが不快感なく理解できるように、という社長の注文を守りながら書くのは、なかなか骨が折れた。ＦＩＦＡのブラッター元会長については、元世界ガーターベルト友の会の主宰でもあったということについて書きたかったのだが、社長はげらげら笑いつつも、そのうち真面目《まじめ》な顔になって、やはりおばあさんが顔をしかめると思いますね、と却下した。とにかく、小四とそのおばあさんが一緒におかきを楽しむ、というイメージが社長の中にはあるらしい。たぶん、社長の頭の中では、小四が十歳で、おばあさんが九十歳なのだろう。けれども、小学四年の子供のおばあさんが九十歳ということはあまりないんじゃないか、ということに気が付いて、進言すべきかどうかひとしきり悩んだ。

九十歳のおばあさんに十歳の孫、という話と、世界ガーターベルト友の会の話を、なんとなく昼ごはんを一緒に食べることになった寺井さん以下五人の女の人たちに言うと、前者については「祖母が四十歳で母親を出産、母親が四十歳で子供を出産したのであればぜんぜんあり得る」という指摘があり、後者については、「私たちは笑ってしまうが、確かに小さい子供やおばあちゃんの前では気まずいかも」とのことだった。一人だけ、ガーターベルト友の会の記述については、離婚歴があるという正社員の玉田《たまだ》さんが強烈に推したのだが、もーあんたはやらしいんだからー、と冷やかされていた。おそらく私より二つか三つ年上のように見える彼女は、確かにちょっと色っぽい感じで、三か月前まで同じくバツイチの守衛の福元さんと付き合っていたのだが、福元さんが子供を引き取ることになったので、いったん別れたのだという。お互いに再婚を視野に入れて付き合っていたものの、前の奥さんが産んだ子供を育てるとなるとまた話が違ってくるので、もっとよく考えなければいけないということになったらしい。私も入って一週間足らずでなんでそんなことを知っているのか、という感じなのだが、彼女たちはどんどん自分の話をする。前の職場の先輩について知っていることが、女子大の山岳部出身ということだけだったのに比べると、えらい違いだ。

私の前任者の清田さんとごはんを食べていたせいか、彼女たちは袋裏のトピックにとても関心があるようだった。仕事に興味を持っていただいてありがたいのですが、この会社は皆さんそうなんでしょうか？　と訊くと、袋裏派と味派がいて、だいたいはどちらかに属する、という答えが返ってきた。

「ここだけの話だけど、味にこだわりすぎる人たちは、商品開発部とやたら飲み会をしたり、新商品の投票のためのロビー活動をしたり、けっこう疲れるのよ」

「でも河崎さん、薄焼き納豆&チーズにわさび足すっていう話になった時に組織票入れようとしてたって前に言ってたじゃないですか」

「この人はね、両方やってるのよ」

「いやいや、わさびがだめなだけだから、あの時だけよ。私は穏健な袋裏派」

穏健派とか過激派とかあるのか。彼女たちが勝手に言っているだけかもしれないが、いろいろと民主的に決めていきたい社風にも、対立したりする部分はあるようだ。社食のメニューは豚の生姜《しょうが》焼きで、今日もやはりおいしかった。

私は、腹をさすりながら、妙に漠然とした不安を感じながら社屋に戻った。おかきミュージアムの前を通ると、部屋の中央に置いてある長椅子《ながいす》に座って文庫本を読んでいる男性がいた。一緒に昼ごはんを食べている人たちは、あけっぴろげで楽しいけれども、毎日は疲れるかもなあ、とも思った。

*

私がおかきの会社で働くようになって、母親は喜んだ。訳ありの商品をたびたび持って帰るようになったからだ。特に、『薄焼き納豆&チーズプラスわさび』を二袋持って帰ると、売ってる時期とそうじゃない時期があるのよ！　と喜んだ。そういえば以前、長く働いた前の前の前の職場を辞めて半ば引きこもっていた頃、しょっぱいものが食べたくなって、でも外に出るのもつらい、という時に、母親がおやつを隠している大きな缶を漁《あさ》って、五枚ほど残っていた『薄焼き納豆＆チーズプラスわさび』をすべて食べてしまったところ、貴重なのに！　と激怒された記憶がある。そして以前、おかきを食べながら、あんたもあたしかお父さんがフリーメイソンだったら楽な仕事を紹介してもらえたのかしらねえ、などと突然言い出して驚いたことも思い出した。あの『フリーメイソン』は、おそらく、清田さんが書いた袋裏が元ネタだったのだろう。その袋の裏の話題を作ったり文章を書いたりする仕事をしている、と言うと、またややこしいことをやってるのねえ、と言われた。

清田さんがやり残した、「国際ニュース豆ちしき」のシリーズを、とりあえず次回の印刷分まで作成すると、いよいよ、私が新規の話題を作らなければいけない時がやって来た。社長との面談の時にも食べた、『磯辺の梅』が外装を刷新するとのことで、その袋裏も新しくすることになったのだった。以前のものは、「動物豆ちしき」ということで、清田さんが作った袋裏の中でも比較的ノーマルなもので、私は、今までの路線を踏襲した動物を探してきますよ、と社長に進言したのだが、いえ、せっかくですし、新しくシリーズを作りましょう、と社長は力強く言った。

私は、お茶漬け海苔の袋に入っていた浮世絵などのカードを集めていたことを思い出して、一つ目に、名画の紹介はどうでしょうか、と提案したのだが、これは明らかにしろうと丸出しだったたと思う。社長は、それは印刷代がねえ、と笑って、それで終わりだった。まあ、それはそうだなと思う。『磯辺の梅』の袋は、中のおかきに含まれている梅肉が映えるように、濃い緑色の一色で刷られている。名画を紹介するからには、それなりに色数もいるだろうし、印刷代も上がるだろう。

名画についてはあまりに考えなしだったとしても、その後、今日は何の日？　という、変わった記念日を紹介する案を出した時も、悪くないんですけど、食べる日を選びませんか？　と言われた。たとえば、六月に五月の記念日についての記事を読んでも、もはや来年のことだし、よほど興味深い話でない限りは話題にならないのではないか、とのことである。時期に合わせて印刷する袋を変えて出荷するにしても、どうしても細かいずれは出てきてしまうだろうという。やはり一理あるとは思う。なんだか社長のほうがよほど袋裏について考える権利があるような気がしたので、かなり真剣に、企画の大枠は社長に考えていただいて、細かい記事作りは私がしますけれども、いかがでしょうか？　と提案したのだが、社長は、いやいや私は年だし、と謙遜《けんそん》するばかりだった。年なら何が悪いのかわからないのだが、どうも、ある種の先鋭的な部分が失われると危惧《きぐ》している様子で、いや、それは前任の清田さんの特性であって、私は凡庸なことしか考えてない人間なんですよ、とはっきりと明かしたい気持ちにもなったのだが、それはそれでバス会社での仕事を買われた人間として稚拙だな、とも思ったので、伏せておいた。

なんでしょう、十歳から九十歳までを意識した上で、無難さは排除して、ニッチに徹するべきなんでしょうか、たとえばですけど、有名な心理実験について書くとか、と言うと、社長は、そういうのもありだね、とやや腰を浮かせ気味にしたので、私はあわてて首を振って極端な一例ですが、と付け加えた。社長は、我に返ったように、そうだね、確かに極端だ、と椅子に座りなおしたものの、なんだか残念そうではあった。

かくして、「ミニ国家紹介シリーズ」、「あのことばの由来シリーズ」、「ノーベル賞受賞者シリーズ」という三つの中から、新たな『磯辺の梅』の袋裏を、社内の投票で選ぶことになった。投票は、社員食堂の入り口に置いてある投票箱に、自分が推す袋裏の話題を書いて投入する、というシンプルなもので、全員に投票の義務があるわけではないのだが、昼休みにちらちら観察していると、けっこうな人数の人々が、備え付けの社用のメモ用紙に何やら書き込んで箱に入れていく。投票の期間は、五営業日と決められている。

投票箱は、お客様相談室の大友さんによって回収され、毎日集計されて私のところにワードでまとめたデータがやってくるとのことだった。初日に入っていた用紙は十二枚で、ミニ国家が6票、言葉の由来が2票、ノーベル賞受賞者が2票、「以前よりパンチがない」が1票、「日本百名山はどうでしょうか?」が1票、という結果になった。私も、確かに日本百名山はいいな、と思いながら、「パンチがない」という言葉に軽く落ち込んだ。提案の段階の社長の反応を見て、物足りなさそうだなあ、とは思っていたが、断言されるとけっこうこたえる。次の日は六枚入っていてミニ国家が2票、ことばの由来が2票、ノーベル賞受賞者は投票なし、「もうちょっとおもしろいのないですか?」が1票、日本百名山が1票、という結果になった。ノーベル賞受賞者と日本百名山が、早くも2票で並んでいる。そのうち追い抜かれるかもしれない。

私は、引き続き「国際ニュース豆ちしき」の仕事を続けながらも、パンチがないとか、いっそ日本百名山に、といったことばかりが頭をよぎって、なかなか仕事が進まない、と昼ごはん仲間の人たちに打ち明けると、彼女たちは口々に、大丈夫よ！　とか、清田さんもときどき落ち込んでた！　とか、はじめからうまくいくわけはないですよ！　などと励ましてはくれるのだが、私が作ったトピックそのものを強く肯定する人はいなかったことが気に掛かった。実際、投票をした、という人は、五人のうち一人で、高校一年と中学二年の兄弟の母親であるという最年少の浦川さんが、ことばの由来に「息子たちの勉強の役に立つかも」という理由で投票したというだけだった。他の人たちは、大事なことなのでもう少し考えてみる、とか、いつも最終日に投票すると決めている、などと、早めに結果が出たほうが気楽な私にとっては渋いことを言う。変なお世辞を言わないよりは誠実な態度なのかもしれない、と思いつつも、やはり気になる部分はある。

「社長にねえ、ニッチなことが良かったらこういうのは、という例で、有名な心理実験っていうのを冗談で提案したら、けっこう反応が良くて」

「あーそれいいなあ」

何度も、はじめからうまくいくわけはない、と言ってくれた玉田さんは、箸を止めて目を細めるので、私はあわてて、でも五、六個で終わっちゃいそうなんで、と言い訳をする。玉田さんは、そっかあ、と残念そうにブロッコリーを口に運ぶ。寺井さんは、まあ、よそと違っててそこそこ個性的だったらいいものだから、うちの袋裏は、と慰めてくれたので、なんだか悪いような気もした。

はじめからうまくいくわけはないし、よそと違ってたらそれでいいのかもしれないけれども、さすがに最初からそんなふうに開き直るわけにもいかないと思う。『磯辺の梅』の仕事は、ぎりぎり及第点ということで終わっても、次はある程度それを上回らなければならない。

とりあえず、その日の「国際ニュース豆ちしき」のノルマをすませると、私は、前任者の清田さんの過去の仕事の振り返りに取り掛かった。パソコンには、清田さんの作ったテキストがそのまま保存されていたのだが、やはり実物を見てみよう、ということで、仕事部屋の隣のおかきミュージアムに出向くことにした。用を足しに仕事部屋を出る際に、通りがかりにときどきさぼっている人を見かけるので、少し気が進まなかったのだが、今日は運よくそういう人はいなかった。

おかきミュージアムは、中ぐらいの会議室ほどの広さで、四方の壁には、会社の年表とともに歴代の商品が年代順に並べられている。初期の頃のものはさすがに、ガラスケースの中にレプリカが納められているだけなのだが、この十年ぐらいの商品は、剝き出しで実物が展示してあり、三年前以降の発売のものに関しては、それぞれ、奥に外袋に納められた状態の商品と、手前には小袋にばらされたものが籐《とう》のざるに盛られている。フロアには、小学一年ぐらいの子供が覗《のぞ》き込める程度の高さの陳列ケースが置かれていて、ベーシックなしょうゆせんべいの各工程の姿が、食品サンプルと同じと思われるプラスチックの素材で再現されている。凝ってるな、と思う。月に一回、土曜日に工場見学を実施しているそうなので、その時にお客さんをこの部屋に連れてくるのだろう。

私は、去年の『薄焼き納豆＆チーズ』の小袋を手に取って裏返してみる。「日本のふしぎな条例」というシリーズで、北海道の倶知安《くっちゃん》町というところの、「みんなで親しむ雪条例」という条例が取り上げられている。雪による生活の支障を町民たちで克服し、雪を資源として積極的に活用しよう、という条例らしい。もう一つ見たものには、「京都市清酒の普及の促進に関する条例」とある。その隣に置かれていた、『薄焼き納豆＆チーズプラスわさび』は、「イラスト日本の野鳥」というシリーズで、サギやウなどのイラストが描かれてある。清田さんは絵心もあったのか。三年前の『ＢＩＧ揚げせんいか＆みりん』の裏には、各国の言葉で「助けて！」と「警察を呼びます！」という文言が書かれている。ロシア語で「助けて！」は「パマギーチェ！」といい、フィンランド語では「アウッタカー！」というらしい。『うにあられ　大きめ！』という、うにせんの袋裏は、「パスタソース１００」というシリーズで、ボンゴレロッソとボンゴレビアンコの違いが述べられている（ロッソがトマトベース、ビアンコが白ワインベース）。今年のはじめの『黒豆カレー小判』は「世界の悪女」を取り上げていて、私が手に取った袋には、小アグリッピナとブラッディ・メアリについて書かれていた。他にも、「世界の独裁者」とか、「こんなものもおいしい、おにぎりの具」とか、「やおよろずの神様の話」とか、「少数民族に会いましょう」とか、清田さんが作ったと思われる袋裏のシリーズは多岐にわたる。

私は、うーんとうなりながら、さぼっている人がよく腰掛けている、ミュージアムの中ほどの長椅子に腰を下ろす。自分はこの人の後釜《あとがま》なので、今のところはこれほどまではないとしても、まあそのうちには、このぐらいの仕事をしなければならないのだなと思うと、ちょっと気が遠くなる。楽しそうではあるのだが、いざ何かシリーズを作れと言われると、そんなには出てこないし、投票に懸けられるというのもなかなかハードルが高い。

しかし、これからの仕事に対するイメージの補充にはなったと思う。とりあえず、今日のところは、持っている仕事を明日に回して、清田さんが残していった仕事のファイルを片っ端から見直そう、と決めて椅子から立ち上がろうとすると、ちょうど誰かが別の入り口から入ってくるところだった。私はすばやく廊下に出て、トイレに行くのを装《よそお》って、どんな人がさぼりに来たのかを軽く覗きに行く。工場の作業着を着た若い男の人が、展示のところから製品の小袋の入った籐のざるを持ってきて長椅子に座り、何気なく袋を一つ一つ熱心な様子で眺め始める。気晴らしになるのだろうか。私は、ちょっと身を正されたような気がしながらトイレに向かい、また仕事部屋に戻った。

＊

次の『磯辺の梅』の袋裏は、同着だったミニ国家シリーズと言葉の由来の決選投票の結果、「あのことばの由来」に決まった。作業の合間に、他の従業員と投票について何度か話し合ったという寺井さんたちによると、最初は、ミニ国家が楽しくていい、という意見が大勢を占めていたようだが、『磯辺の梅』は、この会社の商品の中でも、もっとも日本的なイメージのおかきなので、日本語のことをやったほうが映えるのではないか、という意見が出てくるようになると、皆そちらに流れたそうだ。

「そういえば、国語っぽいのは今までなかったんですよね」

自分の息子たちの勉強に勤め先で作っているおかきの袋裏の情報を役立てたい浦川さんは、そんなことを言う。数学まではなかなか難しいとしても、国際ニュースや歴史上の人物などの社会科的な知識をはじめとして、三年前の「世界の言葉で助けてください」というシリーズで外国語、植物や野鳥のシリーズで理科もフォローしていた袋裏だが、国語に役立つようなものは今まで取り扱ったことはなかったらしい。そう言われると、なるほど、という感じはする。世界史の豆知識から料理のレシピにまで通じていた清田さんにも、興味が届かない部分があったということだ。

「どうでしょう、今までにない話題って推す気になります？」

この会社での従業員歴がいちばん長い寺井さんは、そうね、これまでの感じを踏襲してくれるんなら、と言い、自称袋裏派の河崎さんは、おもしろければなんでもＯＫ、二十五歳の息子がいる最年長の二瓶《にへい》さんは、不快感のないものならね、とちょっと肩をすくめ、最近また守衛さんとデートをしたという玉田さんは、むしろそのほうがいい、とうなずき、高校生と中学生の息子がいる浦川さんは、できれば勉強の役に立つものを、と答える。浦川さんは、おかきを工場から持って帰るたびに、袋裏を携帯で撮影して息子たちに見せているそうだ。彼らは、自分からそのデータを見せて欲しがったりはしないが、下の子のほうは、ときどき家にあるおかきの袋を自室に持っていくらしい。

「国語っぽいのがいいんですかね。文豪の紹介とか」

「そういうのもいいけど、名前とかどうかな？」

「名前？」

「変わった名前とか」

　玉田さんは、笑ったかと思うと、ちょっと複雑そうに口元をゆがめて、またにやっとする。元彼なのか、今もそうなのか微妙な守衛の福元さんの子供である姉妹の名前が、変わっているのだという。深安奈ちゃんと澪璃亜ちゃんというそうだ。ミアンナちゃんとミオリアちゃん。普通に安奈ちゃんと澪ちゃんではだめだったのか、と訊くと、安奈では手ぬるいし、澪璃亜の名前の並びは宝石みたいだから、と守衛さんの元奥さんは言って聞かなかったらしい。守衛さんも、元奥さんの勢いに逆らえなかったそうだ。

　あの人と一緒になったら、その二人の親になるのかあ、って思うのよね、ゲームのお姫様の名前みたいでかっこいいね、って言って怒らせたことあるし、と玉田さんはため息をつく。変わった名前のシリーズについてはなんとなく、やってみたい気もするけれども、いろいろと物議を醸《かも》し出しそうなテーマなので、私は、大変でしたね、と言うにとどめた。今じゃクラスのどの子もそんな感じですよ、と浦川さんはさばさばと言う。

私は、自分が初めてテーマを決めて手掛けることになる、「あのことばの由来」シリーズのために、どの言葉を取り上げるかについて考えるために辞書を引きながら、今まで清田さんがやってきたことと、やってこなかったことについて考えるようになった。浦川さんが言うように、教科に当てはめて考えてみるのもいいかもしれない。私は、手近にあった裏紙のメモ用紙のいちばん上の紙に、「国語」と書いた。

*

『あのことばの由来（10）ごちそう（ご馳走）：「馳走（ちそう）」とは、用意のためにかけまわるという意味。そのように対応するということが転じて、もてなしの意味を持つようになった』

『あのことばの由来（11）よこずき（横好き）：ある事を、うまくもないのに熱心でいるさまを示す「下手の横好き」の「横」は、本業からそれたものとしての「横」を示す』

『あのことばの由来（12）けいひん（景品）：「景」には「景色」の他に「風情《ふぜい》」という意味もあるため、風情を添える品物として客に贈るものを意味する』

自分で設定したテーマでありながら、言葉の由来シリーズはけっこう骨が折れた。そして、ああそうか、「骨が折れる」も使えるかもな、ていうか「けっこう」もいけるな、とメモする。もはや「由来」もネタになりそうだし、「言葉」がなんで「葉」なのかでも大丈夫だ。そうやって、国語辞典と漢和辞典とインターネットを行き来し結局なかなかまとまらずに次へ行く、ということを、この数時間何度も繰り返している。ミニ国家なら、サンマリノとかアンドラの情報をまとめるだけだったのになあ、清田さんは説明しやすいテーマをちゃんと選んでたんだな、と考え直しても今更である。ひとまずは、読み手を設定したほうがやりやすい、ということで、浦川さんの中二の次男向けに文言を作っているのだが、はたして新しい『磯辺の梅』の袋は自室に持って帰ってもらえるだろうか。

シリーズのテーマが従業員の投票に懸けられるという大きな関わりに翻弄《ほんろう》されたかと思うと、一転、今度はおかきミュージアムの裏の部屋でひたすら文言を作る仕事に追われる。バスの会社でも似たようなことをやっていたといえばそうなのだが、あの時は、取材すべきアナウンスの依頼主もいたし、先輩の江里口さんもいたし、アナウンスを読んでくれる香取さんもいた。江里口さんの動向や娘の通学路など、常に何かを気にしている様子の風谷課長も、うざいといえばそうだったかもしれないが、話をする時は気晴らしになった。

　今は一人である。社長に文言について相談したり、お客様相談室の大友さんがお客さんの意見を持ってきたり、昼休みに寺井さんたちと話をしたりはするけれども、基本的には誰とも話さずに作業をしている。ぜんぜん向いていないわけではないだろうが、なかなか記事を探しきれない時、探せてもまとまった文章にできない時は、自分がばかみたいに思えたし、給料泥棒め、と自己嫌悪《けんお》に陥る。部屋がやたら陽あたりがいいのも、ときどきつらくなる。近所の図書館に行ってくださってもいいですよ、と社長に言われたこともあったのだが、実際に行ってみると、現実逃避で関係のない本にばかり目がいって仕事にならなかった。

　しかし、いざ印刷されて袋が市場に出回ってみると、この仕事の良さというのも少しずつわかってきた。昼ごはん仲間で、検品を担当している二瓶さんと浦川さんが、袋裏を読んでいたら仕事の手が止まりそうになっちゃった、などと言ってくれたり、他のラインの人がそれをうらやましがってくれたり、大友さんがSNSなどで、新装された『磯辺の梅』の袋についての反応を拾ってきてくれるのもありがたかった。評判は、「袋が変わったことに気付いた」という程度のものが大半を占めたけれども、中には、「なるほどと思った」とか「おもしろかったのでまたもう一袋買ってみようと思う」などという意見があって、とてもうれしくなる。

　その後、『うにあられ　大きめ！』という商品の袋の改装が決まり、そちらの袋裏の話題も変更されることになった。そちらはいったん、前の投票での得票数も多かったし、ミニ国家でいこうか、という話になりかけたのだが、私が、玉田さんの話をヒントに、「知っていますか？　あなたの漢字」という、名前でよく使われているけれども意味がよくわからない漢字の紹介をするシリーズを提案すると、そちらもいいかも、となって、ミニ国家と一緒に投票に懸けられることになった。結果は、名前の漢字のほうに票が集まった。

　この仕事で、言うなればなんとなく、摑《つか》んだな、という感じがしたのである。そんなふうに言うと、どうも傲慢《ごうまん》な気もするのだが、とにかく私は、だんだんおかきの袋裏の文言を作る仕事が好きになってきていて、やりがいのようなものも感じるようになってきていた。一緒に昼ごはんを食べている二瓶さんの名前が、「佳乃《よしの》」というのだが、早くに両親が亡《な》くなり、名前の由来をちゃんと聞くことができなかったので教えてほしい、と言われたので、「佳」という字には、「うつくしい」とか「すぐれている」とか「よろしい」という意味がある、と第一弾で取り上げると、とても喜ばれて、仏壇に見本の袋を供えてくれたそうだ。ありがたい話である。昼休みにごはんを食べているると、寺井さんに訊《き》いたんだけど、あなたが新しい袋裏を書いている人なんだってね、と声をかけられて自分の名前の漢字を調べてほしいと頼まれることも増えてきた。

そんな成り行きがあって、私はだんだん社長の袋裏にかける心意気や、清田さんが広範に知識を広げて、どんどん仕事をこなしていた気持ちが理解できるようになってきたのだった。更新が早い既存の「国際ニュース豆ちしき」と、「あのことばの由来」、「知っていますか？　あなたの漢字」の三つのシリーズと、他のシリーズについての文言を日々執筆しながら、次第に、目にするあらゆることがおかきの袋裏にならないかと考えるようになってきた。ある程度数があって、紹介の価値があるものとして、水滸伝《すいこでん》の登場人物とか、日本の県庁所在地とその景勝地と名産品とか、刺繍《ししゅう》のステッチの種類とか、アガサ・クリスティーの著作の紹介とか、テレビでアフロヘアのサッカー選手を見ると、「古今東西のかみがた」というシリーズを思い付いたし、社食でいろいろな野菜を揚げた天ぷらが出ると、天ぷらの具にできるもののシリーズはどうかというのも考えた。いい企画を考えられているとは思わなかったが、とにかく数撃ちゃ当たるというか、あれがだめならこれ、というメンタルはちゃくちゃくと育てていた。

その一方で、けっこう毎日のように、自分の名前の漢字を取り上げてくれ、と社食で声をかけられ、その後も、どういう意味だったのかとか、自分の友達も調べてほしいんだけれど、などと言ってきてもらえるので、私は、より人の役に立つものを、という視点でも話題を探すようにもなっていた。ただ及第点の仕事をこなす以上のことをしなければ、というわけである。

長く続けた前の前の前の仕事を、燃え尽きるようにして辞めてしまったので、あまり仕事に感情移入すべきではないというのは頭ではわかっていたが、仕事に対して一切達成感を持たないということもまた難しい。自分の仕事を喜ばれるのはやはりうれしいし、もっとがんばろう、という気になるのである。

今のあなたには、仕事と愛憎関係に陥ることはおすすめしません、と私を担当している相談員の正門さんは、最初のカウンセリングの時に言っていた。あまり大勢と関わって支柱の一つになるような仕事ではなく、毎日淡々とこなしていける仕事が良い、ということで、二つ前の監視カメラの見張りの仕事も、一つ前のバスのアナウンスを作る仕事も、このおかきの袋の仕事も正門さんの審査を通ってきたわけだが、どうも見込みが違う様子になってきた。

家に帰って自分の時間になっても、えんえんとネットサーフィンをしながら、これはネタになるんじゃないか、いや、項目の数が作れないからだめか、こっちはいけそうなんだけど、十歳には難しいかな、九十歳は顔をしかめるかな……、などとずっと考えている。それで不幸だとか体を壊すということはなかったけれども、私はじょじょに、正門さんの戒めを忘れて、おかきの袋裏について考えることにのめりこむようになっていた。

＊

『知っていますか？　あなたの漢字（さ行1）
佐：たすける。手助けをする。補佐をする。
惣《そう》：総じて、すべて。人名としては長男の意に用いられます。』
『知っていますか？　あなたの漢字（ら行2）
亮《りょう》：あかるい。まこと。たすける。
玲《れい》：玉の鳴る響き』
美佐さんというのは寺井さんの名前で、惣一さんは浦川さんの旦那《だんな》さんの名前、亮太さんというのは大友さんのお兄さんの名前、玲子さんというのは社長の奥さんの名前である。「知っていますか？　あなたの漢字」は、自分で言うのもなんだが、かなりの好評を博した。大友さんが持ってくる、ネットやSNSでの反応も良かったし、名前の漢字の一部を取り上げさせてもらった従業員さんたちも歓迎してくれた。特に、社長の奥さんの玲子さんはとても喜んでくれたそうで、ある日、おかきミュージアムの裏の私の仕事部屋に、玲子さんがカルチャー教室で作ったというプリザーブドフラワーが届いた。その話を昼ごはんの時にすると、そりゃ相当喜んでんのね！　と驚かれた。玲子さんは、なんというか評判が悪いわけではないのだが、ちょっと性格が暗い人らしく、新年会で、習い事の友達を、新しくできた紅茶屋さんに誘うことができない、という話をして泣き出してしまったりしたらしい。そんなこと言われたってさ、べつに声をかけたらいいじゃないですかとしか言いようがないじゃない、と河崎さんが言っていた。でも断られたらもう教室に行けない、と玲子さんはなおも悲しげに言い募ったそうで、そんな人が自ら花を贈るなんて、けっこうなことじゃないの、とのことだ。

そんな、悪くもないのだが微妙な評価を受けている社長夫人の玲子さんだったが、社長への影響力はけっこうあるのか、袋裏についての企画を出すたびに、社長は、ちょっと妻に見せてみます、と返答し、次の日に、妻がすばらしいと言ってました、と報告してくるようになった。もはや今なら、最初の頃に没になった名画の紹介や、その他の企画でも通りそうな勢いである。社長は愛妻家なのだ。

昼ごはん仲間の人たちに、いっそあなたが玲子さんと紅茶屋さんに行ってあげたらどうかな？　などと無責任な提案をされ、いやいやまさか恐れ多い、と返しながら、そういう機会もこれからあるかもなあ、などとひそかに戦々恐々とし始めた折、かねてから開発されていた新商品の発売が決定した。

丸みを帯びた三角形で、粉チーズの絡《から》んだごく小さいあられと海苔を振りかけた、やや薄いしょうゆ味のおせんべいだった。名前は、『ふじこさん　おしょうゆ』という。袋裏は、やはり私が考えなければいけないのだが、外部のイラストレーターさんに、ちょっと富士山に似た形の「ふじこさん」という、てっぺんの部分になでしこの花をあしらったキャラクターも作ってもらった。『ふじこさん　おしょうゆ』の外袋は、透明な部分のない和紙のような質感のもので、白を基調としており、おとなしくやさしげな「ふじこさん」が、袋の真ん中で目を閉じて微笑《ほほえ》んでいる、という、穏やかさを全面的にアピールしたものに決定した。「ふじこさん」のイラストの上部には、「やまとなでしこのように　まろやかでおだやか　チーズと醬油《しょうゆ》」なる、達筆で細い毛筆体の文言が添えられ、おせんべい自体の画像は、外袋の裏に回された。中身が見えない袋も、白を使うことも、キャラクターを作ることも、この会社としては初めてのことである。

新商品の、柔らかいイメージだが、今までと違うものを、というコンセプトは、商品開発の酒本《さけもと》さんのお姉さんの話が関係しているという。不登校の娘さんとどうやっていくかについてが常に頭から離れず、会社での仕事にも支障をきたし始めたお姉さんが、自分自身も休職ということになった時に、昼間から妹からもらうこの会社のおかきを食べながらテレビの録画（世界の山の風景を紹介する、環境動画っぽいものだったという）を見ていたところ、娘さんに「うっとうしい」と悪態をつかれ、お姉さんも「あんただってよ」と泣きながらやり返し、そこからなんとなく腹を割った会話になって、二人で外が暗くなるまでおかきの袋を開け、結局娘さんは学校に行くようになり、お姉さんは会社に復帰したという。その時に酒本さんのお姉さん親子が食べていたのは、この会社の商品の中でもオーソドックスな味の『黒豆小判』だったそうだ。

このケースで、より良い味はなかったか、というのが『ふじこさん』開発の動機だったという。お姉さんとその娘さんは、結局五時間、おかきを食べながら話していたそうなのだが、おいしいんだけど、最後にはだんだん飽きてきた、と話していたそうだ。『黒豆小判』の袋裏は、「国際ニュース豆ちしき」だが、それに関しても、ちょっと遠い世界のことばかりで、あまり話が膨らまなかったらしい。お姉さんと娘さんの人生の岐路において、弊社のおかきが一助を果たしたというのはすばらしい話だが、そこで「飽きがこなかった」と言われることこそがベストだ、ということで、基本的には穏やかな味で、かつ、少し変化のある食感のおせんべいが開発された。

　袋裏については、「今まで通り自由にやってください」とのことだったが、そういった背景を耳にすると、そういうわけにもいかないような感じがする。そんな穏やかさを前面に打ち出した商品の袋裏に、世界の独裁者について書くわけにもいかないだろう。かといって、「ふじこさん」というキャラクターがいる分、『今昔物語』の話の要約の紹介をしたりするのもちょっとな、と思う。

　ずっと考えていてもなかなかいいのが出てこないので、先送りにして、既存の「国際ニュース豆ちしき」や、「あのことばの由来」、「知っていますか？　あなたの漢字」他、清田さんが作ってそのまま続投が決定したシリーズなどについての文言を考えているうちに、ある日、『ふじこさん　おしょうゆ』の個包装の袋のデザインが決定した。『ふじこさん　おしょうゆ』と大きく毛筆体で書かれている袋の表側はいいとして肝心の裏側を見て、私は頭を抱えた。左斜め下側に描かれたふじこさんから、吹き出しが出ていたのである。

これは、文言をふじこさんの発言として書かなければいけないということではないか？　ますます、「世界の独裁者」的なことについては書けなくなった。たぶん、「日本の毒のある植物」も「世界の謎《なぞ》」も無理だ。どれも清田さんの作ったシリーズばかり例に出して恐縮だが、私が考えたものでも、「ミニ国家」はふさわしくないだろうし、「あのことばの由来」でも、「知っていますか？　あなたの漢字」でも、何か偏《かたよ》りを感じさせる。

ふじこさんの人格を考えなければいけないのである。なので、イラストレーターさんに尋ねてみると、「ふじこさんは親切で、世話好きだけど、ちょっとおっちょこちょいで心配性です。お茶を飲んでまったりするのが一日の楽しみ」という答えが返ってきた。ますます、既存のアイデアの出し方ではそぐわなそうだということがわかってきた。これまで私は、前任者の清田さんが進めてきた、社会科的、あるいは理科的な豆知識や、ちょっとしたレシピ以外の、国語的な分野に活路を見出《みいだ》してきたわけだが、今度は、親切で世話好きだというふじこさんに合わせて話題を考えていくということになる。

袋裏のふじこさんは、外袋の表面と同じの、目を閉じたもの、眉尻《まゆじり》を下げて少し困った様子のもの、口を開けて諭す様子のようなもの、と三態ある。それぞれの表情に合った文言も考えなければならない。

日に日に、『ふじこさん　おしょうゆ』の袋裏についての投票が近づく中、私は、本命の話題を考えられずにいた。キャラクターまで作るんだったら、袋裏係の私にも一言相談をくれよ……、と社長を恨んだりもしたが、ここで対応するのが給料をもらってる人間なんだとも同時に思う。何事も起こっていないかのように、他の仕事をこなしながら、私は毎日毎日ふじこさんのことを考えていた。夢にも出てきてうなされ、夜中に飛び起きて、それから出社の時刻まで眠れなくなるという日々が続いた。投票に懸けるための締め切りの一日前になっても、私は、これといった話題を考え付けずにいた。

＊

「ふじこさんは、けっこう年ではあると思うんですけど、人間とは年の取り方が違うので、中身は娘さんだし、見た目もずっとそのままです。ただ、長いこと生きてきたなりの知識はあるし、おっちょこちょいって言いましたけど、それは短期的なことで、人生全体っていうか、生活していくことに対してはわりと知恵があります」メールで再度問い合わせると、ふじこさんのコンセプトを任されたイラストレーターさんは、更に丁寧に答えてくれた。「そういや、社長と商品開発の方が来られた時に、疲れ果てている人のためのおかき、っていう言葉が出て、でもそれは強すぎるんで、結局イメージから除外ってことになったんですけど、頭の片隅に置いたまま作業はしましたね」

締め切りの日が来て、苦し紛れに、「日本百名山」と「源氏物語の各帖《じょう》の説明」という話題を提出することに決めてはいたのだが、まだ本命の話題は出てきていなかった。私は、九時に出勤してすぐにイラストレーターさんのメールを印刷して、午前中いっぱいその内容を読み返し、それでもふさわしいアイデアを出せず、もう仕方ないから、毎回それなりに票を集めるわりにまだ実現していない「ミニ国家」を数合わせで入れて投票してもらおう、それでたぶん「日本百名山」に決まるだろう、もういいや、私の思い付きじゃないけど、とやけを起こしながら、社食に向かった。

疲れ果てている人のためのおかきって、今の自分のためにあるといっても言い過ぎじゃないだろ、などと考えながら、肩を落として列に並ぶ。今日はミートローフがメインだった。仕事がこんな様子でなければ、きっとうれしかっただろうけれども、ふじこさんの袋裏のことで頭がいっぱいで、好ましい匂《にお》いもまとわりついてくるわずらわしいもののように思える。

どうしてもミートローフを食べる気にならず、スパゲティサラダと冷奴《ひややっこ》とおにぎりをトレーに置いて席に戻り、昼ごはん仲間の人たちがいつもと変わらずよくしゃべっているのをいいことに、もそもそと無言で食べていると、ちょっと、顔色悪くない？と前の席に座っていた河崎さんが手を伸ばしてきて、私の目の前で振った。私は、やっぱり自分の様子が変に見えることに、妙な罪悪感を感じながら、仕事の行き詰まりについて洗いざらい打ち明けようか、それとも、もう終わったこととして自分の中でけじめをつけ、「日本百名山」になるんじゃないですかと涼しい顔で話すか迷って、それを判断することにも強いストレスを感じ、ただ、いやいや特にはと言って首を振った。

「そういや今日、袋裏のネタ出しの締め切りって言ってたよね」

「ずっと悩んでたけど、決まったんですか？　結局」

昼ごはん仲間の女の人たちは、勘がいいし容赦もない。私は、一応……、今日の十七時半締め切りなんで、ぎりぎりまで考えます、とうそをつく。

「そりゃ良かったわ」

「日に日にやつれていくなあって、ロッカーで話してたんですよね」

「ねえ。新商品かなりおいしいから、たくさんもらって帰りなよ」

悩んでいることがばれていたのが、なんだか悲しく情けない。このまま昼ごはんを終えて部屋に帰り、考え抜いているふりをしつつ、本当は妥協する予定でいる。それすらもわかっているのか、女の人たちは口々に、がんばってねーなどと軽めの声援を送ってくれたのち、すぐに雑談に戻る。

浦川さんは、長男が自室の床にボロボロお菓子の食べかすを落とすので、二十回ぐらい言い聞かせて、やっと何か食べる時はお皿を持って行ってもらって、その上で食べてもらうことに成功したのだが、今度はそのお皿を割ったんですよ、とぷりぷり怒っていた。高価ではないけれども、浦川さんなりに気に入っていたお皿が、きれいに三つに割れてしまったらしい。青磁っぽい薄い水色の地に、白で波の模様が描かれた、ちょっと変わったものだという。あまりに悲しくて、もうそのお皿のことは忘れようと、光の速さで紙袋の中に片付けたのだが、その紙袋を捨てられずにいる、と浦川さんはつらそうに語った。

二瓶さんは、昨日、野菜不足を解消するために、たらふくサラダを食べようと、レタスやトマトやカイワレ、そしてパプリカまで買って帰ったのに、ドレッシングを買い忘れていたので、マヨネーズで生野菜を食べたそうだ。べつにおいしかったんだけど、生野菜に絡めにくいし、私も物忘れが増えたわ、と言う。玉田さんは、買い忘れといえば、自分はシャンプーもコンディショナーも切らしてたのに昨日買うのを忘れていて、石鹼《せっけん》で頭を洗ったので、今日は髪がごわごわだから、あまり見ないで欲しいそうだ。

硬い表情で彼女たちの話に黙って耳を傾けていた寺井さんは、他の人の話が一段落すると、ちょっとだけ長くなるけどいい？　と前置きして、別居している姑《しゅうとめ》がいつのまにか高い着物をかなり買っていて、昨年亡くなった舅《しゅうと》の遺産を使い果たしてしまいそうで怖い、と、いつも明るい寺井さんにしては深刻な様子で打ち明けた。寺井さんの話には、それぞれに自分の話をすることが優先というふうに見える昼ごはんの仲間たちも、さすがに、あら……、まあ……、注意しないとね……、などと沈み込んだ雰囲気になった。

そして最後に河崎さんが、すっかり重くなってしまったその場の空気をとりなすように、私も去年、すごい高い靴を衝動買いしちゃったんだけど、雨の日に履いて以来においが取れなくて……、と自嘲《じちょう》するように話し、小笑いを誘っていた。

私は目下、袋裏の話題のことで悩んでいる。一度は、「日本百名山」「源氏物語の各帖の説明」「ミニ国家の紹介」で、体裁を整えることにして、それで今日の最低限の仕事は果たしたことになる、と納得したつもりだったのだが、やはりそれではあまりにふがいない気がする。

昼休みが終わり、おかきミュージアムの裏の仕事部屋に帰って、『ふじこさん　おしょうゆ』の袋裏の話題出し以外の仕事を整理する。しかし、どれだけ書くべき記事を探しても、もう一本も残された仕事はなかった。私は、仕方なく、テキストエディタを立ち上げて、従業員さんたちの投票用に、「日本百名山」「源氏物語の各帖の説明」「ミニ国家の紹介」のそれぞれのプレゼンテーションの文面を書き始める。だいたいその三つになるだろう、ということは、昨日社長に伝えてある。いいと思いますよ、とのことだった。その仕事も、すぐに終わってしまった。

いつも以上に細かく、執拗《しつよう》にワープロソフトで書面を調整して時間を稼いだものの、時間の進みは遅かった。お茶を淹《い》れて、資料用というか、イメージを膨らませるために差し入れてもらった『ふじこさん　おしょうゆ』をもそもそ食べながら、うまい、と思う。この会社が今まで出してきたおかきの中で、いちばんおいしいかもしれない。他社の類似品より大きめのものを作りがちなこの会社の例にもれず、『ふじこさん』も、一度袋を開けるとしばらく間が持つ。山のてっぺんを模したような、粉チーズをまぶしたあられの部分の食感が、けっこう固くて歯ごたえがある。プリンタで出力した、『ふじこさん』の画像を眺めつつ、商品を食べながら、記事の中身は頑張りますんで、と弁明するように思う。

それでもまだ時間が余ったので、改めて大友さんが渡してくれるお客さんのフィードバックなどに目を通しながら、ふと、昼休みに浦川さんが息子にお皿を割られた話をしていたことを思い出した。仕事のことを考えたくなっている証拠である。お皿はなあ、難しいな、と思う。どれだけ気に入った色や柄、形で、もう一度同じものを買おうとしても、すでに生産されていないことが多々ある。浦川さんの長男が割ったお皿は、青磁っぽい色に波の絵が描かれているというものだそうだが、四年前に買ったというので、今も売られているかは微妙だ。試しに、浦川さんが買ったブランドのネットショップを見に行ったのだけれども、それっぽいお皿は影も形もなかった。

私自身はそのお皿を見たことがあるわけではないけれども、心底残念そうな浦川さんの口ぶりからは、かなりすてきなお皿であることが容易に想像できる。オークションサイトまで探しに行ってもなくて、改めてお皿を割るということの取り返しのつかなさについて考え、ならばくっつけたらどうか、ということに思い至った。

私は、「陶器」「割れた」「復活」などという言葉を検索ボックスに放り込み、すぐに陶器をくっつけてくれる接着剤の銘柄に辿《たど》り着いた。お気に入りの割れた陶器をどう修復するかについて論じているそのページによると、金継ぎという方法もあるらしい。割れた部分同士を漆で接着し、金粉で装飾するという。単にくっつけるよりも、金の筋が入ることによって味わい深さが出る。

早く浦川さんに知らせたいと思い、パソコンから直接浦川さんにメールを送る。午後三時になったところなので、休憩に入っているかもしれない。「お皿の件ですけど、とにかく形が復活したらいいっていうんなら陶器用の接着剤もありますし、金継ぎっていうやりかたもあるらしいですよ」と書き送ると、やはり休憩に入っていたのか、「めっちゃありがとうございます!!　帰り道でググりマス!!」という返事がすぐに返ってきた。

私は、すぐに浦川さんから感謝が戻ってきたことに、なんだか想像以上に満足してしまい、それならば、と今度は二瓶さんが話していたドレッシングを買い忘れた件について検索した。フレンチドレッシングなら、サラダ油、酢、塩、こしょう、砂糖があれば作れるし、サウザンアイランドドレッシングなら、マヨネーズ、ケチャップ、酢、砂糖を混ぜれば出来上がりである。おそらくどちらも、家に常備してあるもので作ることができる。

その内容をメモして、次は玉田さんの話を思い出し、更に私は、河崎さん、最後に寺井さん、と話していた悩みとその解決法を調べていった。全員の分を調べ終わると、定時である十七時半の少し前になっていた。

私は、従業員さんたちの投票用のプレゼンテーションの文面を書いたファイルをもう一度開いて、「ミニ国家」についての記述を消し、代わりに「ふじこさんのおだやかアドバイス」という袋裏の話題の候補を書き加えた。

『「お気に入りのお皿が割れてしまった」「サラダを食べたいのにドレッシングがない」「シャンプーやリンスを切らした」「いらないものを買ってしまった」「靴のにおいがとれない」など、とても身近な生活のトラブルについて、ふじこさんが簡単な解決法を示します』

＊

次の週の投票で、「ふじこさんのおだやかアドバイス」は、僅差《きんさ》で「日本百名山」を破った。「例として挙がっていた、お皿が割れた、っていうのがちょっと盲点だった」とか、「百名山に関してはいつでもできるが、アドバイスに関してはこのキャラクターしかないかもしれない」などといった真剣な従業員さんたちの感想を集め、『ふじこさん　おしょうゆ』の袋裏は、「ふじこさんのおだやかアドバイス」というシリーズに決まった。

初回の出荷分の話題については、昼ごはんの仲間の人たちが話していたものと、杜長夫人の玲子さんの悩みである「湯呑《ゆの》みやカップの茶渋を取るのに時間がかかる」と、私自身の関心であるところの「カフェインはいつ摂《と》るべきか」というもの、「日本百名山」にインスパイアされた形の、「山で迷ったらどうするか」が取り上げられることになった。玉田さんは、以後すっかり石鹼で頭を洗ってクエン酸水ですすぐというやり方が身に着いたようだし、河崎さんの靴は、使い終わったティーバッグを中に置くことによって、玄関に常駐させて大丈夫な程度に復活した。

実際に市場に出回ると、商品自体の味や、ほのぼのとしたパッケージとふじこさんのキャラクターが相まって、『ふじこさん　おしょうゆ』はちょっとしたヒットになり、各所からの品切れの報告が相次ぐ事態となった。商品開発にいつも以上に時間をかけ、いつも以上に妥協せずに良い味を追求したそうなので、そういうこともあるだろう、と動向を見守っていたのだが、袋裏もそれなりに評判が良いようで、大友さんは毎日機嫌よく、ブログやSNSなどからのフィードバックを運んできてくれていた。

「自分とは関係ないようでいて、微妙に役立つ」とか「険がない」といった感想のほか、「今までと感じが違う」とか「やっとどうでもいい豆知識だけじゃなくて人の役に立つことを言う気になったのかこの会社」といった、長年袋裏を見守ってくれている人々のものと思われる意見もあり、ありがたく思った。

ただ、私を含めた昼ごはんの仲間や、玲子さんといった近しい人々の抱えているトラブルのバリエーションにも限界があるので、と社長に言うと、広く従業員さんたちに悩みを募るため、おかきミュージアムにトラブル相談箱が設置されることになった。相談の件数は、一日に一、二件だが、そのぐらいでちょうどよかった。相談ごとは、まとまった知識を披露するのとは違ってノンジャンルなので、一件一件調べて、もっとも簡単そうな解消法を割り出すのはけっこう大変だった。メガネの鼻当てが取れたが修理に出す余裕がない、とか、消しゴムがいつも手元にない、とか、晩ごはんのおかずを決めるのがめんどくさくて仕方がない、とか、みんないろんなことで悩んでいる。メガネの鼻当てに関しては、お皿と同じように接着剤があるので仮でくっつけたのち、メガネ屋さんに相談に行け、と答え、消しゴムがいつも手元にないという悩みには、この一週間は消しゴムを見かけたら買うようにして備蓄しろ、という答えを考えた。晩ごはんのおかずに関しては、自分では説得力のある回答を考えられなかったので、一緒に昼ごはんを食べている人たちに相談すると、とりあえず鍋《なべ》にしなさい、野菜が摂れるから、と言う人が何人かいたので、そう書くことにした。

社内で好意的に受け入れられたことや、インターネットでの評判だけなら、『ふじこさん』はこの会社の他の商品とさほど変わりはなかっただろうけれども、決定的な違いを見せたのは、新聞に取り上げられたことだった。それも、業界紙ではなくて、全国紙にである。『ふじこさん』の袋裏に関する投書が掲載されたのだった。「夫が一晩、山で行方不明になるという出来事があったのですが、私が持たせたおかきの袋に『下山を焦《あせ》って沢伝いに降りるのはやめましょう』と書いてあったので、小川を探していた夫は動くのをやめ、おかきを食べながらじっとしておりましたところ、無事、地元の救助の方に見つけていただきました」という内容だった。ちなみに、その女性の名前は、藤子《ふじこ》さんというらしく、大変な奇遇だというのである。大友さんが以前、似たような内容の手紙を持ってきてくれたことがあったので、おそらく同じ女性だろう。

新聞の切り抜きは、おかきミュージアムの手前の玄関ホールに貼《は》り出され、営業部の人たちも、そのことを取引先へのセールストークに加えるようになった。今まで知らなかったのだが、袋裏について営業の人たちが改めて売り込むのは、今までほとんどなかったことらしい。

新聞への掲載から一週間後、新聞社の生活部の記者を名乗る人から連絡があり、社長と大友さんと、商品開発の酒本さんが取材を受けることになった。私も来るかと打診されたのだが、特に言うことはないですし、と断った。仕事に追われていたのである。『ふじこさん』の袋裏は、純粋に豆知識に関する文章を編集するのとは違って、それなりの裏付けや、反対意見なども調べなければならないので、他の仕事よりも手間がかかった。また、これはふじこさんが知っていそうなことだろうか、という話題の選別にも迷うところが多々あった。たとえば、『お気に入りのお皿が割れてしまったら』は良くても、電化製品の故障の話はしないほうがいい、とか、『天ぷらをカラッと揚げる方法』は知っていても、スパゲティを茹《ゆ》でる時にくっつきあわないようにする方法の話はするだろうか、とか。

『ふじこさん』の仕事をするようになってから、自分はつくづく相談されるのが下手だし、何も知らないのだな、と思うようになった。作業の手が止まることが多くなり、他の袋裏のことに関しても、以前はけっこう勢いで書けていたのに、今は執拗に調べものをして、どうしても決め手が見つけられずに停滞して、結局話題を取り下げてしまう、ということが増えてきた。

それに反比例して、『ふじこさん　おしょうゆ』の売れ行きは好調だった。会社の至る所で、それを祝う声が聞かれ、臨時ボーナスの噂《うわさ》も立っていた。そんな中で、私は一人、おかきミュージアムの裏の部屋で、自分の仕事が少しずつ遅くなっていくことを恐れていた。

＊

新聞に投書した女性は、どうもテレビ局にも手紙を書き送っていたようだった。自分たち夫婦に起こった出来事が新聞に載ったということで、切り抜きを添えて、おかしな話でしょう？　と。私は薄々、この夫妻は暇なのかな、と思い始めていたが、テレビ局もネタに困っていたのか、この会社にやってきた。社長はもちろん歓迎し、今度こそ私も取材を受けるべきだと言われたのだが、やはり仕事のことが頭から離れなかったので拒否した。袋裏を書いている人はとてもシャイな人なんで、と言っておいてください、と社長と大友さんに告げると、そのままを伝えたそうで、小笑いが起きてその場は和んだという。

テレビ局のカメラは、おかきミュージアムにも入ったそうで、私が仕事をしているおかきミュージアムの裏の部屋にも、取材にやってきた撮影クルーや芸人さん、社長やその他の人々の笑い声などが聞こえてきた。私は、それを聞きながら、『台所用のスポンジがすぐダメになってしまうという人は、アクリルたわしを使ってみましょう』という記事が『ふじこさん』にとって適切かどうか、ずっと逡巡《しゅんじゅん》していた。

テレビのお昼の番組で紹介されたことによって『ふじこさん』はさらに売り上げを伸ばした。取材に来てくれた芸人さんが、すごくおいしそうに商品を食べてくれたということもあるし、各所に投書をした奥さんが、改めてこの会社の社長に会ってお礼を言いたいという企画が別の局であって、奥さんのすっとんきょうなキャラクターが、ネットなどでそこそこ話題になったというのもある。あの奥さんはどうも、うちの会社を踏み台に、自分の中の何かを満足させようとしているのではないか、と昼ごはんの仲間の玉田さんが呟《つぶや》いていたが、私は、自分がその話に乗ってしまったら仕事を続けられなくなるような気がしたので、聞き流した。

社内の人々からの相談をもとに、かなり悩みながら記事を作り続けていた『ふじこさん』の袋裏なのだが、メディアに露出することによって、今度は一般のお客さんからも相談が寄せられるようになった。大友さんは、難しければいいんだけど、一つぐらいは取り上げてくれたらありがたいんですよね、と言い添えて、相談のリストを渡してくれたのだが、「退職した夫が家に居るのが嫌で嫌でたまりません」とか、「実は息子に隠れて借金があります」とか、「娘が結婚できません。顔のせいでしょうか？」など、なかなか重いものばかりで、私は更に頭を抱えることとなった。

その後、妙に回数が増えたトイレの帰りに、とぼとぼと廊下を歩いていると、社長に呼び止められたので、窮状について控えめに説明したところ、例の奥さんを回答者として迎えればどうか？　という斜め上の提案があったので、私はその場で失神しそうになった。明るい、いい方で、この会社に恩返しできればどんなPRも無給で結構とおっしゃってくださっているし、名前もぐうぜん藤子さんだからね、と社長は言うのだが、いやいやお金の問題ではないだろう。『ふじこさん』をきっかけに、どこまで食い込む気なんですか、と私は喉《のど》まで出かかっていた言葉を必死で抑え、そのせいでより消耗する破目になった。

一度話してみたらどうかな、素敵な人ですよ、と社長に言われて、私は、まだちょっと今は余裕がなくて、と部屋に逃げ戻って、大友さんに渡された相談のリストを一行読んではやめ、一行読んではやめ、ということを繰り返していた。ほとんどが、私が答えられることじゃないな、という相談ばかりだったのだが、「職場の人と折り合いが悪くなり、仕事をやめました。友達の仕事先も、意地悪な人ばかりだというのを

ふじこさん
おしょうゆ

聞くと、働こうという気になりません。働くと性格が悪くなるんでしょうか?」というものがあって、目に留まった。私はこれまで、バーンアウトが原因で退職した最初の職場を含めて、四つの仕事先で働いてきたのだが、折り合いが良くなかった人はいても、意地悪をされたということは特にないな、と思う。だいたいどこの職場の人も、他人に変なことをしているエネルギーがあれば、自分の仕事か私生活のために使っているようだった。けれども、学生の頃のアルバイト先のいくつかでは、いやな目に遭ったりもしたので、言いたいことはわからないでもない。そんなに多彩な職場経験があるわけではないが、時間を経るうちに、まあ、勤務先が変われば人も変わる、という単純なことは了解していた。

「働いているとカリカリしてきますが、べつに性格が悪くなるわけではありません。性格が悪い人は働いていなくても悪いです。同僚の性格の良さというのは、あくまでエキストラなものと考え、まずは自分が合わせられる程度の集団の職場を探しましょう」

まったくもってふじこさんぽくない内容で、胃が痛くなってくる。とにかく大友さんからの指令は果たしたとはいえ、もしかしたら、投書しまくりの藤子さんのほうがうまく答えられるんではないかとすら思う。なんていうか、自信がありそうだし、いい意味でプレッシャーとか感じなさそうだし。いくらでも人のことに口出しできる感じがする。私がこの仕事をするには、圧倒的に自信が足りないのだ。

家に帰りながら、この仕事に向いていない、と考えることが多くなった。今までは、清田さんの作った方向性の遺産と、勢いで記事が書けていたようなのだが、自分で一から考えたものにここまでつまずくとは考えてもみなかった。なので、社長をはじめ、大友さんや昼ごはん仲間の人たちなどに、袋裏について何かこうしたらいいということはありますか？ と訊いて、指針を探ろうとしてみるのだが、いやいや現時点では特に何もないよ、いいと思うよ、という意見ばかりだった。『ふじこさん』の仕事を藤子さんに明け渡して、自分はその補佐と、別の商品の袋裏の作成に回ろうということも思い付いたが、それはそれで、藤子さんと密にやりとりをしなければいけなさそうだったりして気が滅入《めい》る。

会社には悪いが、ひそかに、『ふじこさん』の売れ行きが落ち着かないかなあ、ということを考え始めた。ふじこさんは、ゆるキャラという枠にも入り、知名度を伸ばし続けている。明らかに、私の手には負えなくなってきていた。

*

休職していた清田さんが復帰する、という話を聞いたのは、仕事中に抜け出して胃薬を買いに行くようになった日の次の日の、昼休みのことだった。玉田さんが、今は交際をお休みしているが仲自体はいいという守衛の福元さんに聞いてきたのだった。守衛さんは清田さんとも呑み友達らしく、なんかもう、さんざん悩んで吹っ切ったみたいだよ、と清田さんについて言っていたそうだ。結婚できそうな相手を見つけられたわけではないが、趣味の史跡巡りや鉄道旅行を中心に、人生を立て直す決意をやっとしたらしい。

この会社の袋裏に関するエースである清田さんが戻ってくるのであれば、おそらく私はお役御免である。今までと別の仕事をするとなると不安ではあったが、袋裏の仕事から解放されるのであれば、それでいいと思った。そこはそこで、慣れるまではつらいだろうけど、私に向いていることもあるはずだ。

その日の定時間際《まぎわ》には、社長からも内線で会議室への呼び出しがあって、やはり清田さんの復帰を告げられた。とてもよかったです、清田さんの仕事はとても尊敬できるものですし、やはりこの会社の袋裏を書くのは私ではなく清田さんでないと、と私は、いつになく口が軽くなって言った。

「清田さんはいい人間だし、仲良くやっていけると思いますよ」

「はあ」

「二人だけで仕事をするというのが気まずければ、総務・経理のフロアにスペースを作りますし」

どうも、予想していたのと話が違う。私が清田さんと一緒に仕事を続けるような口ぶりである。私は欠員補充ということで雇われたのに。

「私はクビになったりしないんでしょうか？」

一応、低いところから話を振ってみると、とんでもない、と社長は強く否定した。

「じゃあ、別の部署に異動が妥当かと」

この会社が好きなので、何でもやりますよ、と付け加えると、社長は、いや、まったくそんなことは考えていません、と、ちょっときょとんとした様子で言う。

「先日の会議で、もう少し袋裏の比重を大きくしようという話になりまして。記事の数を増やしてみるのはどうかと」

『ふじこさん　おしょうゆ』でうちの会社が非常に袋裏に対して真剣であることが世

の中に知れ渡ったことですし、ここでもうひと押し、という方針になったのですよ、と社長は続ける。

「『ふじこさん』の、塩味の姉妹品を作るというのも決定しましたし。で、その袋裏は、好評な醤油味のほうと融通し合う、と」

「おだやかアドバイスでいくんですか？」

「それはもちろんですよ」社長は、なんでこんなわかりきった話を続けなければいけないんだ、とでもいうような、少し面倒くさそうな様子でうなずく。「アドバイスしてほしいことの案は続々と寄せられていますし」

働くことに関して、半ばやけになって書いた内容が、けっこう実際的だと判断されたらしい。ふじこさんのイメージに合わないとか、そういう意見はありませんでしたか？　と訊くと、まあ、なんでもありでしょう、と社長の気軽な返事が返ってきた。

私は、そうですか、とうなずきながら、背中のどこかに空いた穴から、空気が抜けていくような感覚に陥った。そうか、なんでもありか、と思う。だから投書のほうの藤子さんが相談に答えてもいいと思ってるんだなあ。

浮ついている、という印象を持ったわけではない。でも、思ったより簡単には考えられているみたいだ。だったらついでに異動させて欲しいのだが、そういうわけにもいかないと見受けられる。

「会議では、山で旦那さんが助かったほうの藤子さんが答えるバージョンはどうかということについての評判も良かったですし、一度現実的に考えていただければと思いまして」

うんうん、と私はうなずくしかなかった。『ふじこさん』と同時に、藤子さんの知名度も上がった。それに乗じない手もないだろう。

会議室から仕事部屋に帰りながら、これからの仕事を取り巻く環境の急激な変化について考えて、どんよりと肩を落とした。仕事が嫌いになったわけではない。わけではないし、自分の仕事に勝手に上が介入してきて掻《か》き回していくことなんていくらもあると知っているけれども、これはちょっとしんどい。

部屋に帰って、そういえば、『ふじこさん』をデザインしたイラストレーターさんは、キャラクターのことをよく理解しているような様子だったことを思い出して、恐る恐る社長に内線をかけて、おこがましい話かもしれませんが、と、イラストレーターさんに袋裏のことに関して協力を仰ぐことを提案したのだが、社外の人はねえ、と渋られた。まあ、顔が売れていて無給で協力してくれるという藤子さんに対して、外注の費用が発生する、袋に名前も記されていない生みの親のイラストレーターさんでは、藤子さんに頼ろうという気になるかもしれない。

その後、「知っていますか？　あなたの漢字」と、「国際ニュース豆ちしき」の記事を、併せて五本ほど書いた。漢字は、「亘」と「佑」と「拓」、ニュースについては「フライトレコーダー」、「スキタイ人」について取り上げた。そういう仕事を中心にしていた時分は、そんなに前でもないと思うのだが、なんだかいろいろあったなあ、としみじみしてしまった。

外で食事をして家に帰り、何か飲もうと冷蔵庫を開けていると、テレビを見ていた母親が、あんたんとこの会社のおかき、また昼の番組に出てたわよ、と声をかけてきた。最近世の中が平和みたいで、隙間《すきま》の穴埋めによく取り上げられんのよ、などと棘《とげ》のある言葉を返すと、あの奥さんと旦那さんも出てたよ、とあまりうれしくもない情報をくれる。

「二人で、一晩遭難した時の再現ドラマやってた」

「へえ」

「でもあのおかき、おいしそうで、私もスーパーで探すんだけど、けっこうどこも売り切れてるわ」

会社で余ってたら持って帰ってきてほしいんだけど、と頼まれて、私は思わず、売れてるから会社にもないのよ！　と強く言い返した。

「えー、じゃあ、見かけたら……」

「ほかのおかきでもおいしいじゃないのよ、『BIG揚げせんいか&みりん』とか『磯辺の梅』とか、『薄焼き納豆&チーズプラスわさび』なんか喜んで食べてたじゃないの！」

「何怒ってんの……」

母親は、変なの、という感じで肩をすくめて、テレビに向き直る。私は、台所の隅に置かれてある母親のお菓子を備蓄している箱から、自分が言った三種類のおかきの袋を手に取って、自室に戻る。緑茶を淹れて、順番に食べると、やっぱりどれもおいしかった。

まったく妥当な感情じゃないことはわかっていたが、いろんな人に腹が立った。投書の藤子さんにも、社長にも、『ふじこさん』を取り上げたがる人にも、世の中のおかき消費者の人々にまで腹を立てた。見る目がないと思った。

今のあなたには、仕事と愛憎関係に陥ることはおすすめしません、という正門さんの言葉が、一瞬頭をよぎったけれども、違うってっ、と私の中のもう一人の部分が、荒々しく言い返した。

＊

その週の金曜日のお昼に、寺井さんから、今日の夜空いてる？　と突然尋ねられた。私が、空いてますよ、と答えると、みんなでごはん行こうって行ってるんだけど、来てくれる？　とのことで、断る理由もないので、行きます、と返事をした。寺井さんたちとは、毎日一緒にお昼を食べているのだが、晩ごはんを食べるのは初めてだった。

昼からは、「あのことばの由来」の記事を、「水臭い」「とっておき」「こだわり」「玉のような」など十本をやっつけ、会社に寄せられた『ふじこさん』の袋裏で取り上げてほしい相談事項のリストに目を通した。相変わらず、「妻がいながら部下を好きになってしまいました。部下も自分を好きだと言ってくれていますが、妻と別れるべきでしょうか？」とか、「姑が孫の双子の片方しか可愛《かわい》がりません」とか、「息子が月に十万ぐらいフィギュアを買っています」とか、重たい悩みが多い。「妻がいながら」の相談に関しては、「奥さんのいる上司を好きになってしまいました」という、完全に対になるものも寄せられていたので、もしかしたら二人は当事者同士なのかもしれない。なんでおかきの会社にそんなことを相談しようと思ったのか、まったくもって気がしれない。不適切にもほどがあるだろう。

けれども、何回か相談のリストを読み返しているうちに、なんというか、社長なのか、キャラクターとしての『ふじこさん』相手なのかはわからないのだが、あてつけに、その相談を取り上げてみようという気になった。正直、どっちでもいい、知らない、関係ない、よくわからない、勝手にしたらいい、と、どこまでいっても、何らかの答えを示すという方向に向かわないのが私自身の所感だったが、とりあえず、倫理的な側面以外からのアプローチで、この相談に光を当てられないのかと考えて、不倫をして慰謝料の請求をされた際の額の相場を調べ始めたところで、退社の時刻となり、調べものを中断した。少し残業をしてもよかったのだが、寺井さんがしてくれたという店の予約が、定時の十五分後だったので、私は急いで帰り支度をして会社を出た。

指定された店は、会社の近所のこぢんまりしたイタリア料理店だった。工場の作業着ではなく、私服を着た昼ごはん仲間の人たちの姿はとても新鮮で、私はちょっとどきどきするものを感じた。ワインを頼んでくれていたが、私は呑めなかったので、ガス入りのペリエを頼んで、乾杯した。寺井さんが、妙にかしこまった様子で、私を含めた他の参加者たちに、何度も頭を下げる。

「150万返ってきたのよ」

以前話していた、お姑さんが買った着物のうちのいくつかを返品できたのだという。訪問販売で買ってしまったものは、内容証明郵便で返せるかもしれない、と『ふじこさん』の袋裏で取り上げたのだ。その時に調べたことをプリントアウトして、寺井さんにまとめて渡した。パートと家事と姑の説得の合間を縫っての書面の作成には、昼ごはんの仲間の人たちも協力した。

「河崎さんが前の会社で法務部にいたとは知りませんでした」

「パニック障害になって辞めたけどねえ」

その後二年間は自宅に引きこもり、いくつかの仕事を経て、この会社で正社員の職を得たそうだ。独身であるという河崎さんは、病気になる前に実家の改装しといてよかったわ、と言う。

「私の話を聞いて、袋裏で取り上げてくれたからよ。そうじゃなきゃ、ただ姑がだまされたってだけの話で終わってた」

寺井さんに、何度もありがとうと頭を下げられたので、別に私は何もしてませんから、と答えると、そう言われて肩を叩《たた》かれた。べつに、寺井さんにお金が入ってくるわけではなかったが、とにかく一件落着してほっとしたので、お祝いがやりたかったのだという。その場にいる人たちが皆、よかったよかったと言っている。私は改めて、この人らはいい人たちだなと思った。私は、すごく気分が良くなって、玉田さんに、彼女が以前言っていた守衛の福元さんの娘さんたちのややこしい名前について、姓名判断のサイトをいくつか回って調べたところ、福元深安奈は、かなり良くないが、福元澪璃亜はすごく良い、という話をした。その上で、改名したければ、いろいろな難しい条件があるのだけれども、これからでもできそうなものに、通称名を何年も使って郵便物等を集めるという方法がある、と教えると、確かに、上の深安奈ちゃんはなんていうか、いやそうではあるんだよなあ、と玉田さんは考え込んでいた。

その後、清田さんの復帰の話になった。清田さんは、昼ごはん仲間の女性たちには好かれているようで、皆久しぶりに会うのが楽しみだと口々に言っていた。私の進退に関しては、やはり袋裏の仕事から外されて、別のところで働くと思い込んでいるようで、工場のほうに来たら面倒見るわよ！と言ってくれた。私は、なんだかそのことに妙に湿っぽい気分になって、ちょっと泣きそうになってしまい、自分が依然、清田さんとともに袋裏の仕事を続け、藤子さんとも仕事をすることになるかもしれない、ということを言い出せなかった。彼女たちの言っていることのほうが本当なのだと、どこかで思いたがっていた。

帰り道では、もう自分は、袋裏の仕事に対して思い入れは持てないな、と考え始めていた。いや、もともと思い入れなんていうあいまいな基準で仕事に向かうべきではないし、もっと割り切ってやるべきだということはわかっていたのだが、それでも、やりたくないな、と思った。

次の契約を更新しないことが頭に浮かんだ。もともと、この会社にも、そんなに長くいるつもりはなかったし、条件はかなり良かったけれども、このままでは苦しい状態が続くかもしれない。私が来てからしばらくと、『ふじこさん　おしょうゆ』の発売の後では、会社を取り巻く環境も変わってしまっている。世の中には、仕事に困っている人がたくさんいて、この会社で袋裏の仕事ができたのも、前のバス会社での、ほとんど先輩のもののような実績を買われてのことだったことを考えると、辞めたいなんて本当におこがましいことだと思うのだけれども。

＊

次の週になって、清田さんの復帰が少し遅れるという連絡を受けた。やっぱり会社に行きたくない、というのではなく、かかりつけの心療内科の医者と、どのように会社員生活を送っていくかについて、今一度ちゃんとした打ち合わせをして、自分なりの心構えをしたい、という理由だった。社長は、快くそれを受け入れた。えらいな、と思う。うるさい休職させてやったんだから今すぐ来い、と言う会社なんていくらでもあるだろうし、また、清田さんがどれだけこの会社でしっかりした居場所を作っていたかもよくわかった。

『ふじこさん　おしょうゆ』の袋裏の特別バージョンとしての、藤子さんの登場は、前の週の金曜の会議で決定したそうだ。よく考えると、どうして袋裏を書いている自分がその会議に呼んでもらえないのかと不思議なのだが、私は契約社員だし、ただ袋裏の記事を書くというだけの働きを任されているのであって、会社の商売の方針に対してどんな意見を持っているのかなんて期待されていない、と考えると、合点がいった。

そういうわけで、清田さんがまだ帰ってこない状態で、私は藤子さんと会うことになった。初めて会社の応接室というところに通され、社長の紹介で面会した藤子さんは、当たり前に上品な老婦人で、目鼻立ちがはっきりしていたり、肌の感じがけっこう若々しかったり、昔は美人だったんだろうなという残像を色濃く残していた。それがしゃべり出すととても陽気で、そりゃ人気も出るかもしれない、と思った。

御社のご商品の袋の裏側、いつも楽しみにしておりますわよ、と藤子さんは言った。

さぞ教養の豊かな男性の方かと存じておりましたら、女性でびっくりしました、と。私は、前任者で、今休職していてそのうち戻ってくる人がいるんですけど、その人は男性で、教養が豊かだと思います、と答えた。

「『ふじこさん』の袋の裏を書かれたのはあなたでしょう？」

「あれは私ですが」

「本当に助かりましたのよ。我が家は、あちらで」

亭主元気で留守がいいっていうけど、死なれたら困るでしょ？　あの人、私がいないと何もできない人で、あの日も山登りに行こうと誘ってきたんですけれども、私は気が進まなくて、代わりにあのおせんべいを持たせました。主人は、私と同じ名前の商品だなあと言いながら、それは喜んで持っていきましたのよ。でも山道で迷ってしまって……。

知ってる、という話を、藤子さんは続けた。私は、あまりにも知っている話なので、途中でうなずくのも面倒になって、じっと湯呑みの底に残った茶葉を眺めていた。

「あなた、お疲れでしょ？」唐突に藤子さんが言ったのは、話が一通り終わった後だった。「あまりお仕事のことばかりお考えにならないで、少しお休みになったらどうかしら？」

藤子さんの首の角度と、黒目がちな目の輝きは、完全に私の精神的な硬直を見透かしているようだった。私は、無性に応接間の低いテーブルを蹴《け》り飛ばして、湯呑みを壁にぶつけたくなった。

社長は、それでは、藤子さんへの相談の選定と、お答えの編集をお願いしますね、と私に言った。私は、うなずこうとしてもどうにも首が動かず、その機会が訪れたさいには、と意味不明な答えを返した。それでも、社長と藤子さんは、私が快く承諾したと考えたようで、よろしくお願いしますね、頼りにしておりますわね、と口々に言った。

帰りの廊下で、少しお休みになったらどうかしら、と、頼りにしておりますわね、は矛盾する、と気が付き、喉に何かが詰まるような感触を覚えた。どちらが真意なのか。どちらも真意ではないのか。なんとなく言っただけなのか。それとも、いわゆる二重拘束なのか。

私は、おかきミュージアムの裏の部屋に戻り、椅子《いす》に座ってしばらくじっとしていた。気が付くと外が暗くなり始めていたので、とりあえず電気だけは点《つ》けたが、やはりパソコンも立ち上げず、メモも取らず、お茶も飲まず、ただ動けなくなっていた。

ふいに内線が鳴ったので、電話を取ると、社長からだった。言い忘れていましたが、来月で契約更新ですので、形式的な書面に記入をしていただくことになります、印鑑を持って総務課に行ってください、なに、時間はとらせません、「契約を継続する・しない」っていう項目を丸で囲んでいただくだけですから。あと、清田さんからは、来月の一日から復帰する、という連絡がありました。

私は、卓上カレンダーを眺めて、あと四営業日か、と確認する。四日もあれば、通常の仕事をしながら、引き継ぎの説明書類はすべて作れるだろう、と思った。私は、やっとパソコンを立ち上げて、藤子さんに会う前に調べていた、不倫の慰謝料の相場について検索し始めて、しかし五分でやめてしまった。

清田さんはおそらく、復帰の第一日目に、そのことを調べることになるだろう。私がこっそり、この会社に相談を寄せたいぐらいだ。『やんわりと私の仕事を乗っ取ろうとする人が現れたんですが、どうしたらいいでしょうか？　上の人はまったくそのことに気が付いていないし、私も確信が持てません……』

第4話 路地を訪ねるしごと

いい仕事だったと確かに私も思います、と何度言ったか知れない。三十回はくだらないと思う。いい仕事だったと確かに私も思います、一緒に働いている人もいい人ばかりだったし、同僚になるはずだった前任者の人も、たぶん有能でいい人なんでしょう、けれども、いくら話題性があるからって、社外の人をひょいと中に入れて、人生相談の回答者をやってねっていうのはちょっと私には理解しかねまして……、いやでも、いい仕事だったとは思いますよ。私の、終わりの見えない、言い訳のような、愚痴のような言葉に、正門さんはときどきうなずきながら耳を傾けている。

前の会社と契約更新をしなかった理由については、苦手なタイプの人に仕事を奪われる恐怖感に勝てず、逃げ出した、というのが、おそらく妥当な説明かと思われる。いや、仕事を奪いますよ、とやってきたわけではないのだけれども。私が感じていたあの老婦人の厄介さに関して、おそらくはそういう負の要素をまったく受け取らないであろう社長や、その他の人々との間にギャップが生まれるのが怖かったのだ。仕事と愛憎関係に陥った上、仕事先の人々ともそんなふうになってしまうのなら、いっそ逃げようと思った。

「つまり、やりがいはとてもあったけれども、雑音が入って、仕事とうまく向き合えなくなり、仕事と健全な関係ではなくなった、ということですね」

正門さんは、私の話す、妥当性や執着のなさや誰も責めまいという態度を装《よそお》いつつも、内実はどろどろしている申し開きを、平易な言葉で言い換える。私は、自分の敗北感から逃亡するように、小刻みに何度もうなずく。

もう少し様子を見てがまんしたらよかったのに、と言われるかと思っていたが、正門さんはそんなことは言わなかった。面談が始まった当初は、契約更新しなかった原因を引き出そうと、会社について「どこがよくなかったんですか？」と尋ねてくることもあったが、私の話を聞くうちに、いい悪いというだけでもない、めぐり合わせの難しさのようなものに私が見舞われたことを理解したようだ。

「あの、単純な仕事がいいんです」これ以上、正門さんに、前の会社と契約更新しなかった理由についてもやもやと述べたとしても、自分がより形のない抑圧を溜《た》めていくだけだということがなんとなくわかってきたので、私は話題を切り替える。「いくつも仕事を紹介していただいて、そのたびにやめてきて本当にすみません」

「いいえ。私が紹介しているのは、期間労働的な仕事ばかりですし」

それに、おかきの会社は前の前の会社の方の仲介だそうですし、と正門さんは付け加える。そうだった。なので私は、通算で二社、正門さんの紹介してくれた仕事を蹴《け》ったことになる。多いのか少ないのか。やっぱり多いか。

「正直言って、前職でかなり地に足を着けて会社に没入して働いてみて、人も環境も悪くなかったのに、予期しないところから現れたものに揺さぶりをかけられることになって、自信を失っています。仕事をするぞって時に一般的に覚悟しているものとは、なんだか質が違っていて」

「仕事に関して、一般的な覚悟というのはなかなか定義しにくいですけれども、まあ、予期しないところからというのには同意します」

正門さんはうなずきながら、手元のファイルを開いて、ゆっくりとめくり始める。

「なんでもします、と言ったら正直語弊があるんですが、今までしてこなかったような仕事もします。デスクワークでなくてもけっこうです」私の言葉に、正門さんは、なるほど、なるほど、と詰め物のような相槌《あいづち》を打ちながら、ファイルに綴《と》じられているのであろう求人のリストを精査する。「外回りの仕事なんかも、したことないんですけど、やります。むしろそのほうがいいかもしれません」

電線の上で鳴いているすずめを数える仕事とか、交差点を何台赤い車が横切ったかを調べるとか。それを言い足してしまうとあまりにふざけている感じがしたので、私は口をつぐんだが、半ば本気だった。もはや、仕事と見做《みな》されるかどうかはあいまいなような、透明に近い仕事が良い。突然、何かを持て余した上品な老婦人が現れて、お疲れなのね、頼りにしてるわね、なんて言われない仕事。それでやっぱり、一人でできる仕事。いや、そこから出なければいけないことは重々わかっているのだが、とにかく、今のところは。

「外回りね」正門さんは、眼鏡をなおして、うなずきながらファイルをめくり、ああ、と小さな声を上げた。「これなんかいいかもしれませんね」

正門さんは、ファイルを私の方に差し出して、業務内容や条件等を示し始めた。「店舗や民家などを訪ねて、ポスターの貼《は》り換えをするという仕事です」時給は下がりますし、期間もあまり長くはないですね。契約更新も状況によるみたいですが、健康保険はありますよ、と正門さんは説明する。「官公庁から委託された組織です。ポスターの内容は、交通安全啓発などとのことです」

いかがでしょう？　と正門さんは、面談のデスク越しに、背筋を伸ばしたまま、ただ少し瞼《まぶた》を上げるだけで、私の目を覗《のぞ》き込んだ。私は思わず、まばたきをしてうなずいた。

*

　履歴書を送ると電話があり、それでは仕事の説明をしますので、とりあえず事務所に来てくださいと言われた。面接などはないのでしょうか？　と尋ねると、他に希望者もおりませんし、正門さんのご紹介ですので、とその男性は言った。私は改めて、正門さんの信用の度合いのようなものを思い知り、自分がはたしてその庇護《ひご》に値するのか疑問に思った。大学卒業以来、十四年間同じ職場で働いたとはいえ、そこを辞めてからの職歴は転々として、契約更新を二度も断っている。私なら、だんだんあやしみだすところだと思うのだが、今度も採用してくれるらしい。期間限定の仕事だから、そのへんの基準は軽いのだろうか。
　来るように指定された小さな事務所は、私の家の最寄り駅から三駅ほどの距離にある古い住宅街のはずれにあった。築四十年以上は容易に想像させる、クリーム色の偏光タイルが壁一面に貼られた民家の一階を改造してオフィスにしているようで、見た感じの広さは私の実家の八畳間ぐらいしかなかった。私を出迎えたのは、とてもひょろひょろしていて、太い縁のメガネをかけ、顎《あご》ぐらいまで髪を伸ばしていて三日ひげを生やした年齢不詳の男性で、はじめまして、もりながです、森林の「森」じゃなくて、平清盛の「盛」に永遠の「永」です、と名乗った。事務所には、盛永さん一人だけがいて、パソコンも一台しかなかった。

盛永さんは、よく片付いた事務所の隅のテーブルを示して、ご説明しますのでどうぞ座ってください、と椅子《いす》を勧めた。木製の古いテーブルで、両端には金具がついているので、折り畳みができるものと思われる。椅子も、古そうで小さいけれども、妙に座り心地が良くて、おそらくどちらも価値のあるものなのだろう。ひとまず奥に引っ込んだ盛永さんは、お盆を手に戻ってきて、どうぞ、と湯呑《ゆの》みに入ったほうじ茶を私の前に置く。

「おそらく正門さんが説明してくださっているように、ポスターを貼るだけの仕事なんですけどね」盛永さんは更に、筒状に丸めたポスターを持ってきて、テーブルの端に広げる。「それも、営利目的じゃないし、新規開拓をしていただきたいわけでもないですから、簡単なお仕事だと思うんですよ」

ポスターの内容は、今のところ、交通安全、緑化、節水の三種類です、と盛永さんは説明する。官公庁から委託された、と正門さんから聞いていた私は、ポスターの実物を見て、ちょっと目を見張ってしまう。なんとなくもっさりしたものを想像していたのだが、盛永さんが示したポスターは、どれも東欧だとかソビエトのデザインを彷《ほう》彿《ふつ》とさせる、シンプルな色遣いが目を引く、かっこいいといってもいいイラストのものだったからだ。交通安全は、赤を基調としていて、サイクルロードレースの選手を思わせる人物が斜め後ろを肩越しに見ているイラストで、「曲がり角では　曲がる方向の　うしろもかくにんしましょう」という標語、緑化は、ポスター一面にテキスタイル状の双葉が描かれており、標語は「町の緑化にご協力を」というもの、節水は真っ黒な人形《ひとがた》の影が、動物のような四つん這《ば》いで大きな水滴を啜《すす》っているというようなちょっと怖い印象を与えるもので、「水はみんなのもの」というコピーが強調されている。

「これが今季のポスターで、約半年貼ってもらいます。お仕事は、前のものとこちらとの貼り換えです。あくまで、新規開拓は目的ではないのですが、こちらが指定したエリアは全戸訪ねていただいて、新たにポスターを貼っていいと言っていただけるところがありましたら、貼らせていただくようにします」

盛永さんは、本道の仕事は貼り換えだと強調しながらも、新規開拓ができるのであればしてほしい、と常にセットで言うので、たぶん、新規開拓ができるに越したことはないのだろう。

「ポスター貼りの仕事というと、だいたいは一枚いくらの世界だという認識だと思われるのですが、こちらの仕事に関しては、時給で支払わせていただくことになっていますす。基本的には、ポスター貼りが主だった仕事ではあるのですが、それ以上の仕事というか、併せて、エリア全体の聞き取りもお願いしたいという部分もありまして」

盛永さんは、私に見せるために開いたポスターをくるくるとしまって、肩から掛ける、折り畳み式で紐《ひも》のついたクリップボードをテーブルの上に出す。表紙には地図が貼られていて、中のボードには、A4サイズの用紙が束で挟まっている。「こちらに簡単なチェックリストがあるんですが、家や店舗を回りながら、ポスターを貼らせていただくにしろしないにしろ、家主さんや店主さんとお話ししながら、これらの項目について聞き出してきていただきたいんです」

住民の住所と、名前、性別、年齢、あれば屋号と業種を記入する欄があり、数問の質問が書かれている。質問は、「家族は何人ですか？」、「お悩みはありますか？」、「ご相談できる人はいますか？」、といった、穏便ではあるのだが、何か陰のあるものだった。

「すでにお気付きかもしれませんが、ポスター貼りに、住民についての簡単な調査も兼ねている仕事なのです」盛永さんは、クリップボードを閉じて回し、私の側から見て天地が正しい向きに地図を示す。このあたりは、1区だとか2区というように丁目の表示が「数字＋区」になっているようだ。ここがこの場所の所在地です、と盛永さんが指さした場所は、地図の左下の角で、「1区」という表示がある。地図の下には、何枚か罫線《けいせん》の入った紙が挟まっている。ヘッダには「ｍｅｍｏ」とあるので、メモをしてよいようだ。

「ポスター貼りの目的は、営利ではなくて、町の平定化にあります。また、方々で、我々が貼っているポスターの他にもポスターを見かけることがあると思います。そういったポスターを貼っている民家のチェックもおこなってください」チェックだけでいいんですか？　剝《は》がすように勧めたりとかは？　と訊《き》くと、盛永さんは首を振った。

「できればで結構です。強硬にすすめても仕方ありませんし」

それではどうぞ、行ってきてください、と私はさっそく送り出された。一度出勤して送り出されたら、事務所には帰ってきてはいけないのだろう、ということは空気でわかった。事務所への帰還の時刻は、十七時を指定されたが、仕事に支障が出るのであればこの限りではないそうだ。

全戸訪ねなければいけないということなので、私は事務所の隣の、「田所《たどころ》」という表札の下に、『Ma Chaussure Rouge：あなたの靴作り承ります』という銀色のプレートが掛かった民家のインターホンを押してみたのだが、返事はなかった。家の壁には、前回配布したと思われるポスターが貼ってある。「熱中症予防　よくお水を飲みましょう」という標語で、水色のシルエットの髪の長い女性が、コップを口に当てているイラストが全体にあしらわれている。私が配布するポスターの一つが「節水」なので、なんだか矛盾しないかと思うのだが、悪いメッセージでなければなんでもいいのかもしれない。

熱中症予防のポスターの隣には、もう一枚ポスターが貼られていた。そちらには、白いワンピースを着て麦わら帽子をかぶり、こちらに手を差し伸べているような格好の若い女性の写真が使われていて、標語には「もう　さびしくはないんだよ」とある。若い女性はとてもかわいらしい。

私は、首を傾《かし》げてそちらのポスターに見入った。女性が魅力的というのもあるのだが、ポスターの下部に、電話番号、フェイスブックのページのアドレス、ツイッターのアカウント名が一揃《ひとそろ》い表記されているのが気になる。ただ、「さびしくない」というメッセージを発信するに飽き足らず、SNSを閲覧し、フォローもしくは連絡をしろということか。

私は気になって、スマートフォンを取り出して、フェイスブックのページを開いてみる。やはり、背景にはポスターの若い女性の画像が使われていて名前は『さびしくない』というらしい。最新の書き込みには、この周辺の地名が引用され、私が盛永さんから預かった地図によると4区の集会所で、交流会を開いています、みなさん来てくださいね、とのことだった。過去の記事は、その交流会や町内清掃ボランティアについての報告がなされている。写真付きで、老若《ろうにゃく》男女が参加しており、皆楽しそうに笑っている。まあ確かに、「さびしくない」。また、プロフィールページによると、『さびしくない』は、戸別訪問もおこなっているらしい。

私が配り歩こうとしているポスターのニュートラルさに対して、こっちにはずいぶんいろんな意味が付与されているんだな、と思う。私は、クリップボードに挟まれた1区の地図の、「田所」というところに、少し迷ったあげく、よそのポスターを意味する「ポ」という字を書き込む。その後、やっぱり自宅に住民はいやしないかと、もう一度インターホンを鳴らしてみるのだが、「田所」さん宅は留守のようだった。

初めての物件なので、これでよかったのか、やり残したことはないかとポスターの前でぐずぐずしていると、隣の「大前《おおまえ》」という表札が掛かった古そうな家に、買い物袋を持った、小さなしゃんとしたおばあさんが帰ってくるところが目に入った。

「ポスターの人？　田所さんに用なの？」

「はい」

私は、どうして自分を一目見ただけでポスター関係の人間かわかるのか不思議に思いながらうなずく。いや、小脇《こわき》に丸めた紙を抱えているし、クリップボードを持っていることがその記号だったりするのか。

「居留守かもねえ。旦那《だんな》さんがいる気配はずっとあるから」

「ご夫婦なんですか？」

「旦那さんと奥さんよ。子供さんはいないみたい」

「奥さんはどちらに？」

「会社で働いてるわよ。旦那さんは一年ぐらい前にやめたみたいだけど」

私は、地図をめくって、メモ欄に大前さんから聞いたことを書き込む。そういえば、大前さんの家ももちろん調査の対象なんだった、と思い出し、家の壁に貼られたポスターをチェックする。こちらには、熱中症予防のポスターが貼られているだけで、『さびしくない』はなかった。

「ええと、ではそちらは、交通安全と、町内緑化と、節水のどのテーマで貼り換えられますか？」

「え？　どれでもいいけど、何色と何色と何色があるの？」

私は、テーマで貼る物を選んでいるわけではないんだ、と少し驚きながら、赤いのと緑のと水色のです、と答える。

「じゃあね、今度は緑のをちょうだい」

大前さんがそう言うので、私は熱中症予防のポスターを外し、丸めた新品のポスターの束をめくって、緑化のポスターを取り出して、テープで貼り換える。大前さんは、少し後ろに下がって、けっこういいわね、さわやかで、とポスターの感想を言う。

「半年前にも同じ質問をされたかもしれませんが、お訊きしてよろしいでしょうか？」

「いいわよ」

「ご家族は何人ですか？」

「私一人よ」

夫は二十年前に亡《な》くなって、娘はアンカレッジに嫁いだのよ、と大前さんは続ける。

「お悩みなどはありますか？」

「横浜が弱いことね。ＤｅＮＡよ」

大前さんはそう即答して、あ、そうだ、膝《ひざ》が痛いんだった、と言い直す。

「それをご相談できる方はいらっしゃいますか？」

「横浜のことは、近所のコンビニの店員さんと、夕方に行く喫茶店で会うおじさんに言って、膝のことはかかりつけのお医者さんに話すわね」

大前さんはすらすら続けながら、家の戸に鍵《かぎ》を差し込む。私は、やや拍子抜けするものを感じながら、大前さんの言うことをメモ欄に書く。

「そういや、『さびしくない』の若い男の子が昨日来たんだけど」大前さんは、戸を開けながら、私を振り返る。「おばあちゃん、たまには僕たちに頼ってください、隣の今川《いまがわ》さんだって、交流会に来ましたよ、なんて言わないでほしいわ。今川さんとは話が合わないし、誰かに頼るのはいいけど、おばあちゃん、なんて初対面ではやめてほしい」

私もそういう表現で大前さんのことを考えていたので、少し申し訳なく思いながら、どのように言われるのがお好みですか？　と訊く。

「うーん、ご婦人、かしらね」

大前さんは、少し考えて答え、それも図々《ずうずう》しいかもしれないけど、それじゃあご苦労様、とけっこう一方的に私に言って、がらがらと戸を閉めた。私は、大前さんの家の戸口に取り残されたように突っ立って、自分のやり始めた仕事について考える。

もしかしたら、同じことをしているのは自分だけではないのではないかと思う。大前さんのさらに隣の家は、「今川」という表札が掛かっている。ポスターは、やはり女の人のシルエットが水を飲んでいるものと、『さびしくない』の女性を男性にしたようなバージョンのものが貼られていた。

その後、一軒一軒訪ねつつ歩き回ってみて、盛永さんのポスターが単体、もしくは二枚組で貼られている家はあるけれども、『さびしくない』が一枚、または二枚だけという家はない、ということに気が付いた。つまり、盛永さんのポスターが一枚ないし二枚、盛永さんのポスター一枚と『さびしくない』が一枚、という組み合わせはあるものの、『さびしくない』だけが貼られている家というのはない。

盛永さんのポスターと、『さびしくない』が隣り合わせに貼られているのをしげしげと眺めると、その組み合わせの家もけっこう多いせいか、まるで一見、『さびしくない』と盛永さんのニュートラルなポスターが、根本は同じ組織からやってきたものであるようにも見えてくる。なんというか、ダスキンとミスタードーナツって同じ会社がやってるんだよね、というような感覚に近いというか。

しかし、更に長いこと眺めていると、やはりどうも志を異にはしているなということが見えてくる。片や、「熱中症防止に水を飲もう」といった、簡単で行動的なこと、片やメンタルにかかわることで、メッセージの湿度が、まったく違っているのである。また、『さびしくない』の若い男女の目つきには、見れば見るほどなんだか違和感を覚える。美男美女なのだが。

前回の配布分は、水色を基調にした「熱中症予防」と、黄色っぽい「健康のために散歩をしよう」と、桃の表皮のような暖かめのピンク色が主に使用されている「ご近所にあいさつをしよう」の三種類で、視界に三色のポスターがそろうと、どうにもほのぼのとした色合いになるように計算されているようだ。しかし、そこに『さびしくない』が挟まっていると、なんだか、やっぱり町のポスターだな、という気分が呼び起されてしまう。『さびしくない』がどうのというよりは、べつのデザインのポスターでもそう思ってしまうのかもしれないが。

最初にしゃべった大前さんの家のあるブロックの裏手の、「照井《てるい》」という表札が掛かった家の前で、しげしげと「散歩をしよう」と『さびしくない』の美女が並んでいる様子を眺めていると、中から、ジャケットを着て帽子を被《かぶ》り、杖《つえ》を突いたおじいさんが出てきた。照井さんですか？　と尋ねると、おじいさんはやや口をひん曲げて首を縦に振る。

「ポスターの貼り換えに来ました」

「おお」

「交通安全の赤と、町内緑化の緑と、節水の青ではどれがいいですか？」

「どれでもいい」

なんでもいい、と照井さんは顔をしかめて付け加える。じゃ交通安全にしましょう、と私は赤のポスターを取り出して見せる。照井さんはうなずく。

「こちらの女性のポスターは、どういった成り行きで貼られたものなんでしょうか？」

ポスターを貼り換えながら、なんとなく私が訊くと、そんなもん、おたくらがまず貼りに来るからだろ、と照井さんは答える。どういうことでしょう？　と私が訊き返すと、照井さんはもどかしげに、杖を突いていないほうの手を小刻みに震わせて説明する。

「おたくらがポスターを貼りに来て、いいよ、ってこっちが言うと、また別の人が、貼らせてください、って言いに来るんだよ」

それが、このおねえちゃんのほうだよ、と照井さんは杖でポスターを示す。

「そうなんですか」

「ポスターを貼らせることに頓着《とんちゃく》しない家の目印になってるんじゃないの？」

「なるほど」私は、妙に合点がいくものを感じながら、ここはひとつ押してみよう、と思う。「もう一枚のも、うちのにしてみませんか？」

「いや、おねえちゃんのままでいいよ」

照井さんはすげなく断り、私の職務上の冒険は否定される。私は、気が変わったらぜひ、とにたりと笑う。今まで、こういう営業的な仕事をしたことはなかったけれども、表面的に振る舞うことにはなんだかおもしろい感触もある。

「将棋に行きたいんでどいて欲しいんだけど」

ああ、どうぞどうぞ、と私が道をよけると、照井さんは、どうしようかな、会合のほうにしようかな、あっちは女の子もいるし、茶も出るし、とぶつぶつ言いながら、曲がり角の向こうへと歩いていった。

私は、質問に答えてもらうのを忘れるという手痛い失敗をやらかしたことに気付いて首を振りつつ、照井さんがくれた、盛永さんのポスターが、『さびしくない』を呼んでいるのではないかという意見をメモ欄にメモし、その日は昼ごはんに出かけた。

＊

三日も経過すると、私は1区から3区まで足を延ばせるようになった。田所さんなど、住民がつかまらない家は相変わらずだが、チャイムを押して出てきてくれるような家の人は、質問にもよく答えてくれるし、ポスターの貼り換えにもこだわらない。中には、このポスター、処分せずにいただいていいですか、部屋に貼るんです、と熱中症予防のポスターを中に持ち帰る女の人もいた。フリーランスのライターをしているらしい。ポスターのデザイン自体はとてもいいのである。そのデザインをしているのは盛永さんで、私が毎日出勤している場所は、『オフィス盛永』という名称であるということもわかった。盛永さんの本業は、グラフィックデザイナーであるようだ。私を町内に派遣し、自分は仕事場に詰めて、デザインの仕事をしている。ポスターの仕事をしているだけではなく、普通によその会社のこともしている。

照井さんの、「あんたらが貼りに来るから『さびしくない』も貼りに来る」という意見を上げると、盛永さんは、そうだな、うすうす思ってたけど、そうなんだろうな、とそれなりに感銘を受けたようだった。盛永さんの目的は、本当のところ、「ポスターを貼ること」なのか「ポスターを貼らせないこと」なのか尋ねてみたい気もしたが、まだ働き始めて三日では、それもどうかという感じがした。代わりに、私たちがポスターを貼るのをやめれば、その余った場所に全部『さびしくない』のポスターが貼られるんですか？　と訊くと、盛永さんは、うーん、と少し考えて、全部ではないでしょうけれども、こだわらない人の家の大部分はやられるでしょうね、と盛永さんは答えた。「やられる」という言葉には、穏やかでないものを感じる。

ほか、盛永さんには、今朝出勤した時に、昼ごはんはどこで食べられていますか？と訊かれた。一日目は牛丼屋《ぎゅうどん》、二日目はファーストフード、昨日はまた牛丼屋です、全部町内からは少し離れた店です、と答えると、町内で、うちのポスターが二枚揃っている飲食店さんは、二割引きで食べさせてくれますよ、と言う。どことどこですか？と尋ねると、盛永さんは、近くで言うとここですね、『ふらら』というにゅうめん専門店と、『さんぽや』というカレーパン専門店を地図で示してくれた。にゅうめんとカレーパンとは、また微妙な角度の専門ぶりなので、ちょっとなあ、また今度、と内心思って、結局その昼も牛丼屋に行った。

3区までの民家をくまなく訪ねて回ると、私はいったん1区に戻って、家主に会えなかった家をもう一度訪ねることにする。定時は十七時なのだが、だいたい、十五時半になると、新しい家を訪ねるのをやめて、1区までいったん戻るのが習慣になってきていた。町内はいつも静かで、人通りはほとんどない。高齢者の多い地域なので、午前中はさすがにお年寄りを何人か見かけるのだが、十五時を過ぎると、路上には自分以外いないということがざらだ。

しかし、今日はどうも様子が違った。盛永さんに雇われてからの私のように、町内の一軒一軒のチャイムを押して回る人影を発見したのである。男か女か、若いのか年寄りなのかもよくわからないが、私が思わず、あ、という声を発すると、その人物は右向け右をして路地の向こうに消えていった。その人物は、大前さんの家のチャイムを押していたようで、いなくなったかしらね？　と言いながら、大前さんが家から出てきた。

「しつこいのよね」

私は、自分だってそうかもしれないな、と思い当たる節があるので、しつこいのですか、とおうむ返しをするのにとどめる。

「あなたはほら、単に仕事でやってるから、十回ぐらい押して出なければ、『また来ます』って帰るじゃない」

「まあそれはそうですね」

よく見ていらっしゃる、と思う。この人が味方とは決まったわけではないが、敵でもなさそうなことに、小さく感謝する。

「私なんかは居留守を使うんだけど、5区のお友達がね、まあカープの好きな人なんだけど、すでにお宅のポスターを貼ってるところに、しつこく、もう一枚貼りませんかって言われてて、最近なんか上がり込まれそうになって大変だったって」

「それはそれは」

さすがに自分は上がり込んだりはしないし、そんなことは盛永さんから指示されてないな、と思う。

「とにかく、諦《あきら》めないのよ。仕事じゃないから。思想入ってるから」大前さんは腕組みをして深刻そうにうつむいたのち、あ、と何か重大なことに気が付いたような声を上げる。「そういや今日、田所さんのおうち大丈夫よ」

市役所に用があって、有給を取って帰ってきたらしいのよ、と大前さんは言う。

「よくご存じで」

なんでそんなこと知ってんですか、という言葉を柔らかくして言うと、本人が言ってたのよ、と大前さんは言う。

「二人とも横浜が好きで、ときどき話すのよ」

「なるほど」

私は、必要なのかそうでないのかよくわからないが、『ｍｅｍｏ』のページに、大前さん、田所さん（妻）と書いて、二人を括弧で囲んで矢印を引き出し、「ＤｅＮＡ」

と書く。あなたが貼り換えの作業に来たことは伝えてあるけれども、と大前さんに言われたので、あ、ありがとうございます、とお礼を述べる。

大前さんがインターホンを押すと、田所さんの奥さんはすぐに外に出てきた。半休で帰ってきた名残りか、化粧はしているものの、胸のあたりまである髪を下ろしっぱなしにして、グレーのスウェットを着こんでいる姿は、陰気と言っても良かったが、大前さんの顔を見るとうれしそうに会釈《えしゃく》した。

「ポスターの仕事をなさってる人」

そう言いながら、大前さんが私を手で示すので、私は口角を上げてへこへこお辞儀をする。背の小さい大前さんに対して、田所さんの奥さんはけっこう背の高い人だった。１６０センチ前半の私が見上げないといけないので、１７０センチ近くはあるだろう。

「貼り換えにまいりました」

「ああはい、よろしくお願いします」

私が、交通安全の赤と、町内緑化の緑と、節水の青ではどれがいいですか？　と尋ねると、田所さんの奥さんは、じゃあ交通安全の赤で、と答えた。さっそく貼り換えると、いいデザインですね、と誉《ほ》めてくれたので、じゃあこちらにももう一枚どうでしょうか？『さびしくない』の白いワンピースの女性を指さすと、奥さんはとたんに暗い顔になって、主人の許可がいるので……、とうつむいた。何か加勢してくれないか、と大前さんの方を見ると、大前さんも一緒になってうつむいている。何かきな臭い事情がありそうだ。

「貼り換えてみましょうよ。町内緑化、いいですよ。節水も怖いけど、かっこいいです」

本気で貼り換えてやろうというのではなくて、一応そんなふうに軽さを装って推してみると、田所さんは迷うように顔をしかめ、やはり首を振る。

「私は、いやなんですけどね」

田所さんは、『さびしくない』のポスターを複雑な表情で眺めながら、ため息をつく。

「このさいだから言ってやりなさいよ……」

「でも……」

大前さんと田所さんは、そんなちょっとおっかないやりとりをする。私は、仕事につながりそうなことであれば何でも耳を傾けようという姿勢で、神妙な顔を作って田所さんの奥さんにうなずいてみせる。そうやって話すように促す。

奥さんがあまりにも難しい顔をして黙っているので、どうですか、立ち話では何なのでにゅうめんでも、と盛永さんに教えられた店の方向を示すと、大前さんと田所さんは顔を見合わせる。旦那、中にいるのよね？　と大前さんがひそひそ言うと、田所さんの奥さんは、はい、と同じように声をひそめてうなずく。

「じゃ、財布取ってくるわ」

「私も」

「いいです、あの、ごちそうします、大丈夫です」

自分は仕事を変わってばっかりでそんなに余裕もないのに、何を言っているのか。でも何か、うまく実態がつかめないこの仕事の感触を得るためには、とりあえずこの二人の話は聞いておくべきものであるような気がしたので、そんな提案をする。大前さんと田所さんは顔を見合わせて、とにかく、帰ったら払います、だとか、私も、などと返事をして、私たちは三人でにゅうめん屋に行くことにした。

私が預けられた地図でいうと5区に位置する、にゅうめん専門店『ふらら』は、店内十二席のこぢんまりした店で、私と同い年ぐらいに見える三十代半ばと思われる女性が、一人で切り盛りをしていた。にゅうめんの色のような抑えたベージュ色で統一された、シンプルでおしゃれな内装に、フランス語の唄《うた》が流れているような、庶民的なこの近所と同じ町内とは思えないようなおしゃれな空間なのだが、壁には盛永さんの作ったポスターが貼ってあった。５区まではまだ足を延ばせていないので、前の「熱中症予防」と「あいさつ」のものが貼られてある。盛永さんのポスターは、こういう場所に貼られてもあまり違和感はない。

私と大前さんは梅しそにゅうめん、田所さんの奥さんはカレーにゅうめんを注文して、一度用を足しに行って戻った後、カウンターから店主らしき女性に、盛永さんの下で働いている者ですが、と声をかけると、はいはい、とうなずいた。

「ポスター、貼っていただいてありがとうございます」

「いえいえ」

「盛永さんに、こちらでは割り引いてくださるとうかがったんですが……」

「ああ、もちろんですよ。盛永さん価格です」

何じゃそりゃ、という言葉を呑み込んで、私は目を見開き、いかにも盛永さん価格ですねという顔を作ってうなずく。

「私、ほんとに今週から働き始めたんですけれども、盛永さんのポスターを貼っていることで何か販促になっていたりするんでしょうか？」

そう尋ねると、店主らしき女性は、んー、それは違うと思うけれども、とキッチンの方を振り向いて、仕事に掛かりたそうにする。私は首を振って、手短で、手短でけっこうです、と両手を顔の横で振る。

「二枚貼ってたら、貼りに来ないからですかね」

女性は、本当に手短に言って、にゅうめんの乾麺《かんめん》を横長の缶から取り出して、ずんどうの鍋《なべ》に放り込んで調理を始める。席に戻ると、それぞれになんとなく会釈をし合い、誰が話す？　という微妙な空気が流れたので、私は、それでさっきの話なんですけれども、いかがでしょうか、となんだかぼやんとしたところから切り出す。しかし大前さんも田所さんも黙っているので、言いにくければもちろん流していただいて大丈夫なんで、と付け加える。田所さんは、いいえ、と首を振って、話します、と口を開く。

「私たち、子供がいないんですけど」

「はい」

「それは、さびしいからだって」

「はあ」

「さびしいから、子供ができない。子供ができないと、さびしい。でも『さびしくない』といたらさびしくないし、子供もできるかもしれないって」

ちっ、と大前さんが舌打ちをする。

「『さびしくない』は、医療のこともやるんですか？」

間抜けな質問かもしれないと思いつつ、基本を確認しないといけないのでそう訊くと、田所さんの奥さんも、大前さんも首を振る。

「『さびしくない』は、なんなんですか？」

田所さんの奥さんと、大前さんは、うつむいて同時に肩をすくめる。年齢も座高もぜんぜん違う二人が、そんなふうに同じ動作をするとすごく妙な感じがしたが、本人たちはいたって真面目《まじめ》そうである。

「さびしくないってことはそりゃ悪くないかもしれませんが、なんでそんなに踏み込まれないといけないんですか」

「そうですよねえ」

理由を聞かれても答えようがないので、私はとにかく同意する。

「でも夫は家に居るんで、何回も話を聞いてるうちにそれを真に受けちゃったりして」田所さんは、水を飲み干してため息をつく。私は、カウンターからセルフサービスの水のポットを持ってきて、田所さんのコップに注ぐ。「おれたちは二人でいてもさびしいんだ、最初は良くても、どうしても人間は二人でいてもさびしくなってくるもんなんだ、さびしいのは心身によくない、って」

田所さんの奥さんが、苦々しい顔付きでもう一杯の水を飲み干したところで、店主がにゅうめんを持ってくる。私は、にゅうめんにはほとんど興味がないので、一番安くてあっさりしていそうなのを選んだのだが、田所さんの奥さんの前に置かれたカレーにゅうめんは、異様に香ばしい匂《にお》いを放っておいしそうに見える。

「『さびしくない』が話をしに来るんですか？」

私の質問に、田所さんの奥さんは深くうなずく。

「ポスターの、あの女性が来るんです」話をする田所さん自身以上に、大前さんが憤慨しているように、ふうっと荒々しく息をつく。「あのポスター、家の中にも貼ってありますよ」

「自分で自分のポスターを配んのよ？」

大前さんは、ちょっと目を剝《む》くような感じで見開いて、私を見つめる。どうも『さびしくない』のそういう手前味噌《みそ》なところが、大前さんの逆鱗《げきりん》に触れたようだ。

「それを、あの、良かったら貼ってください、何の足しにもならないかもしれないけど、せめてさびしくは、なくなるかも、とかって持ってくるんです。はにかみながら」田所さんは、やりきれない、という様子で顔をしかめてうつむき、肩をいからせる。おそらく、膝の上で両手を握りしめているはずだ。「集会所には火・木・土にいますんで、お話ししに来てくださいね、とかって」

「それで行くらしいのよ、火・木・土全部。楽しかったー、なんて言いながら帰ってくるらしいのよ」

大前さんは怒っている。田所さんは泣きそうだ。私は、そうなんですか、とばかみたいにうなずきながら、田所さんの家庭が『さびしくない』に侵蝕《しんしょく》されかかっている事情を聞く。

「さびしくないことと、生活をやっていくことの、どちらが大事なのかしら」

田所さんはため息をついて、右手の指先全体で涙を拭《ぬぐ》う仕草をする。ハンカチを持っていないことに、泣く予定はなかったんだな、という事情がうかがえる。なんとなく、盛永さんがポスターを作って貼って回らせる理由がわかってきたような気がした。白いワンピースの女性か、若い男性のポスターを貼ってあるところは、全部『さびしくない』と何らかの関わりがあるんでしょうか？　と尋ねると、大前さんと田所さんは顔を見合わせる。

「かかわりには濃淡があるから」大前さんは、首を傾げて、言葉を選ぶ様子で腕組みをする。真剣である。私は田所さんに対して、旦那は変になったかもしれないけど、この人が隣人で良かったじゃないですか、とうっかり言いそうになる。「いちがいに、ポスターを貼っているから『さびしくない』の中に入り込んでいるとも言えないんじゃないかしら。お茶が出て、女の子がいるから『さびしくない』の集まりに行くんだっていう人もいるし」

私は、照井さんというおととい話したおじいさんを思い出す。確かに、何のこだわりもなさそうというか、基本的に物事を簡単に考えているのだけれども、それを指摘したらすごい速さでへそを曲げそうな、ああいう年代にたまにいる感じの人ではある。

「うちの主人も、最初はそんな感じでしたっ」

田所さんは、何かもうやけになったのか、猛然とカレーにゅうめんをすすり始める。ちょっと冷めてるんじゃないかと思うが、薄い湯気が立って依然うまそうではある。私も、悔しそうにゅうめんをすする。うまい。私と田所さんの二人が食べ始めたので、大前さんも思い出したように悔しそうにゅうめんに手を付ける。

「『さびしくない』ね、前にうちの店で勧誘やってたんですよ」店主の女性が、コップに水を注ぎに私たちのテーブルにやってくる。「男の人には女の子がついて、女の人には男の子がつく。私も誘われましたよ。女性一人でお店をやってて、つらいこととかないですか？　って」

「ないんですか？」

「ないですね」私が訊くと、店主の女性は即答して、ポスターを指差す。

「でも、こっちを二枚貼れば『さびしくない』は来ないってわかったんですよ」

私はうなずき、丼《どんぶり》を持って梅しそにゅうめんの汁をすすりながら、盛永さんが作ったポスターを見上げる。一枚だと『さびしくない』を呼び寄せ、二枚だと『さびしくない』を退散させるようだ。本当は、ポスター類は一切貼らない、という選択が良いのではないか、と私などは思うのだが、それではあまりにも住民まかせの博打《ばくち》になってしまうので、ポスターを勧めて回らなければいけないのかもしれない。

全員がにゅうめんを食べ終わると、大前さんと田所さんと私は、自然に解散という流れになった。大前さんは、娘とスカイプで話す時間だというし、田所さんはレンタルしたDVDを返しに行かなければならないらしい。私の定時も、一時間ほど過ぎていた。お勘定は、本当に盛永さん価格を適用してくれて、三人で1500円以内ですんだ。

にゅうめん代を盛永さんに請求すべきか、このまま自腹でということにしておくかぼんやり考えながら、駅へと向かうために、すっかり暗くなって防犯灯が点灯している4区のあたりをふらふら歩いていると、こんばんは、とさわやかな若者が背後から声をかけてきた。

「お仕事帰りですか？」

三十代半ばの私よりは、一は軽く年下に見える青年だった。顔立ちはやや幼いが、嫌味でない感じに整っている。

「そうですね、仕事帰りです」それじゃ、と私は早足で去ろうとしたのだが、もしかしたらこの人物は、『さびしくない』から来たのかもしれない、と思うと、妙な職務意識にとらわれて、振り返らずにはいられなかった。「どういったご用件でしょうか？」

「いえ。僕たちこの町でボランティアサークルをやってまして。気軽な感じのです。お互いに趣味のことをおしゃべりしたり、お休みには一緒に遊びに行ったり」青年は、笑っているのだが目は細くなっていない、という、芸能人以外にやられたらきまりが悪くなるような表情で私に近づき、一枚のフライヤーを渡してくる。『あゆだて！』という、妙に丸く膨らんだかわいらしい字体の見出しが手に入る。アルファベットにすると『ayudarte』ということらしい。「お近くで働いていらっしゃるんですか？」

「そうですね。けっこう近くです」

具体的なことは言えないが、はねつけるのも良くないので、あいまいな言葉でかわす。

「お帰りはいつもこのぐらいですか？」

「もう少し早いかもしれませんね」

「旦那さんが帰ってくるのは同じぐらいの時刻ですか？」

「いいえ、独身ですよ。仕事がしんどい」私は、よし立ち入ってきたな、と思いながら、目を見開いて、事実をありのままに生き生きと答える。「家に帰るとほんとにもうさびしくてさびしくて」

「そんなものですか？」

青年が意外と冷めた返答をするので、しまった、罠《わな》を張りすぎたか、と焦《あせ》る。

「ほんとにさびしいんですよ……」

「そうやって簡単に打ち明けたり、軽く口にしたりすることによって、自分の気持ちをとりなそうとしてるんですよね？」青年が、半歩ほど私に近づいてくる。私は、嫌な距離だなと思ったので半歩下がる。しかし青年は、さらに半歩踏み出す。私は、これは仕事だと思って踏みとどまる。「でも、だいじょうぶですよ」

なにがだよ、と言いたくなる。胸のあたりに、何か冷たく不快なものがこみ上げる。手口を勉強しようとしたつもりが、虚を突かれたようだった。

「いえいえまったくだいじょうぶじゃないですよ」

「4区で交流会をしていますので」私の言葉尻《ことばじり》をつかまえるように、青年は言ってにっこりと笑う。やはり目は開いたままだ。「どうぞお気軽にいらっしゃってくださいね」

私は、ええ、と口角をこれでもかと引き上げて笑った顔を作る。青年は路地を去ってゆく。

寒気がするので、肩から下げたショルダーバッグを抱きしめ、私は早足で路地を出て駅の方へと歩く。年食っててよかった、と思う。二十三歳ぐらいなら引っ掛かったかもしれないが、あいにく私は、前の前の前の前の職場で、人間の心の隙間《すきま》にそっと忍び込んで、ぷすぷすと針で穴を開けていくような人々に何人か接している。だいたい、もっとも困った局面ではしごとを外すか、単に私の持っている情報が欲しいかのどちらかである。両方とも、自覚がなかったりする場合もあるので、近づいてくる段階では悪意が一切見えなかったりして困りものだ。

私が助けて欲しい時はな、誰かの中に弱さを作り出してそこに居座ろうっていう人間じゃなくて、「申し訳ないけど助けて欲しい」ってはなっから信頼している人か専門家に言うよ坊や。

そんなことを思いつつも、私は、あの青年についていったらいったで楽な面もあるかもしれないなと認める。ただ、今は盛永さんに雇われている身なので、先ほどのことについては、『さびしくない』とは違った側から対処していかなければならない。駅の階段を上りながら、田所さんの奥さんの涙が、ふと思い出された。とりあえず、明日は一枚でも『さびしくない』のポスターを盛永さんのものにひっくり返してやろうと思った。

＊

「上がってこられたらさ、そりゃお茶とか出さないといけないじゃない？　でもねー　その時やかんでマテ茶を煮出してたね、お湯がふさがってたのね。じゃあマテ茶を出せばいいじゃんって思われるかもしれないけど、好き嫌いがあるしね。しゃべりたい気分でもなかったし。その時は、大学生の姪《めい》っ子とＬＩＮＥで話してたから。おばさん、イル・ディーヴォの『ライヴ・イン・バルセロナ』を貸して欲しいんだけどいつうちに行ったらいいの？　って訊かれて。近くに住んでるからね。姪はマテ茶でいいし。じゃあ今すぐ来ていいよって言いたかったけど、『さびしくない』の男の子が、小橋《こはし》さん、今度は大前さんを交流会に連れてきてくださいよ、きっと楽しいですよ、ってしつこいのね」

「今度は、って今まで何人か連れて行かれたんですか？」

「そうね。３区の鹿島《かしま》さんと村木《むらき》さんとか、２区の浅倉《あさくら》さんと城田《しろた》さんとか、お向かいの十河《とがわ》さんとか」

「連れてきてって言われるんですか？」

私は、クリップボードにはさんだ紙の『ｍｅｍｏ』の欄に、こはしさん、と書いて円で囲み、それを取り囲むように、カシマ、ムラキ、アサクラ、シロタ、トガワ、と苗字《みょうじ》を走り書きして、こはしさんの円と矢印で結ぶ。

「連れていくと、おいしいお菓子がもらえるのよ。見る？」

うなずくと、小橋さんは奥に引っ込んで、きれいな藤色《ふじいろ》の箱を出してくる。中には、和紙に包まれた丸いものが十個ほど並んでいる。たぶん、十二個入りのケースで、二つは食べたみたいだ。

「マテ茶のお茶請けで良かったら、おひとついかが？」

私は、『さびしくない』が仕込んだ何か変なものが入っていたらまずいな、と思いつつ、それはそれで実地的な体験として盛永さんに報告できるので、いただきます、と答える。

小橋さんは、また奥に入って、グラスに入った冷たいマテ茶と、お菓子を置くための小皿を渡してくれる。和紙を剝くと、白っぽくて丸い、蒸しケーキ様のものが出てくる。真ん中で二つに割ると、中にはやはり白いクリームが入っている。普通においしそうではある。

「一人連れていくと、これの十二個入りを一箱もらえるのよ」

「それはそれは」

「じゃあ連れていくでしょ？　普通」

普通じゃねえよ、というつっこみを吞み込んで、私はその蒸しケーキを恐る恐る口に入れる。うまいのはうまい。

「でもねーもう飽きてきちゃって、それ。もう五人も連れてったから、同じものを五つもらってもねえ」

「あ、じゃあ、もう一ついただいてよろしいですか？」

「いいわよ、箱ごと持ってったら？」

「いや、そこまではいいです」

盛永さんに持って帰るつもりだった。蒸しケーキは、あまりくどくない優しい甘さで、誰かを勧誘したらそれをもらえるから連れていく、という行動はちょっと馴《な》れ馴れしすぎるにしても、ただで一箱もらえるんなら、ちょっと何か差し出してみようかな、という味ではあった。

「これをねー食べながら、みんなでおしゃべりするのよ。最初は他愛ないことで笑ってるんだけど」小橋さんは箱を閉じて、無造作に傍らに置く。「でも、そのうちみんな家の話とかすごいし出して、趣味の話とかぜんぜんしないから、最近飽きてきちゃって。私、四十の時に離婚してから一人暮らしだから、基本的に家の話とかないのよ」

「なーるほどー。したいですよね、趣味の話」

「そうなのよ。それでもう、行くのやめようかなーって言った矢先に、なんだかあの男の子に伝わっちゃって、また来てくださいよ、ついでに大前さんを連れて、みたいな」

　この小橋さんという人は、動じないというか、家の前に貼《は》ってある二枚のポスターのうちの一枚を『さびしくない』のものにしているわりに、『さびしくない』イコールお菓子の供給者ぐらいにしか思っていないふしがあるのだが、この町内の人間関係におけるハブの役割も持っているので、『さびしくない』は摑《つか》んでおきたい筋であるようだ。

「家の話になるとねえ、決まってお向かいの十河さんが生き生きしだすというか、ほんとに話したいことといっぱいあるってふうなんだけど、よく聞くと毎回同じ話なのよ」

はあ、と私がうなずくと、あ、十河さん出てきた、十河さーん、と小橋さんは手を振る。たまたま視界に入ってきたからといって、直近でネガティブな話題を口にしていた対象によく手が振れるな、と思いながら、私は振り向いてえびす顔を作って会釈する。

十河さん、と呼ばれた、郵便受けを見に外に出てきた小橋さんの向かいに住んでいる女性は、おばさんとおばあさんの間の年齢に見える、妙に華奢《きゃしゃ》な人で、品のいい仕草で小橋さんと私に会釈をして、こちらにやってきた。

「この方、盛永さんところで働いてらっしゃるんですって」

「まあ……」

十河さんは、小さな声で、驚いたという風情《ふぜい》を醸《かも》し出す。

「交流会でよくしてる話、してあげてよ」

いいのか、そんなに単刀直入で、失礼じゃないのか、と戦々恐々とするが、十河さんは、よくしてるって言われてもねえ、とちょっと困った様子しか見せない。

「娘さんが最近冷たいのよね？」

「そうなんです……」

　話はかなり長かったように思う。私は、マテ茶をお代わりし、『さびしくない』が配布している蒸しケーキをもう一個もらった。要約すると話はこうだ。十河さんには娘と息子がいる。少し繊細すぎるきらいがあって今は職に就いていないという息子は、近所で一人暮らしをしていて、十河さんはその家事の一切を引き受けている。息子がだいたい週一でかけてくれる「お母さんありがと」という言葉だけが人生の拠《よ》り所だ。だって定年退職して五年が経過した夫はそんなことは言わないし、娘は電話をすると、お父さんと買い物に行った時に頼まないと重いものを持ってくれないとかいう話ばかりしないでと私にがみがみと説教ばかりする。そりゃ愚痴は言うけれども、心配している。三日に一度電話してあげているのに。娘は、いい年して結婚もしないで仕事ばかりしている。女は赤ちゃんを産んでこそ一人前よ、早く孫の顔が見たいし、一緒にベビー用品の買い物とかにも行きたいのに、と言うと、弟に作ってもらえば？　と冷たい。いやいや息子は、今やっと病気から立ち直ろうとしていて、社会復帰に一所懸命なの、それにいつまでもかわいいし私の相手をしてほしいから、お婿《むこ》さんには正直行かせたくないの、で、あなたはさんざん仕事をしたでしょ？　もういいでしょ？　と言うと、娘は激怒する。電話をしても取ってくれなくなった。いいじゃないの、電話ぐらい。ちゃんと育て上げたのに、と十河さんはさめざめと泣く。小橋さんは、娘さん、つーめたいわよねー、とまったくどうとも思っていない様子で言葉をかける。私は、はいはいとうなずきながら、脳味噌が腐りそうだと思う。

あの、旦那さんの愚痴を息子さんに言って、お見合いでもしてもらえばどうでしょうか？　つまり、娘さんと息子さんへの対応を逆にしてみるとか、とうっかり言ってしまうと、十河さんは、妙に顔の下部を弛緩《しかん》させて目を見開き、あんた何言ってんの？　という顔をする。私は、いいです、いいんです、忘れてください、と手のひらを見せて首を振る。

そんな「生きてきた甲斐《かい》がない」と嘆く十河さんには、『さびしくない』の交流会は一服の清涼剤であるようだ。

「私ぐらいの年になると、話をまともに聞いてくれる人もなかなかいなくて……。交流会に来ている方は、私と同じような境遇か、私よりもひどい人がいて、元気が出ます」

私は、はい、はい、と力強くうなずく。そうやって、なんとか身体性からおもてなしのメンタルを作っていく。小橋さんは、だからいっつも聞いてるじゃないですかー話、と、「話を聞く」と「話を受け取る」の間には、かくも大きな溝が横たわっているという真実を浮き彫りにするような無造作さで述べる。そして十河さんは、小橋さんのそんな様子も意に介さず、最近小橋さんが交流会に来てくれなくて、さびしいんですよ、と言う。

私は改めて、同じ場所にいて話ができているということは、心理的な距離もないということになる、という仮の定義をまったく疑わない人たちというものを目《ま》の当たりにした、ということに気が付き、ちょっと感動して震えた。どういうことなんだろう。団塊ぐらいの年齢の人ってみんなこんな価値観なのか。いやいやまさかな。

十河さんは、とりあえず私にも一通り自分のストーリーを語って満足したのか、じゃあ、五時にまたお買い物に誘いに来るわね、と路地を隔てた向かいの家へと帰って行った。小橋さんは、あの話をねー、交流会で毎回するのよー、とちょっとは困っているけれどもあまり困ってないという様子で評して腕組みする。

「だったらポスター、うちのにしてみませんか?」何が『だったら』なのか、まったくつながりが不明なのだが、私はそう言ってみる。「うちは交流会とかはないですけど、その、ポスターを『さびしくない』から変えてくださったら、うちもお菓子を進呈することになっていまして」

「あらまあ」

進呈、という言葉に、小橋さんは目をきらりと輝かせる。

「現在検討中でして、お友達のもね、盛永さんのに一枚ひっくり返すたびに一ロット」出まかせがすらすらと口から出てくる。一箱とか一ダースとか言ったら、数の要求を満たさなければならないので、ロットなどというあいまいな言葉で説明する。「いかがでしょう？　あちらは大前さんを連れていかなければいけないですけど、こちらはポスターを貼り換えてもらうだけですよ？」

いいわねえ、と小橋さんは、十河さんと話している時とまったく変わらない口調で言う。

「ものによるけどね」

そして、現実的なひと振りをぴしゃりと私にかます。私は、お強い、と心中で呟《つぶや》きながら、へらりと口角を上げ、その場は激しく押すことなく、別の家へと出かけた。

定時になり、その話を持ち帰ると、勝手に約束してもらっちゃ困るんだけどなー、と盛永さんは毛量の多い頭を掻《か》いた。最近、何かの締め切りに追われているようで、目の下には隈《くま》ができていて、パソコンを設置してあるデスクの上には、栄養ドリンクの瓶が二本置いてある。

「でも、この小橋さんという人はキーマンではないでしょうか」何かっこつけてキーマンだよという感じだが、他に言葉も思いつかなかったのでそう言う。「この人にポスターをうちのに換えてもらって、他の知り合いへの説得も頼めるんなら、その影響はばかにできないものがあると思うんですけど」

「でも賄賂《わいろ》は禁止されてるんだよなー」

「賄賂じゃありませんよ、景品ですよ」

「うーん」盛永さんは、私が『ｍｅｍｏ』欄に書いた図を見ながら、首をひねる。

「とりあえず今は、景品の予算はついてないんで、上に相談して、どのぐらい拠出できるのか訊《き》いてみます。でも、予算が付かなかった場合は、自腹で景品を調達していただくことになりますが、よろしいですか？」

「はい」

ちょっと待て何が「はい」だ、と自分に言いたくなるのだが、私は言ってしまう。なぜなんだ、と思う。この仕事がそんなにおもしろいのか、田所さんの奥さんの涙を見たからか、それとも、路地で声をかけてきた青年を、自分の頭から排除したいからか。

「えーと、今日報告して、ちょうど明日会議があるんで、それで審議してもらうように働きかけますんで、結論は明日中には出ますね」手帳を開いて何やら書きつけたあと、盛永さんは、ふと、真顔に戻って続ける。「あなたがそんなに一所懸命になることはないんですよ」

私が、いえいえ仕事ですんで、とまったく何も考えずに、定型句で返すと、仕事だからこそですよ、と盛永さんは手帳に視線を落として、独り言のように言った。私は、盛永さんが何を言いたいのか、いまいちよくわからなかったが、何か気味悪がられているのかな、というところまでは考えが及んだ。確かに、我ながら変だとは思うが、勢いで小橋さんに景品の進呈の約束をしてしまった以上、そしてそれが一定の結果を出しそうだということが予想されるからには、約束を守るしかないだろう、と思った。

＊

景品の予算は一応ついたが、微妙な額だったため、私は前の会社に相談することにした。おかきの会社である。外部から突然現れた、ヒット商品と同じ名前の老婦人の対応をしなくてはならなくなったため、逃げるように辞めた会社だったのだが、私も、会社側も、何か齟齬《そご》があったということは認めたくないという態度は一致していたのか、表向きは円満にということになっていた。なのでまあ、いけしゃあしゃあと連絡がとれるし、商品を相当数購入するので安くしてもらえないか、という相談もできるのである。

購入したのは、『ふじこさん　おしょうゆ』だった。熱心に動向を追っているわけではないし、メディアに取り上げられることもほとんどなくなったが、相変わらず売れ行きは好調だと、一緒に昼ごはんを食べていた工場の人たちが言っていた。例の老婦人は、最初はとても乗り気で人生相談に答えていて、週に二回出勤していたが、最近は体調不良を理由に週一回来ればいいほうらしい。取材がなくなった中、応募される相談を選んで、地道に調べものをして、考えながら答えを探していくという作業は苦痛なようだ。鬱病《うつびょう》から戻ってきた、私のもともとの前任者である清田さんという男性は、潔癖かつ真摯《しんし》な人のようで、私が取り上げてた不倫の相談の処理をしたあとは、『仕事を真剣にやる意義とは？』だとか、『十代は勉強をすべき？』だとか、『維持可能な結婚生活を送る上で相手に求め、自分も満たすべき条件』などについて、昼休みにごはんを食べる人たちと一緒になって真面目に考えているらしい。

まだまだ店頭に並ぶとすぐに売り切れてしまうという『ふじこさん』を、私は社員と同じ二割引きで箱買いし、それを三袋と、おかき会社が気を利《き》かせておまけに付けてくれた、『おかきサンプラー』という各商品を一袋ずつ詰め合わせにしたものを、恐る恐る小橋さんに持っていくと、これ探してたのよ！とひとまずは喜ばれた。今までさんざん甘いものをよこされたので、おかきはうれしかったようだ。

ポスターを貼り換えた後、小橋さんはご機嫌で、一緒に食べましょうよ、おいしいわよ、とやはりマテ茶を出してくれた。こういうところがあるから、この人は、この町の何人もの人を『さびしくない』の交流会に連れていくことに成功したのか、と思う。『ふじこさん』はやはりうまかった。私は、結局あの老婦人が職場に来なくなったんなら、辞める必要もなかったのかも、とふと思い付いて、それを否定するように首を振った。

あのねえ、離婚したのはねえ、旦那《だんな》が若い女を作っちゃったからなのよ、二回目でね、仕方ないかあって思おうとしてたんだけど、ある時、仕事で保険の営業に回ってる道すがらで、あいつそうやって一生私のことばかにするんだろうな、って突然、雷に打たれたように思いついたのよ、一年ばかにされるのはいいけど、十年でもまあがまんするけど、一生ばかにされるのはいやよね、それで別れたの、という小橋さんの離婚の理由にうなずきながら、ふと外を見ると、向かいの十河さんが、玄関口に立って、私と小橋さんをじっと見つめていた。十河さんの面差しに、私はちょっとぎょっとしてしまった。十河さんの顔の下半分は弛緩しきって、目には光がなかった。

「十河さんもこっちいらっしゃいよ、久しぶりに元旦那の話をしてむかついてたのよ」

そう言って小橋さんは手を振ったけれども、十河さんは、家の中に引っ込んでしまった。

「お忙しいんですかね」

「どうかな。私がよその人と喋《しゃべ》ってると基本ああいう態度よあの人」

小橋さんはそう言って、早くも『ふじこさん』の一袋目の最後の一枚を開けてかじりつき、マテ茶を飲んで、はーおいしい、と笑った。

「じゃあ、十河さんが難しいところがあったりするんでしたら、他の四人の交流会に誘った方に、ポスターをうちのに換えるように打診していただけますか？　一人換えていただけるたびに、『ふじこさん』を三袋差し上げます」

「おっけー」

「できれば、交流会にも行かないでっていうことにして欲しいんですけど……」

「いいわよ、一応言ってみる」

小橋さんは、どこまでもカジュアルに承諾して、私を送り出した。

その日は6区まで進出した。まだ私個人の力では『さびしくない』を盛永さんのポスターにひっくり返すというところまでは及ばないが、貼り換え自体は順調に進んでいた。定時になり、6区から盛永さんの事務所へと帰るまでの間に、訪問した家の人に声をかけられることも増えたし、夕食に『ふらら』でにゅうめんを食べて帰るのが当たり前になった。店主の女性に、貼り換えがんばってください、などと言われると、やるぞ、という気分になった。

それから三日して、鹿島さん、村木さん、浅倉さん、城田さんの四人が、ポスターを『さびしくない』から盛永さんのものにすることに決めたという連絡が小橋さんから入った。おとといは、鹿島さんと村木さんとスーパー銭湯に遊びに行ったついでにそこで説得し、昨日は浅倉さんと百貨店の北海道物産展でソフトクリームの行列に並びながら口説き、そしてその日、同じ会社でクリーンレディのパートをしている城田さんを、昼休みのランチのローストカツ定食を食べながら心変わりさせたという。午前中に7区まで進出し、その時は6区の前日分の留守宅を訪問していた私は、携帯を眺めながら路上で「うおおお」と唸《うな》った。正直言って、興奮した。おもしろかった。自分の見込みが当たったのだ。小橋さんをひっくり返せば、ついてくる人が何人かいるはずだという。

私は思わず、盛永さんの事務所に電話を掛けた。そんなことはしたこともなかったので、盛永さんは、なんですか体調でも崩されたんですか？　と焦った口調で尋ねてきたが、小橋さんの件を話すと、それはよかったですね！　と弾んだ声を出した。やりましたよ！　と私は、そこが住宅街の路地の真ん中であることもかまわずに、腕を振り上げながら言った。

自分が『さびしくない』のポスターを盛永さんのものにひっくり返す能力を身に付けたわけではなかったが、その日の仕事には精が出た。町の人間関係を知れば、より仕事の役に立つのではないか、と熱心に会う人会う人から話を聞き出し、彼らの不満や不安に耳を傾けた。とりつくしまのない人も中にはいるけれども、だいたいの人は、真面目に話を持ち掛け、あなたから何かを搾取《さくしゅ》しようという者ではない、という態度を前面に押し出し、口にする言葉の端々まで熱心に耳を傾け、興味の限りを示すと、心にある何かを話してくれた。それは、野菜がどうも高いことや、スマホのゲームばかりやってしまうことや、テレビがつまらないといったことから、孫が自分に慣れてくれないだとか、夫が退職してからパチンコにばかり行っているだとか、逆に自分が退職してから妻が浪費していることに気が付いたとか、独身でこれまで平気だったけど呑《の》み友達が病気になって突然心もとなくなったとかいうことまで、多岐にわたる。それが妥当なものか、ある種の怠慢の結果かは横に置いて、不安や不満を抱えていない人はいない。『さびしくない』は、そこへ入っていき、話を聞きながら、「スマホのゲームにはまるのはさびしいから」とか、「奥さんが浪費をするのはさびしいから」と解釈し、「ならばさびしくなくなることにしましょう」と「さびしくない」ことを勧めてくる。

まさかそんな、たいていの人は、自分に必要な人間関係は、これまでの人生で調達できているわけだし、突然現れた若い女や若い男が引き込もうとする関係に自ら入って行ったりはしないだろう、というのは甘い見通しで、現実には、見た目が良くて親身になってくれる若い人においでおいでをされると、そちらに傾いてしまう人もいるのだ。

『ｍｅｍｏ』欄だけではメモすべきことの余白が足りなくなり、自分の手帳に様々な人の事情を書きつけ、「関係」には新たな関係で対抗すべきなのか、それともそのまま、ポスターを貼り換えて町のおもむき自体を保持して、『さびしくない』の侵蝕を食い止めるべきなのか、盛永さんと一度話し合うべきなのではないか、と思いながら、陽が落ちて暗くなった路地を歩いていると、何か軽くて硬いものが、私の肩にぶつかってきた。ちょうど田所さんの家の前に差し掛かったところで、虫かな？ と思いながら、そのまま盛永さんの事務所に戻ろうとすると、また同じような質量と感触のものが、こんどは頬にぶつかってくる。地面に落ちたそれを拾う。丸めた和紙のようなものだった。指でほぐしながら開き、それが小橋さんの家でもらった『さびしくない』が配布しているお菓子の包み紙であることに気付いた頃合いで、あんた、というぶしつけな声が飛んできた。顔を上げると、田所さんの家の二階の窓が開いていて、男が顔を出していた。

「あんた誰よ？」

男の顔は、陰になっていてよく見えないが、スウェットがちょっとぎょっとさせるような真っ黄色であることはわかった。

「名乗るほどの者ではありません」

「こざかしいんだよ」

まあその通りだなと思う。でもそれは、社会に出て十数年もした人間に対しては誉め言葉だ。そうだよくこざかしくなったな私。えらいぞ。

「あんた何してんの、最近このへんをうろちょろと。目障《ざわ》りなんだけど」

「ポスターの貼り換え業務ですが」

ちょっともうやめてよ！という、田所さんの奥さんの声が、男の背後あたりから飛んできたかと思うと、どたどたという階段を降りる音が家の中から聞こえてきたので、私はばつが悪くなって、来た方向に路地を駆け戻って、2区の方まで逃げる。男はおそらく、田所さんの夫なのだ。『さびしくない』の交流会に行っているという。

なんだあいつ、と物陰に隠れ、街灯の光で『memo』のページを手慰みにチェックしながら、田所さんの家の方を振り返る。それとも、自分は派手にやりすぎているのだろうか。派手というほどでもないとしても、無駄な熱心さを発揮しているのではないだろうか。でもしかたないだろう。まあまあ楽しいんだものこの仕事。

私は、一度町内から出て、隣町から盛永さんの事務所へと戻るルートを採ることにする。夜になりかけの時間帯に、隣の町から自分が仕事をしている町を眺めると、低い屋根が軒を連ね、二階に電気が点《つ》いている家の割合が低いせいか、どこか鬱蒼《うっそう》として見えた。私は、自分はこんなに暗い街で働いていたのか、と少し悄然《しょうぜん》とした。

＊

『孤独に死ね』それが盛永さんに向けられた言葉だった。私にもかもしれないが。

朝出勤すると、盛永さんが、入り口のシャッターを下ろして、なにやらぺたぺたさわっているようだった。直接さわるのではなく、何か赤いカードのようなものを、あれかこれかとふれさせている。おはようございます、と言うと、おはようございます、と盛永さんは返して、いったんシャッターから離れ、そちらに向けて手をひらひらさせ、私に向かって起こっていることを示す。赤い塗料で落書きがされている。文言は、『孤独に死ね』。これは……。

「器物損壊ですよね」

「ですよね」

私の言葉に、盛永さんはうなずく。字体は、ひらたく言ってイカっていた。もう、腹に据えかねましたって感じだった。そこまでのことを私たちはやらかしたかということについては甚だ疑問だったのだが。私たちは持ち場で働いているだけだ。盛永さんは、どうやら配色カードを当てていたようで、はいはい、マンセル値7.5R 5／18ね、などとぶつぶつ言っている。私は、写真撮られました？　と尋ねる。盛永さんは、あ、そうか、と言って、配色カードを胸ポケットにしまい、少し離れたところからスマートフォンで写真を撮る。

「どうしましょ？　警察呼びます？」

「いや、変に騒いで撤収されても困るんで、ちょっとだけ、まあ、待ちましょう」

盛永さんは、一見落ち着いているようではあったけれども、やや高くなっている語気には小さな動揺も感じられた。

とりあえず今日は、貼り換えはお休みにしましょう、という指示をして、盛永さんはシャッターを開けて事務所の中に入る。私は、事務所ではほとんどやることもないので、お茶でも淹《い》れましょうか？と尋ねると、盛永さんは、いえ、いいです、そちらにお座りください、と初日に話した時に座らされた打ち合わせスペースの椅子《いす》を勧めてくる。私は私で、ちょっと動悸《どうき》のようなものがしてくるのを感じながら、いつも首から下げて町内を回っているクリップボードをカバンから出して、なんとなくめくる。

今まで仕事をしてきた中で、こういう椿事《ちんじ》は皆無であったというわけではない。それなりにいろいろあったと思う。怪文書が流れてきたり、嫌がらせの電話がかかってきたり、仕事相手に怒鳴り込まれたり。けれども『孤独に死ね』とは、ずいぶん個性的な攻撃だ。

だいたい、仕事場で、自分の仕事そのものには支障がない変な非難を外側から受けると、私は血の気が引くのを感じながら、なぜかある種のスリルのようなものも受け取って、へらへらしたりしているものだった。今度もそんな感じだよな、といっときは思った。やりやがったな、堪《こら》え性のないことだ、と嘲笑《あざわら》うようにさえ思った。けれども、個性的とまるめながら、心の隙間に入り込んでその中で暴れまわるような言葉に、私は確かに気持ちが損なわれるのを感じた。

盛永さんが、私の前に湯呑みを置く。ほうじ茶だった。盛永さんも仕事をやる気がしないのか、打ち合わせスペースの椅子に座って湯呑みでお茶をすする。

「そんなに腹に据えかねられることしましたかね、我々」

「向こうがそう思ったんなら仕方がないですね」

ちょっと笑ってやるつもりだった。『孤独に死ね』なんて、すごく劇場型っぽいせりふだ。憎しみを不当に盛って投げつけてきている。投げつけられた相手がどう思うかに依存する悪態でもある。相手が、孤独も死ぬことももののともしない人間だったらどうするのか。そこに、投げつけた側の価値観が炙《あぶ》り出される。『孤独に死ぬぐらいなら死んだほうがまし』なんていう、金切り声が。

私は口の端を上げてみるけれども、あまりうまくはいかなかった。

「なんか悔しいですね」そうだ悔しい。この言われっぱなしを受け入れるのかと思うと悔しい。「ばかめやりやがったって嘲笑いたいんだけど、すごく悔しい」

それほど凶暴な文言だったと思う。それに少しでも影響を受ける自分が悔しい。私は、盛永さんから何らかの反応を引き出そうとして話したわけではなかったのだが、盛永さんは、やがて顔を上げて、時計を見て、次に路地の方を振り返って、最後に私を見て、ゆっくりと首を振った。

「自分はもう十分に孤独なので」

さまざまなものが入り混じった感情が押し寄せたような気がしたが、私は、そうですか、と言ってお茶を飲み干し、今度は私が淹れてきます、とテーブルの上の急須《きゅうす》を手に取るにとどめた。

その後、またお茶を一杯飲んで、床屋へ行きますので留守番をお願いします、と盛永さんは事務所を出て行った。なぜ床屋かは、訊いてはいけないことのような気がしたので、特に理由は尋ねなかった。私は、特にやることもないので、スマートフォンを使って、『さびしくない』のSNSをチェックする。相変わらず、町内の清掃や、交流会の様子を盛んにアップし、仲良しアピールを行っている。

盛永さんが床屋に出かけてしばらくして、正午を迎える頃合いに、大前さんが訪ねてきた。私が打ち合わせの机に一人で着席しているのを見て、大前さんは、あらあら、と声を上げた。

「今日はお休みにするの？　盛永さんは？」

「床屋だそうです」

「そうなの。いつ帰ってくるの？」

「わかりません」

「あらまあ。じゃあ、お昼だしこれでも食べる？」

大前さんは、打ち合わせのテーブルの上に、大きなお弁当箱を置く。なんだなんだと覗《のぞ》き込むと、ふたを開けてくれる。いなりずしが十二個、ぎっしりと詰め込まれている。

「昨日作りすぎてしまって」

「また豪快に作りすぎましたね」

「盛永さん、独身だからね」

へえ、と私はうなずきながら、自分はまったく盛永さんについて知らないな、ということを思い出す。べつに知らなくていいのだ。結局、仕事相手については、仕事の場でのインターフェイスさえちゃんとしてれば裏ではどんな人間であってもいい、ということには、外で給料をもらうようになって二年もしたら気が付く。盛永さんに関してもそうだった。どんな人かは知らない。でも、悪い仕事相手ではない。

しかし私は、その時はなぜか興味を持って、大前さんから話を引き出そうとしていた。

「ご家族もいないんですか？」

「一人暮らしって言ってたわよ」

「いつからここに事務所を構えてらっしゃるんですか、盛永さんは」

「半年前」

大前さんはそう答えて、私にわりばしを勧めてくれる。謹んで頂戴《ちょうだい》し、ふたの上にいなりずしを一個出してかぶりつく。すごくうまい。ごまが入っていて、わさびが少しだけ効いている。大前さんは？と訊くと、もうちょっと後で食べる、と言うので、代わりに湯呑みを出してきてほうじ茶を淹れる。

「『さびしくない』がここにやってきて、一か月ほどが経《た》ったぐらいだったかしらね。あの時はみんな、勧められるままにパンフレットを受け取って、誘われるままに交流会に行ってたと思う」要するにさびしかったのね、と大前さんは言う。「その頃に盛永さんがここへ事務所を構えて、最初は自分でポスターを貼っていきながら、聞き取りをしてたのよ。それで、そこで聞き取ったことが上にあげられて、役所のほうからときどき人が来るようになった。これでもかなりましになったのよ」

私は、『さびしくない』は結局のところ、何をしたいんでしょうか？　と大前さんに尋ねる。よく今までそれをわかっていないのにこの仕事をしていたなとも思うのだが、仕事自体に夢中になっていて、ちゃんと考えたこともなかった。大前さんは、首を振りながら湯呑みに口をつける。

「いろんなことよ。無料の交流会で悩みを吐き出させて、もう一段深い交流会に誘う。それは有料なの。そこで、さびしくないためならいくらでも払うっていう人をふるいにかけて、また更に深い食事会に呼ぶ。もちろんそれもお金がいる。交流会に来た人の個人情報は、悩みも含めて全部リスト化されて、その人がいちばん心を許しそうな人間性を持った『さびしくない』のメンバーがそこへ行って、家の中に入り込む。そのメンバーに遺産を残すために、遺言書を書き換えた人もいるって聞くわね」

なるほど、と私はうなずく。あまり怒りは覚えなかった。そういうことはどこにでもあるだろうと思ったのだった。本当に年を取ってさびしくなってしまえば、少しの間だけでもさびしくなくしてくれた人に何かあげたくなるものなのかもしれない。

「『さびしくない』は、そういう資金調達をする相手としてのメンバーと、彼らの内部の事情に入り込むためのメンバーを集めていて、盛永さんは、家族の誰かが、そういう人として『さびしくない』に合流してしまったらしいのよ」

大前さんは、わりばしを手に取っていなりずしを二つに分けながら、そこまで言って、少しはっとした顔をする。私は、いやあ、とか、ああ、とか、あいまいな相槌《あいづち》を発し、まるでちゃんとは聞いていなかったような顔をして首を振る。

「それ以上のことは私も知らないんだけど」

事情を漏らしてしまった言い訳のようにも聞こえるけれども、たぶん本当にそうなんだろう。大前さんは、いなりずしを食べてお茶を飲み、ごまがちょっと少ないわね、ごめんね、と続ける。私は、もう大前さんは『さびしくない』の話なんかしたくないんだろう、いなりずしの話をしたいんだろう、と思ってこれの具は野沢菜なんですか？　などと尋ねる。大前さんは首を振って、わさび菜なんだけどね、と答える。

大前さんと私は、それぞれ三つずついなりずしを食べて、六つを盛永さんに残した。大前さんは、ほうじ茶を二杯呑んで、じゃあそれ盛永さんに渡しといてね、と言い残して帰って行った。私はふと、大前さんだってさびしいんじゃないか、だから盛永さんに弁当を届けたりしてるんじゃないか、と思ったけれども、あまり深くは考えないようにつとめた。いや、さびしくない人はいないんだ、それをそういうものだと思えるかどうかだ、と。みんながみんなさびしいとして、そのさびしさを誰とのどの深さの関わりで埋めるか、もしくは埋めないのかは、本人の自由なのだ。

大前さんが帰ってすぐに、知らない角刈りの男の人が事務所にどんどん入ってきたので、あのあのあのいやいやいや、と立ち上がって止めようとしたが、よく見ると服装が盛永さんだった。散髪して、ヒゲもきれいに剃《そ》って、手持ちのコンタクトレンズを入れたのだそうだ。これまでの、むさくるしい寸前なりに、グラフィックデザイナーらしくおしゃれな感じに見えた盛永さんと比べて、あまりにさっぱりしているのでまったくわからなかった。

「どうされたんですか。なんなんですか？」

「いや、交流会に潜入しようと思って」

折しも今日は木曜日だった。しかし、何言ってんだとも思うので、通報したらいいじゃないですか、と続けると、盛永さんは首を振った。

「このままじゃ誰の仕業か確実じゃないでしょう。知りたいじゃないですか、次に何されんのか」

盛永さんの口調は、数時間前とは少し変わっていて、なんだかがらっぱちになっているようにも聞こえた。

「わかりました。私もついていきますんで、まずは散髪してきます」

ついつい、私は申し出てしまっていた。正門さんの顔が頭に浮かんだ。べつに来いって言われてないのに、ついていくぜとか言っている。これは仕事との不適切な関係である。

でも、後に退《ひ》くことはできなかった。私もまあ、『孤独に死ね』とか言われたらそりゃ怒るよってことだったのかもしれない。私は、大前さんが持ってきたいなりずしを盛永さんにすすめて、いちばん近い美容院の場所の地図を描いてもらった。

＊

私は髪を切り、コンタクトレンズの予備に持っている家用のメガネをかけ、化粧を落として、盛永さんについていった。なんだか興奮していたので、散髪して帰ってくるなり、すぐにでも行きましょうよ、と盛永さんに言ったのだが、我々は一応勤め人風ではあるので、お昼に行くのやめて十八時からにしましょう、という返答だった。

『さびしくない』の集会所は、基本的に一日中ウェルカムだが、交流会という名称で、まとまった会が行われるのは、十四時と十八時からだそうだ。それでも何か攻撃的になっていた私が、ニートの兄妹っていうアングルでいきましょうよ、とめげずに進言すると、それもありだと思いますけど、たぶんぼろが出ますよ、と盛永さんは制止した。やろうとしていることのやけっぷりと比べて、判断そのものは冷静だと思う。

4区にある『さびしくない』の集会所へは、私を路地で呼び止めた男からもらったフライヤーを見せると容易に入ることができた。集会所は、民家をちょっとおしゃれめなカフェスペースに改造しました、というような外観をしていて、知らない人ならうっかり立ち寄ってしまいそうではある。そういう人も取り込むつもりなのかもしれないが。

念のため、私が先に入り、盛永さんとは他人を装《よそお》うことにした。盛永さんは、フェイスブックで見かけましてー、と間延びした喋《しゃべ》り方で、いかにも間抜けな感じを演出しながら、建物に入って来た。盛永さんが着いたテーブルには、いつか私にお菓子の包み紙を投げつけてきた田所さんの旦那がいた。

交流会は、私が想像していたような、壇があって、ホワイトボードがあって、パイプ椅子が並んでいて、というような感じではなく、いくつかのテーブルに別れて顔見知りの参加者が座り、おそるおそるなのかわいわいなのかという様子で談笑しながら、『さびしくない』の運営側の若者たちが代わる代わるやってきて話していくのを待つ、というものだった。中には、ここでも白いワンピースを着たポスターの女の子もいるし、私を路地で呼び止めた男もいるし、他にも、まだ二十歳にもなっていないと思われる、つたない喋り方の少女もいるし、私と同い年ぐらいの落ち着いた年齢の、銀縁のメガネをかけた男性もいた。皆一様に、感じが良かった。しかし、よく顔を見てみると、どの人もなんだか妙に大きい黒目が虹彩《こうさい》の部分に滲《し》み出しているようで、焦点が合っていないような、合いすぎていて違和感があるというような、異様な目つきをしていた。

私は、今までポスターの貼り換えで顔を合わせたことがある人を極力避けるようにしてテーブルを選んだのだが、遅れちゃったんですー、と言いながらやってきた十河さんと同じテーブルになった。十河さんは、メガネをかけ、肩ぐらいまであった髪を刈り上げというところまで切ってしまった私には気付かない様子で、結婚してらっしゃいます？　とにこにこと尋ねてきた。いいえ、しておりません、とぼそぼそと私が答えると、もっと女らしくしなきゃね、となんだか馴れ馴れしく言った。

「でも、したらしたで大変だよって、母が言ってました」

そう私が誘いを出すと、十河さんは、そうなのよ、と、ふっとため息をつく。でも、まずはやってみなきゃ、人生の入り口にすら立っていないってことになるわ、と続ける。私は、そう思います、と当たり障《さわ》りなく同意する。

テーブルには、私と十河さんの他に、土気色の顔をした若い男と、きれいに化粧をした若い女の子がいた。二人は、微妙な間隔を保って、ときどき、二言三言話しては、すぐに会話を打ち切るということを繰り返している。二人とも上の空だ。若い男は、ポスターの女の子をずっと目で追っているし、女の子は、私に路地で声をかけた男をちらちらと見ている。テーブルの真ん中のかごの中には、小橋さんの家でもらった、和紙に包まれたあの甘い蒸しケーキが積んである。つたない喋り方の若い女の子が、お疲れ様でーす、と言いながら、湯呑みを配ってくれる。しょうがのほうじ茶の匂《にお》いがした。念のため、私は口をつけないと決める。

「初めて来たんですけど、私」情報収集、というか、単純に興味を持って、同じテーブルの人々に対して、誰とはなしに話しかけてみる。「仕事に打ちのめされて、誰かに話を聞いて欲しくて」

本当のことを言ってみる。かわいそうに、と十河さんが言うと、かわいそうに、と若い男もそれに続くし、大変だったんですね、と若い女の子も言う。私は、なぜか少し気分が良くなるのを感じる。自分は同情されたかったんだな、と思う。私と仕事との不適切な関係について、正面からの同情をくれたのは、これまでは正門さんだけだった。友人たちに話してもよかったのだが、ほとんどが私と同い年の、みんながみんな崖《がけ》っぷちで歯を食いしばっている只中《ただなか》で、私のことばかりを話すわけにはいかなくなっていたし、心配もかけたくなかった。自分よりもひどい状況に立たされていて、それでも辞めるという選択をしない友人だっていくらもいたのだ。だから、どれだけ話す相手が「大変だったね」と言ってくれても、いや、君のほうが大変なのに私は……、といつもどこかで負い目を感じてきた。それに対して、ここでもらった同情は、うすっぺらいかもしれないがしがらみのないもので、簡単に受け取れるものであるような気がする。

「お疲れなんですね」ふいに背後から声がしたので、振り向くと、銀縁のメガネをかけた、私と同い年ぐらいの、どこか教師然とした男がいた。『さびしくない』の運営側の人間のようだ。「頑張りすぎちゃったんですか?」

「かもしれないですね」

「僕たちに全部話して、らくになってください」

穏やかな笑顔でそう言われると、あんたらにわかるわけないだろうが、と怒鳴りつけたい気持ちと、洗いざらい話してしまいたい気分に、だいたい4対1ぐらいの割合で引き裂かれる。まだ気持ちに整理がつかないので、いずれそのうちに、と私は言う。男は、ぜひ、いつでもお待ちしてます、と目を輝かせる。またのご注文をお待ちしてます、とでも言いたげな印象を与える。やっぱり、打ち明けなくてよかったと思う。

盛永さんのほうを振り返ると、固い表情で、高校も出ていないんじゃないかという幼い顔つきの女の子と話している。けれども、その視線の先には、『さびしくない』のポスターに写っている、白いワンピースの女がいる。彼女は、べつのテーブルで、おじいさんと握手をしている。よく見ると、最初の日に私をあしらった照井さんであることがわかる。照井さんは、なんだか険しい顔をしようとはしているのだが、口角がへんに上がっていて、どうもやに下がっているような感じに見える。白ワンピースは、照井さんが腕を組んでふんぞり返って話すことに、何かいちいちうなずいたり、笑ったり、手を叩《たた》いたりしている。照井さんは上機嫌だ。

盛永さんは、自分にまとわりついてくる女の子に、穏やかな様子で何かを話しながら、苦痛をにじませた目付きで、白いワンピースの女をときどき見遣《みや》る。私は、もしかしたら盛永さんは、白いワンピースの女に、何らかのよからぬ個人的な執着のようなものがあって、『さびしくない』の活動を制止しようとしているのかもしれない、と一瞬邪推をしてしまったのだが、すぐに、そんなことはないか、と思い直した。そこにあるのは、ただ痛みであって、それは、「悲しい」という果てしない裾野《すその》に続いているようでもあった。盛永さんは、白いワンピースの女がここにいることを悲しんでいる。しかし、いざその女がテーブルのところにやってくると、盛永さんは立ち上がってどこかに行ってしまう。代わりに、田所さんの旦那が、白ワンピースに媚《こ》びるように、ほんとにあなたはかわいくない日がないよね、と言う声が聞こえる。

「僕も、ほんとに仕事先でひどい目に遭って……」土気色の顔の男が、おそらくは私に話しかけている様子で、ぼつぼつと言葉を続ける。「親に言っても、なんで辞めたんだ、続けられないのはおかしい、としか言わないし、面接で、なんで前の仕事を辞めたんですかって訊かれて、上司から毎日怒鳴られてたからって答えるわけにもいかないし、何て言ったらって考えて口ごもったら案の定落とされるし……」

私は、そうですか、とうなずきながら、男の話を訊く。十河さんは、でも正直、親としては、仕事を辞めてきたらそう言わざるを得ないわよねえ、と言う。私は、いやいやあんたの息子も同じようなもんじゃないか、と口を挟みそうになるけれども、ここではそんなことを言うわけにはいかない。

「友人が同じような状況だったことがあるんですけれども、その件について、『職場が自分のことを正しく評価してくれないような気がして辞めた』って面接で言って、『要するに若気の至りだね』って返されて、でも採用されたそうですよ」

私は、自分が耳にした話を男に言う。男は、目を眇《すが》めてうさんくさそうに私を見たものの、やがて、そうですか、と聞こえるのか聞こえないのかわからないぐらいの小さな声で言う。

盛永さんが、奥の通路から戻ってくる。私のテーブルのところには、盛永さんのところにいたひどく若い女の子がやってきていて、土気色の顔の男の隣に立ち、その後らくになられましたかあ？　などと話し始める。男は、なんだかもったいつけた感じで首を振る。私は、なんだかそわそわしてきて、お手洗いはどちらですか？　と彼女に尋ねる。奥になりまあす、と女の子は言いながら、盛永さんが出てきた通路を手で示す。私は、ちょっと失礼します、と立ち上がって、トイレに向かう。特に用を足したいというわけではなかったのだが、テーブルで何を話して何を引き出すのか、少し作戦を練りたいと思った。

通路の奥は土足の空間ではなく、たたきで靴を脱いでスリッパに履き替えるようだった。私は、なんだかこの建物でスリッパを履くのは嫌だなと思ったので、靴下のまま、すり足で廊下の奥に進む。『厠《かわや》』と札の付けられた、間口の低いドアの感じも、なんだかリノベーションをしたカフェ風で、私は、話をさせる雰囲気のつくり方にもいろいろあるもんだな、と思う。特に排泄《はいせつ》の必要は感じていなかったので、私は、トイレを素通りして、左に折れている暗い廊下を凝視する。奥の方に、大きな三段のワイヤーラックがあって、その二段目には小橋さんが町内の友人を勧誘してせしめた蒸しケーキの箱がぎっしりと詰まれている。

どこかに工場でもあって、そこで安く作っているんだろうか、と私は、ポケットからスマートフォンを出して、光で照らしながらワイヤーラックに近付く。私が路地でもらった『あゆだて！』という名前のフライヤーは、いちばん下の段に積まれている。最上段には、ブックエンドで仕切られた間に、背表紙のないファイルがきれいに並べられている。私は、何が挟まれているのだろうかと、背伸びして中身を覗き込もうなどとしつつじろじろと眺める。いちばん手前のには、少しへたったコピー用紙が何枚も挟まっている。そしてその二つ向こうのファイルには、クリアポケットがたくさん綴《と》じられていて、その中に何か、証券のようなものが入っていてぎょっとする。なんなんだろうか。交流会に出入りする人間から巻き上げるんだろうか。それとも、単にこの組織がもともと持っているものなのだろうか。

私は、ブックエンドを裏側から検《あらた》めようと、ワイヤーラックの壁側に首を伸ばして、そこに塗料の缶のようなものがあるのを見つける。スマートフォンを懐中電灯がわりに近づけて、色を確認すると、『孤独に死ね』の文言に使われたものと同じ色をしている。私は、息が詰まるのを感じながら、盛永さんがシャッターに配色カードを当てていた様子を思い出す。

「何かお探しですか？」

　不意に背後で声がする。路地で声をかけてきた若い男だと、私は一瞬でわかる。その男の動きが把握できて、自分の顔が見えないぎりぎりのところまで首を動かして、私は、何を言ったらぼろが出ないかものすごい速さで考え、結局、トイレがどこかわからなくて、と答える。

「ここですよ」こつ、こつ、と、男が指でドアを突く音がする。「あなたの後ろ」

「え、漢字が読めなかったんで、何か倉庫のようなところかと……」

「かわや、です。お手洗いのことです」男の声はにこやかながら、何かひりつくような緊張を孕《はら》んでいる。「早く戻ってくださいね」

　私は、後ろにいる男にもわかるように激しくうなずき、男が交流会を催しているスペースに戻っていくのを見計らって、暗い廊下からトイレの前まで戻る。そして『厠』の札の下のドアを開けて、トイレの内部を確認する。小さな洗面所があり、またその奥に扉がある。それを押すと、洋式便器が現れる。片側には、小さな窓がある。私は、便器のある個室に入り、窓を開けて外を見る。隣の建物と限りなく近接しているが、なんとか体は入りそうだと思う。

　私は、トイレットペーパーを引き出して手に持ち、『厠』から出て、廊下の奥のワイヤーラックに近付き、並んだファイルの裏の塗料の缶の取っ手を引き上げて、トイレットペーパーに包んでそうっと持ち上げる。そして、すり足で『厠』の前に戻り、玄関口から靴を取ってきて、『厠』の中に入る。

奥の個室に入って窓を全開にし、まず建物と建物の隙間《すきま》に靴を落とす。そして便器のふたを閉じ、塗料の缶を脇《わき》に抱えて、窓枠に片手をかける。靴下を履いた状態で便器のふたに乗るのは、つるつるすべってかなりぞっとしたが、私は窓枠のほうに体重をかけて、鉄棒の前回りをする時のような体勢を作って、塗料の缶を地面に下ろす。そしてそのまま、両手で窓枠を摑《つか》み、片足ずつ引っかけて、建物と建物の間に降りる。靴に足を入れて、塗料の缶を拾い上げ、私はカニ歩きで、どこへ続くともしれぬ暗い建物の隙間を進んだ。何をばかなことをしているのか、と自分でもわかっていた。しかし、それを上回って、こうしてやる、と思った。そっちが『孤独に死ね』って言うんなら、このぐらいのことはしてやる。

＊

塗料の缶の赤は、マンセル値7.5R 5／18ということで、シャッターにされた落書きに使用されたものと一致した。でもねえ、持ち出したりしたら意味ないんじゃないですか？　証拠能力とか、と盛永さんはＣＳＩみたいなことを言うが、私は、それもそうなんですけど、べつの所に持っていかれたり処分されちゃうよりはいいんじゃないですか、と言い返す。自分ではあまり自覚してこなかったが、私は、盛永さんに関しては、あまり上司や雇い主という感覚を持っていないようだ。盛永さん自身が、あまり雇い主然として振る舞わないからだろうけれども、だいたい同い年ぐらいだろうなと見積もっているからという理由もあると思われる。

盛永さんは、おそらく印刷所と思われる何軒かに電話をかけ、最短で何日ですか、だとか、いくら上乗せしたらやってもらえますか？　といったことを盛んに話していた。私は、特にやることもないので、何度かお茶を淹れたり、今朝の落書き発覚からの状況をパソコンに細かく入力して、ワープロソフトで時系列を整理したりしていた。

「今日は徹夜で作業しますんで、あさってまた、ポスターの貼り換えに出かけてください。今日のこれからと明日は休みでけっこうですよ」

印刷所との話がまとまった様子の盛永さんは、そんなふうに言ってくれたのだが、私は物事がどうなっていくのか見届けたいと思っていたので、まあ、お邪魔でなければもうちょっといますよ、と応《こた》え、朝に盛永さんが撮影した『孤独に死ね』の落書きの画像をファイルに挿入した。何度見ても、憎しみに満ちた字体で、本当に自分たちはここまでのことをしたんだろうか、と頭がぼんやりするのを感じる。

その後、大前さんと田所さんの奥さんが事務所を訪ねてきた。大前さんは、風呂敷《ふろしき》に包んだ重箱を持っていて、田所さんの奥さんは、パンツスーツを着てちゃんと化粧をしてはいたが、憔悴《しょうすい》しきった表情で、スマートフォンを握りしめていた。

「私はちらしずし作りすぎちゃったんで持ってきたんだけど、それよりも田所さんが、話があるって」

大前さんがそう言うと、田所さんはうなずいて、座っていいですか？　と盛永さんに声をかける。盛永さんは、どうぞどうぞ、と打ち合わせ用のテーブルを勧める。大前さんと田所さんは、椅子を引いて腰かけ、大前さんは風呂敷を開いて、紙皿を四枚取り出し、ちらしずしを盛ってそれぞれの席に置く。私はまたお茶を淹れる。今日は何回淹れただろうか。

「落書き、されたじゃないですか？　シャッターに」仕事帰りの田所さんは、目をぱちぱちさせながら、スマートフォンを操作して、ファイルを呼び出す。「私今日朝早くて、四時起きとかで、歯磨いてたらなんか外を行き来している人間がいたんで、怖くなって覗いたんですけど、そいつに見覚えがあって、こっそり後をつけたんですよ」

田所さんは、テーブルの真ん中にスマートフォンを置いて、私たちに動画を見せる。私に路地で声をかけ、今日は『さびしくない』の建物の中で追い込もうとしてきたあの若い男が、缶のようなものを手に持って、レンズの前を通り過ぎていく。レンズは、かさかさという音を立てながら移動し、植木の隙間のようなところから、男が刷毛《はけ》を持ってシャッターに落書きをしているところを映し出す。

「何かの役に立ちませんか？」

田所さんは顔を上げる。盛永さんは、たぶん、とうなずく。田所さんは、お茶を二口ほど飲んでうつむき、やがて大きなため息をついた。

「こんな人たちとつるんでるなんて、夫が情けない」

盛永さんは、意外にも首を振って、そんなことはないですよ、と言った。私は、そうですよ、とそうでもないなと思いながらも盛永さんに同意して、大前さんが振る舞ってくれたちらしずしを食べた。相変わらずおいしかった。

＊

次の日、私は休みをもらって、一日中家で寝ていた。前日に異様な場に行って慣れないことをしたせいか、どっと疲れが来て、夜まで起き上がれなかった。あさって以降は忙しくなるんで、よく休んでください、と言いながら、盛永さんは私を家に帰した。

その日は盛永さんも事務所を閉めて、塗料の缶や田所さんの奥さんが撮影した動画や、私が出来事を時系列順にまとめた書類のほか、『さびしくない』による器物損壊の証拠になりそうなものを集めて、警察に行くと言っていた。盛永さんが交流会で聞いてきたところによると、「町はずれにあるデザイン事務所」はやはりとても憎まれていて、あんな軟弱なメッセージは資源の無駄だ、だとか、何がやりたいのかわからないのにしゃしゃりやがって、だとか、あそこの人は孤独で、それは今までの人生の因果による罰だ、などと好き放題に言われていたらしい。盛永さんは、まあ全部当ってますけどね、と気にも留めない様子で言っていた。一日休んで出勤した私は、その悪態を、落書きにまつわる経過を記したファイルに追記した。

その仕事が終わった後、盛永さんは新品と思われる端が丸まったポスターの束が置かれている打ち合わせのデスクの所に私を呼んだ。ポスターの束の上には、保護のための茶色い紙が重なっていて、何が描かれているのかは見えない。

「それ、刷り上がりましたんで」

「はい」

「先日貼り換えてもらったばっかりで申し訳ないんですけど、そっちの貼り換えということで、また外に行ってきてもらえますか？」

　私も手分けしますんで、と盛永さんは続けながら、茶色い紙をめくる。盛永さんが徹夜で入稿したポスターの内容が晒《さら》される。

　らくがきはやめよう、というものだった。私たちのいる、民家を改造したこの事務所が、少しデフォルメされた単純な線で描かれているのだが、特徴的な偏光タイルは、あわく微妙な濃淡の七色で再現されている。シャッターには、「孤独に死ね」とあの落書きが再現されていた。

＊

　私と盛永さんは、丸三日かけて、町をくまなく歩き回り、全戸における盛永さんが作った節水や緑化や交通安全のポスターを「らくがきはやめよう」に交換していった。

事件について知っている住民はもちろん同情してくれて、盛永さんの事務所に何が起

らくがきはやめよう

こったのかを知らない住民は、「なにこれ？」と訝《いぶか》しがった。最初は、『さびしくない』から余計な注意を払われてしまうのではないか、と貼り換えを渋った人たちは、私たちが協力的な住民の数をさも多数派であるかのように数え上げると、じゃあそっちに、と次々考えを変えていった。

制服警官が現場検証に来たのも大きかった。私が持ち出してきた塗料の缶に関しては、証拠能力があるのかないのかは微妙だが、私が『さびしくない』の若い男からもらったフライヤーについていたものと指紋が一致したらしい。また、田所さんの奥さんの動画は、十分な証拠になるという。

その週の『さびしくない』は活動を停止していた。町でメンバーを見かけることもなかったし、集会所も閉まっていた。私と盛永さんがポスターの貼り換えに回っている間は、低気圧がやってきていたせいか、ずっと小雨が降っていたのだが、小橋さんなどは、私を家の中にあげて、やはりマテ茶を振る舞ってねぎらってくれながら、交流会がないと十河さんが毎日うちに上がり込んでなかなか帰らなくて、と言っていた。照井さんには、交流会なくなったじゃないか、おまえら何をしたんだ、と絡《から》まれた。けれども、私たちに対する反発はそのぐらいだった。

ポスターがほとんど「らくがきはやめよう」に取り換えられた頃合いに、警察が、

『さびしくない』の集会所を訪問したが、留守だったという。電話にも出ないし、SNSの更新なども止まっていた。『さびしくない』の活動に関しては、べつの町でも何件か、目立ってきな臭い報告が上がっていて、警察は、今回の器物損壊容疑を糸口に、内部に入り込んで実態を把握したいと考えているという。

町のすべての、盛永さんが作ったポスターを、「らくがきはやめよう」に貼り換えた日、私と盛永さんは、田所さんの奥さんと大前さんに誘われて、にゅうめん屋の『ふらら』に行った。私と田所さんは、カレーにゅうめんを頼み、盛永さんと大前さんは、梅わかめにゅうめんを食べていた。田所さんのおごりだった。お給料が出たので、と言う。お金を払うのは田所さんでも、盛永さん価格でけっこうですよ、と店主さんは言った。

夫とは別居を考えています、と田所さんは言った。愛情が冷めたわけではないんですけど、一度距離を置いたほうがいいと思って、と。大前さんも盛永さんも、もちろん私も、いいとも悪いとも言うことはできなかった。ただ、少しの沈黙の後に、大前さんが、家を出るんなら、また連絡ちょうだいね、私もするから、お茶でも行きましょう、と言った。田所さんは、わかりました、とうなずいた。

その後、携帯に電話が入ったので、すみません、と言いながら盛永さんは外に出ていった。それから盛永さんは、一度も店に戻ることはなかった。『ふらら』の店主さんが、お祝いです、と持って来てくれた杏仁豆腐《あんにん》にも手を付けることはなかった。大前さんと田所さんと私が、杏仁豆腐を食べ終わった頃合いに、静かに戸を開けて、すみません、急な用事が入りましたんで、ここで失礼させていただきます、いろいろとどうも、ありがとうございました、とだけ言い残して、そのまま戸を閉めた。

＊

次の日、出勤すると、事務所のシャッターは降りていた。全体が丁寧に塗り替えられ、落書きは、跡形もなくきれいに消されていた。

シャッターには四角い付箋《ふせん》紙が貼られていて、そこには、私の名前と、すばらしい働きに感謝しますという旨《むね》と、ちゃんとご挨拶《あいさつ》できずすみません、ということと、給与の振込の予定日と、この仕事はここで終わりますが、次もがんばってください、という内容が書かれていた。

私は、シャッターの取っ手に手を掛けて押し上げようとしたが、動く様子はなかった。盛永さんは、ここに住んでいるかのように一日中いたので、私は鍵《かぎ》など持たされたことはなかったのだ。

ただ立ち竦《すく》んだ。朝の九時の光が、白い偏光タイルに反射して、建物を蜃気楼《しんきろう》のように浮かび上がらせていた。

第5話 大きな森の小屋での簡単なしごと

出勤したら職場がなくなっておりまして、と言うと、正門さんは、そうなのね、と事もなげに言った。

「あの、変な物言いかもしれませんが、けっこう自分に合ってるな、って思えた仕事だったんで、すごくショックです」

「そうですね。よくやっていらっしゃると盛永さんからも報告がありました」正門さんは、手元のファイルをめくって、しげしげと眺める。「仕事に関して的確なアイデアをお持ちだという評価ですね。その上で一所懸命やってくださっているという」

「私が何か悪かったんでしょうか？」

そう言ってしまってから、思い上がるなよ、と自分の頭をはたきたくなる。まさか下っ端《ぱ》の私がどうのこうのという事情で、盛永さんがいなくなるわけがないだろう、と。

「それはないですよ」案の定、正門さんはやや目を丸くして、何を言っているのという様子で首を傾《かし》げる。「盛永さんは、次の仕事先へ向かったまでです。急に代わりの人が必要になったとかで」

「代わりの？」

「前任の方が、心労で出勤できなくなったんで、盛永さんが代替として派遣されることに決まったそうです」正門さんは、ファイルに視線を落として、該当の箇所を指でなぞるような仕草をする。「その方も、盛永さんと同じように、ご家族を『さびしくない』に連れて行かれた方だそうです。でも、自分と血のつながった人のいる組織と戦うのは、思ったより心にダメージを負うことのようですね」

私は、テーブルの上に置かれた正門さんの右手を凝視して黙り込む。そうか、と思う。それ以上の感慨を持ちようもなく、私は、そうか、という言葉に留まる。そして、おそらくは感じなくてもいい不甲斐《ふがい》なさに、膝《ひざ》の上で両手を握り締める。

「盛永さんの場合は、妹さんがまず合流して、それからご両親が、とのことです」

妹さんは今、かなりの地位にいらっしゃるそうで、ポスターでときどき見かけますよね、と正門さんは続ける。私は、仕事中に何度も見かけた、白いワンピースの女のポスターのことを思い出す。

「盛永さんの仕事は、グラフィックデザイナーじゃないんですか？」

「いえ、そうですよ」正門さんは、ちょっと困ったような表情で私を見遣《みや》る。「行く先々でデザインの仕事をしながら、『さびしくない』を監視しているんです」

　それ以上のことは存じ上げません、と正門さんはやんわりと話を打ち切る。私はただうなずいて、返す言葉もなく、正門さんの手元のファイルを見つめていた。何が記されているのかはよくわからなかったから、ただ、紙が綴《と》じられているというその様子だけを眺めた。

　我に返るまでにじゅうぶんな時間が経《た》った後に、次のお仕事の話は、よろしいでしょうか？　と正門さんは口にする。私は、これ以上盛永さんのことにとらわれていてもどうしようもない、と思い直して、はい、と返事をする。

「また外回りの仕事がいいとか、やはりデスクワークに戻りたいとか、希望はありますか？」

「特にないですが、外の仕事ができないことはないな、という実感はありました」

　本当に、どちらでもいい、と思う。というか働きたいのかどうかすら、今はちょっとわからなかった。仕事がない、と言われたら、そうですかとうなずいて家に帰ってしまいそうな気がしたし、じゃあドバイの建設現場へ行かれますか？　と提案されたら、行きます、とうっかり答えてしまってもおかしくない感じがした。

「そうですねえ、じゃあ、どちらをも兼ねている仕事が一件あるんですが、説明いたしましょうか？」正門さんの言葉に、私はうなずく。「ちょっとねえ、説明しにくいというか、便利屋的な仕事ということになるかもしれないんですが」

「なんでもいいですよ」

やけになったような物言いだが、二言はなかった。なぜだかよくわからないが、今日ここで話をしていることで、心に穴が空いたような気がした。なので、それを見ずにすむぐらいには忙しくしていられるんなら、どんな仕事でもやれるかも、と思った。

「公園の管理事務所からの求人ですね」正門さんは、ちょっと首を傾げながら、求人票を眺める。「大きな森の小屋での簡単な事務の仕事？　ですね。今朝入ったばっかりのもので、あまり把握しきれてはいないんですけど……」

仕事を説明する言葉の妙な並びに、ドバイの建設現場を紹介されても働こうと思っていた私もさすがに、ええ？　と眉《まゆ》をしかめて顔を上げてしまう。更に求人票を読み進める正門さんは、肩をすくめて、でも、農林水産省も関係している、しっかりした組織ですね、ハラスメントや給与の未払いなどについての報告も一件もなく、健康保険もあります、と正門さんは付け加える。

「時給はどうでしょう、あまり高くないですね、８５０円。九時五時の仕事ですが、残業もあるそうです。残業になると時給は一時間1000円」

「拘束時間が長くて時給が安いのか……」

「ただ、『とにかく簡単なお仕事です！』って強調されていますね。ビックリマーク付きで」

　どうでしょう？　と正門さんは背筋を伸ばして私の目をじっと見つめる。どうも、この仕事に関しては、正門さんが好奇心をそそられていて、私を送り込みたいと希望しているように思える。

「じゃあ、行ってみます」

　正門さんは私にとって恩のある人だし、どんな妙な質のものでも、期待されているうちが華だと、その時は思ったので、私はうなずいた。

*

　大林大森林公園には、小学校の時の遠足で何度か行ったことがある。おおばやしだいしんりんこうえん、という大仰な語感や、全体的に間抜けな字面《じづら》は嫌いではなかったし、公園の中にある博物館もとても楽しかったが、大人になってからは一度も訪ねたことはない。三年ほど前に、博物館増設のために掘り返された敷地から、化石人類の骨が見つかったことが話題になっていたこと以外は、基本的に平穏な時が流れている静かな公園であると思う。

私の面接を担当してくれるという、公園の管理事務所の箱田《はこた》さんは、だいたい六十代半ばと推定される、『ODP』という刺繡《ししゅう》の入った緑色のつなぎの作業着を着た男性で、入園ゲートの所で私を待ってくれていた。ODPとは、『Obayashi Daishinrin Park』の略称であると思われる。大森林、は、ビッグフォレスト、とかじゃないんだ、というのがなんだか味な感じがする。関西訛《なま》りのある箱田さんは、よう来はったなあ、と満面の笑みで出迎えてくれた。その様子は、いかにも気の良さそうなおじさんで、私は、ちゃんとこれが本性で、実は難しい人だとかじゃないといいな、などと願いながら、正門さんの紹介で来ました、と頭を下げた。

「いやー、初めてあんな募集とかかけたんやけど、文章が悪かったんかなあ、あなた以外応募してきた人がおらんくて、せやから、即採用ということでよろしいでしょうか？」

またなのか、と思う。この期《ご》に及んで、私に仕事を紹介し続ける正門さんへの疑いが頭をもたげるのだが、応募がないからといって、毎回パワハラに遭ったり不当にきつい仕事であったこともないので、それは思いすごしだと自分に言い聞かせる。

「そういうことでお願いします」

「助かるわあ」

うちの職員の紹介で来はった前の人がなあ、ちょっと、ここがあかんようになってしもて、と箱田さんは笑いながら眉を下げて、こめかみのあたりを指差す。私は、へっと笑いながら、やっぱりまずいところに来てしまったかもしれない、と思う。

「たぶん向いてなかったんですなあ。ちょっと神経質な人で、静かすぎたり、周りに動きがなさすぎたらイガイガしてくるって感じの人で。静かなんは大丈夫ですか？」

「平気ですよ」

私がすました顔を作って返事をすると、箱田さんは、それはよかったー、と何度もうなずく。そして、ゲートの傍らに駐車してあったゴルフカートのようなものに乗り込みながら、後部座席をどうぞどうぞと私に勧める。カートには、公園にホームスタジアムが隣接しているサッカークラブであるカングレーホ大林の、タカアシガニがあしらわれたエンブレムが塗装されている。私はサッカーのことは全然わからないので、この近くだからか、とか、タカアシガニって気持ち悪いな、という以外の感慨はまったくない。スタジアム建設時に、タカアシガニの化石が大量に発掘されたので、カングレーホ大林のエンブレムにはタカアシガニが登場するらしいのだが、化石人類の骨が発掘されて以来、タカアシガニが化石で見つかったという件のレアさは忘れ去られつつある。化石人類は、大林原人と名付けられた、と、前の職場の昼休みかなんかで聞いたことがある。

「徒歩で行けないぐらい事務所は遠いんですか？」

「行けんことはないけど、入園ゲートから二十分はかかりますねえ」

そんなに遠いのか、と私は少し驚く。それは、大林大森林公園がそれほど広いということでもある。

「この公園は、端から端まで歩いたらどのぐらい時間がかかるんでしょう？」

そう尋ねると、え、端から端って？　と訊《き》き返される。何それ？　考えたこともない、って感じだ。私はいよいよ、公園のでかさが想像以上のものであるという感触に身構える。

「ええと、西の端から東の端とか」

「あー、そうですねえ」箱田さんは、はんはんとうなずきながら、公園の中の舗装道路を運転してゆく。傍らに並ぶ、背の高い銀杏《いちょう》の木の葉がはらはらと散っていて、けっこうきれいだ。「どやろ、三時間、ぐらいかな」

西の端から東の端までっていう歩き方はしたことないから、わからんけどねえ、と箱田さんはあははと笑う。私は口をつぐんでしまう。いったいどのぐらいの人数で、そんな広大な公園を管理しているのだろう。というか、管理できているのだろうか。そんな大きな場所で、もっとも下っ端の人間として働く私は、いったいどのぐらいの仕事量を任されるのだろうか。いや、求人票には事務の仕事とあったから、公園を管理する実務にはタッチしないのかもしれないが。

「ええとこですよぉ」

私の不安はよそに、箱田さんはにこにこしながらカートを運転する。その気持ちと笑顔に嘘《うそ》はなさそうだ。この人は、大林大森林公園が好きなのだろう。カートでの移動の間、箱田さんは、私の質問には答えてくれつつ、無駄に話しかけて詮索《せんさく》してくるでもなく、程よい距離を保ってくれていた。

箱田さんのカートの運転は快調だったようで、公園の管理事務所には十分ぐらいで到着した。それでも、職場が敷地に入場してから乗り物に乗って十分かかるというのも特殊な状況だと思う。管理事務所は、学校の教室ぐらいの広さの平屋の建物で、箱田さんによると、この管理事務所は『森のめぐみ』地区を管轄《かんかつ》するものであるという。

管理事務所は、公園内にあと五つ点在していて、箱田さんは『森のめぐみ』地区の責

任者らしい。事務所の中には、箱田さんよりは十歳ぐらい若そうな野島《のじま》さんというおじさんと、彼らミドル世代とはかけ離れた、二十歳にもなっていないと思われる工藤《くどう》さんというメガネをかけた女の子がいて、それぞれ『森のめぐみ』地区の担当者ですと紹介された。箱田さんと野島さんは、『ＯＤＰ』の刺繍の入った緑色のつなぎだったが、工藤さんの作業着は上のジャンパーだけで、下はジーンズだった。三人が三人とも、気の良さそうな人たちで、私はまずは安心した。

私を二人に紹介した後、これこれ、どうぞ、と箱田さんはビニール袋に入ったジャンパーを私に寄越してきたのだが、不思議なことに、緑色ではなくオレンジ色をしている。私は、勧められるままにそれを羽織りながら、下っ端はオレンジ色を着るものなんだろうか、と自分なりに考える。若い工藤さんは、似合いますねー、と手を叩《たた》いてくれた。カングレーホ大林のユニフォームがオレンジ色なのと何か関連があるのだろうか。固い素材で仕立てられたジャンパーは、丈夫で防寒性にも優れていそうだ。けっこう気に入った。

しかし、ほんならねえ、仕事場に出発しましょ、と箱田さんに言われて、私は面食らった。

「仕事場ですか？　ここじゃないんですか？」

「いや、ここは『森のめぐみ』地区の本部なだけで……。勤務地はもっと奥の方ですよ」

思い出してみると確かに、求人票には、「大きな森の小屋での簡単な事務の仕事」とあった。この建物は、平屋でこぢんまりしているかもしれないけれども、小屋とはいえない。

箱田さんは、ほなついてきてください、と『森のめぐみ』地区の本部とされるこの建物の裏手に、私を案内する。建物の背後には森が広がっていて、カートが三台置かれている。箱田さんが私を乗せてやってきた一台は、本部の建物の正面の側に駐車してあるので、ここには合計四台のカートがあるということなのだろうか。

「ほんなら、これに乗ってもらって、運転して、建物の前まで来てもらえますかー」

という箱田さんの言葉に、いやいや私は、こういうのに乗るのが初めてなんですが、と言うと、普通自動車免許持ってはるって担当の人から聞きましたけど？　と箱田さんは目を丸くする。そう言われると、ちょっと反論できない。

「車より簡単ですわ」

箱田さんはそう言いながら、私をカートの運転席へ入るように促し、外側から、それがサイドブレーキ、それが警報音、などと指を差して説明する。動いてみてください、と言われたので、恐る恐るアクセルのペダルを踏むと、カートはゆっくりと動き始める。

ほなそのまま運転して、建物の正面に来てくださいねー、と言いながら、箱田さんはいったん建物に入ってしまう。私は、カートのタイヤが落ち葉を踏みしめる音を聞きながら、木々を避けながら慎重に運転し、『森のめぐみ』本部の建物の正面に回り込む。私がぐずぐずしている間に、箱田さんはすでに正面の側から出ていて、これどうぞー、と私に一冊のパンフレットを渡してくる。けっこう厚い。

「『森のめぐみ』地区に関する説明ですわ。覚えろとかは言いませんけど、時間のある時に目を通しておいてください」

わかりました、と私はパンフレットを受け取り、助手席に置く。じゃあ、ついてきてくださいねー、と言いながら、箱田さんもカートに乗り込み、私たちは縦に連なって出発する。

本部が背にする森には、小道が敷かれていて、箱田さんはそれに沿って私を導いていった。『森のめぐみ』だけあって、木々にはたくさん実が生《な》っている。植物には詳しくはないのでわからないのだが、柿《かき》の木は何本も見かけた。前任者が「静けさのあまりおかしくなった」と評されるのも理解できるぐらい、森は静かで、カートのエンジン音とタイヤが落ち葉を踏む音、そして鳥の鳴き声だけが、耳にできる数少ない音だった。カートの運転は、けっこう楽しいと言ってもいいぐらいだったが、確かに、この静けさの中に一人取り残されると考えると、少し不安になる。

小道の果てに、小屋はあった。よくあるような交番の、さらに半分ぐらいの広さの三角屋根の建物で、森閑とした空間の中で、誰かが置き忘れていったようにちょこんと佇《たたず》んでいた。

箱田さんが、これですな、と言いながらカートを停車したので、私もそれに倣《なら》い、カートから降りる。

「心配せんでも、トイレは中にありますからね。電気も通ってますし、炊事するところもあります」

はあ、と私はうなずく。ありがたいのかありがたくないのか。いや、たぶん、箱田さんの口振りからすると、ありがたいことなのだろう。

「こちらにですね、一日詰めていただきたいんですよ」私は、恐る恐るうなずいて、いや、うなずいてよかったんだろうか、と考える。「基本的にはもう、いてもらうだけなんですよね」

でも、それもしんどいやろなあと思って、ちょっと軽い事務の仕事があります、と箱田さんは、自分が乗ってきたほうのカートの後部座席から、段ボール箱を下ろし、小屋のドアの錠にぐるぐるに巻かれた針金をほどき、中に運び込む。私もそれについて、小屋に入る。三畳はあるが四畳はないな、というスペースに、小さな事務机が置かれている。窓は三方にあって、出入り口のドアにもガラス窓が付いていることから、小屋からは四方が見渡せるようになっている。

「これですね、こちら。再来月の、公園の中の博物館で行われる『大スカンジナビア展』のチケットなんですけれども、ミシン目入れてくれる予定の会社が逃げてもうてですね、代わりにやっていただきたいんですよ」

箱田さんは、段ボール箱の中からチケットを一束取り出して、事務机の上に置き、ほんでこれが一式です、と歯車のような刃がセットされたロータリーカッターとステンレス製の定規、Ａ４サイズのカッティングマットを渡してくれる。

「それに飽きたらねえ、周囲を散策して欲しいんですな。そんで、何か見つけたら地図に書き入れていただきたい」

箱田さんはそう言いながら、作業着の胸元から、小さく折り畳まれた紙を取り出して、事務机の上で広げる。白いところがほとんどの、かなり大雑把な地図だった。目立って書き込まれていることは、『森のめぐみ』本部の建物と、この小屋に続く小道ぐらいで、あとはところどころに、適当な木々のイラストが描いてある。目を引いたのは、この小屋と思われる三角屋根の建物のイラストから、さらに奥まった地点に、「アウェイユニフォームカラーのウインドブレーカー（黄）」という書き込みとともに、洋服のイラストが描いてあって、そこから更に先の場所に「イサギレのタオル（ボロボロ）」と、やはりタオルと思われる絵が描かれていることだった。

「あの」

「なんでしょ？」

箱田さんは、すぐさま目を見開いて私の言葉に反応してくれるので、逆に疑問を呈しにくいものを感じるのだが、それでは話が進まないので、私は地図のウインドブレーカーとタオルのイラストを交互に指差す。

「これは何でしょうか？」

「あーこれね。ランドマークです」

「ウインドブレーカーとボロボロのタオルが？」

「そうです。知らん間に木に引っ掛かってて」

箱田さんは、事もなげに続ける。いやいや、不穏だろう、そんなものが知らない間に、ここより奥地から発見されたら。ここから先に道はないんだから。

カングレーホ大林に在籍していたコルドビカ・イサギレについては、夕方の地方のニュースで取り上げられていたのを目にしたことがある。スペインはサン・セバスチャン出身のバスク人なのだが、熱心なカトリック教徒でもあって、同じバスク人のフランシスコ・ザビエルが布教に行ったという日本に興味を持って来日したらしい。背が小さくてスピードのあるフォワードだという。サッカーのことはよくわからないが、名前の語感が異様なのと、真っ黒な目がとても大きくて、ものすごく眉が太く色が白い、という外見が特徴的なので、妙に印象に残っている。番組のロケでは、スタジアムに隣接する大林大森林公園も訪問していて、イサギレは、公園が好きでよく来るのだが、一度迷っているうちに閉園時間を過ぎてしまい、博物館の人に救助されたというエピソードを披露していた。何の屈託もないかのような、子供っぽい笑顔が印象的だった。

その後、カングレーホ大林が下のリーグに降格した際に、イサギレにも家庭の事情が発生したとかで、契約更新せずスペインに帰っていった、とネットのニュースか何かで見た。ニュースはコメントが付けられるもので、降格したからって速攻で帰るかこいつ、だとか、降格の責任はこいつにもあるだろ、とか、いやイサギレは本当に頑張ってた、とか、お父さんが重い病気なんだよ知らないのか、だとか、さまざまな意見や憶測が飛び交っていた。その半年後に、イサギレは日本に戻ってきて、降格したカングレーホ大林と契約し直して、今も元気にプレーを続けているらしい。カングレーホ大林は、先週昇格を決めたとやはりネットのニュースで見かけた。

「あの、取り除いて持ち主を捜したりはしないんですか？」

私は、あからさまに不気味じゃないのかという方面から話すのはやめて、穏便なところから崩そうと試みる。

「いやーでも、どっちもボロボロやしねえ」

もうちょっと状態が良かったら考えるんやけど、と箱田さんは頭を掻《か》く。状態とか、そういう問題でもないだろ、と私は言いかけてやめる。

「どうしてこれより奥地の木に引っ掛かってるんでしょう？」

「風で飛ばされたんとちゃいます？」

ほら、去年降格した時に、いろんなもんが公園の方に飛んできたんですよ、タオルはもちろん、ユニフォームとか、なんやったら男物のパンツとかもありましたよ、と箱田さんは続ける。

「そういうものはどうやって処分したんですか？」

「状態のいいものは保管して、入場ゲートの所に特別に遺失物コーナーを作って、問い合わせに応じて返していきました。持ち主が見つからんものは、博物館に委託して、今も少しずつ返していっています」

去年降格したけど、最近昇格が決まりそうってなってきたぐらいから、一回失《な》くしたものを取り戻したい人が増えてるんですよね、と箱田さんは説明する。

「じゃあ木に引っ掛かってるタオルやウインドブレーカーだって返して欲しい人がいるんじゃないでしょうか？」

「いやいや、ほんまに、ぼろっぼろですよ？」箱田さんは顔をしかめて首を振る。「ほんとにね、何があったんやって具合に。何キロもの藪《やぶ》を抜けてきたのか、踏んづけてぐしゃぐしゃにしたのかっていう感じで」

どっちの解釈も不穏だろう、と私などは思うのだが、箱田さん的には、ぼろっぼろ、という一点において、返却すべきものではないようだ。

「まあまあ、イサギレのことはええんですわ。暇な時は地図ですね。できれば、午前中に一時間とお昼から一時間ぐらい、小屋の周りをうろちょろしてみてください。そんで、めぼしいものがあったら、この地図に書き入れて報告してください」

あとこれとこれ、と箱田さんは、方位磁石とトランシーバーを渡してくれる。

「方位磁石は、小屋から出る際は必ず持って出るのをお勧めします。あとトランシーバーはね、携帯の電波が届かんのですよ。せやから、なんかあったらこれで連絡ください」

「なんかって何でしょう？」

「なんでもええですよ。風邪っぽいなーとか、見慣れん動物を見たとか」

箱田さんはあくまで気軽な様子で言うので、本当に何を言っても良さそうではあるのだが、前任者が静けさのあまりおかしくなったと聞くと、雑談などはしてはいけないんだな、と思う。

「迷ったら連絡してもいいですか？」

「いいですよ。でも、とこどこに立て札があるんで迷わんとは思いますけどね」

しかし、そう言う箱田さんは目を逸《そ》らし、手を後ろで組んで体を揺すったりして、なんだか挙動不審である。私は、ああ、迷うんだな、ここ……、と少し気が遠くなる。

「不安ならね、これを目印にどうぞ」そう言って箱田さんは、ウエストポーチから、花壇に差すような小さなプラスチックの白い札の束を出して、私に寄越す。「地図を作っていく時の目印にも使えますし、いくらでもあるからなくなったらゆうてください」

わかりました、と私は白い札を受け取る。これはもう、付箋《ふせん》のように使いまくる所存である、と心に決める。迷いたくない。こんなところで、こんなに秋も深まった冬も間近な時期に。

「お昼ごはんに関しては、私か野島君か工藤君が、今日はお弁当をお持ちします。でも明日からは持って来てくださいね」

「わかりました」

「火元にさえ気を付けてくれはったら、お湯沸かしてくださってもいいですし、基本的には快適にここを使ってください。あと、ドアは基本的に内側からしか鍵《かぎ》をかけれんくて、外からは針金で閉めてるんで、心配やったら外に出るときは貴重品を持って出てくださいね。一人でこのへんにおって不安を感じたときも、トランシーバーで連絡をくれはってもけっこうですう」

箱田さんは、ええとこんぐらいやったかなー、と頭を回す。私が、気付いたらまた後ほどトランシーバーで知らせてください、と言うと、わっかりましたー、と軽快に返す。そして小屋を出ていくのだが、ちょっと腰を庇《かば》うような動作をしているのが気になった。

「腰、私もあんまり良くないんですよね」

そう声をかけると、箱田さんは振り向いて顔をしかめ、首を横に振る。

「もうねえ、いやですわ」

昔はねえ、もっともっとこの公園を歩き回れたのに、行きたいところへ行けたのに、と箱田さんは独り言のように言いながらカートに乗り込み、ほななんかあったらトランシーバーでお気軽に、十七時になったら小屋を出て、カートで本部まで戻ってきてください、と言い残して、小道を戻って行った。

私は、とりあえず小屋の中の事務机に着いて、箱田さんが置いていった『大スカンジナビア展』のチケットの束を取り出してみる。中厚口ぐらいの厚さの紙に、『大スカンジナビア展』とゴシック体で大きく書かれているだけのそっけないもので、こういう周辺のものにあまりお金をかける気はないんだな、ということがわかる。とはいっても、大林大森林公園の博物館は、かなりの堂々たるもので、近隣の地域どころか、県外からも遠足の小中学生や見学者がいくらも訪れる施設である。チケットのデザインとか印刷に凝るなんていう軟派なことはせずに直球で挑むんだという姿勢の表れなのだと思う。

椅子《いす》に座って、カッティングマットの上に『大スカンジナビア展』のチケットを三枚ほど重ねて置き、「キリトリ」と点線が印刷されている部分に、定規とミシン目用の刃が装着されたロータリーカッターを当ててぐりぐりと動かす。なるほど、簡単な事務の仕事である。最初にカッターを当てた三枚は、さすがに少し歪《ゆが》んだけれども、それ以降は快調に、まっすぐにミシン目を作り出してゆく。「森閑」という言葉があるけれども、木々に囲まれてまさしくその通りの状況の中、ひたすら『大スカンジナビア展』のチケットにミシン目を入れていると、どこか心地良い気分にすらなってくる。無心という状態である。まだこの仕事を始めて数時間だが、軽率で調子がいいと思いつつも、自分はこの仕事に向いているんじゃないかという気がしてくる。前任者はなぜ、こんな心静かでらくな仕事を辞めてしまったんだろうか？

　短時間で仕事のことをわかったような気になるのは、私の悪い癖であるような気がするのだが、正午になって工藤さんが運んできてくれたお弁当もすごくよかったので、どうにも浮ついた気持ちを修正できなかった。お弁当は、売店で売られているというもので、豆腐のハンバーグ、塩こしょうで味を付けたパンノキのチップス、ケールとキヌアとナッツのサラダ、そしてデザートは柿、というメニューだった。すべてこの公園で採れたものらしい。工藤さんは、日本の食糧自給率の低下を憂《うれ》うっていうのが、毎年この公園の方針を決める会議の議題に上がるらしくて、食べられるものを育てるのに力を入れてるんですよね、と説明してくれた。どれもおいしかった。特に、パンノキのチップスは気に入ったので、売店で買って家でも食べようと思った。

工藤さんが帰って、お弁当も食べ終わると、しばらく何もせずにぼうっとする。あたりは本当に静かで、風に吹かれて木々の葉がこすれ合う音と、鳥の鳴き声だけが聞こえる。私は、頭の後ろで手を組んで、目をつむってしばらくぼんやりする。安らかな時間である。新卒から十四年勤めてきた仕事に燃え尽き、その後正門さんを紹介され、いろんな仕事をしてきたなあ、と思う。すでに四つも経ている。どの仕事も悪くはなかったと思うのだけれども、落ち着かない。

この仕事にそんなに激しく期待をするわけではないが、何かの足掛かりにはなってくれたらいいなあ、と思う。どうしても次のことを考えてしまうのは、時給があまりにも安いからだ。もしくは、正社員の募集がかけられる時期を見計らって、再度応募するか……。

満腹になったせいか、だんだん眠くなってきたので、私は思い切り伸びをして、椅子から立ち上がる。けっこう重い立ち眩《くら》みがする。

頭にもやがかかってくるような感じを振り払うために、箱田さんがくれた地図と方位磁石とトランシーバーと目印の札を持って、小屋から出る。針金で施錠する。小屋の裏側には、もう小道はなく、ただ落ち葉の敷き詰められた森が広がっている。地面はそんなに悪くなくて、家から履いてきたスニーカーで苦もなく歩いて行けそうだ。

しかし、見渡す限り同じような木ばかりが生えていて、目印になりそうなものといえば、自分が出てきた小屋しかない。

私は、小屋が背にしている側に回り、手始めに足元にプラスチックの札を差してみる。そして、二十歩ほど森の奥へと進むたびに、つま先の地面に札を差す。毎度毎度振り返って、白い札が視認できる程度には頭を出し、小屋の裏手へと続いてることを確認しながら。そうやってどんどん森の深みへと入って行ったのだが、箱田さんが「地図に書き込んで」と指示するような事象は何もなかった。ただ、木々がそれぞれの早さとタイミングで紅葉していてきれいだ、というぐらいしか。あと、いがぐりがたくさん地面に落ちていて、木には柿が実っている。もしかしたらそのうち、自分はこういう実を小屋に持ち帰って食べる日が来るのかもしれない、とやや浮かれながら、いがぐりを拾い上げる。それは妙に軽かったので、不思議に思って裏返してみると、二つに割れていて中身がなかった。他のを拾って確認してみても、やはりだいたいが半分に割れて栗《くり》の実は入っておらず、一帯に落ちている栗のいがは、すべて空っぽだった。

動物が食べたりするんだろうか？　と首をひねりながら、とりあえずそのことを地図の隅にメモする。「栗のいががたくさん落ちているんですが、栗の実が見当たりません」。でもまあ、ここまで公園の入場者が来ていないとも限らない。むしろ、ここは公園の中であるのだから、道はなくとも辿《たど》り着いていて然《しか》るべきではある。

栗のいがが落ちている一帯の真ん中のあたりに札を差し、また更に先へ進むと、今度は、高い木の枝に引っ掛かっている黄色い布のようなものが目に入った。私はまた、箱田さんからもらった地図を開く。もしかしてこれが、「アウェイユニフォームカラーのウインドブレーカー（黄）」なのか。

私は、ウインドブレーカーと思われる黄色い生地に目を凝らす。袖《そで》には、緑のラインが入っている。カングレーホ大林の試合を観《み》たことなどはないが、というか私はサッカー自体を特には観ないのだが、おそらく、カングレーホ大林が敵地で試合をする際には、黄色に緑のラインの入ったユニフォームを着るのだろう。

ばさばさばさばさ、という音が、遠くから徐々にやってくる。風が通り抜けていく音だった。その速さは妙にゆっくりとしていて、私は、オレンジの作業着の首元や、深く考えずにチノパン一枚で出勤してきた下半身に、たまらないような寒気を感じながら、木に引っ掛かったウインドブレーカーを見上げた。それは黄色い船の旗のように、鷹揚《おうよう》に風になびいていた。

初日の弁当で食べて以来、私は入場ゲートの横の売店でパンノキチップスを毎日のように買って帰っていた。それを晩ごはんの後に一袋開けて、テレビを見ながら食べるのが日課になっていた。淡白で、妙に口に合うのだ。母親が食べたがったので少し分けてあげたが、なにこれ、と言っただけだった。一般的に、すごくおいしいというものでもないようだ。

＊

私の悩みと言えば、今のところ、とても気に入ったパンノキチップスが50gの一袋が280円と一般的なスナック類と比べて割高なことだけだった。「大きな森の小屋での簡単な事務の仕事」自体は、順調というか、「調子」というものがそもそも存在しないんじゃないかと思える具合に波乱がなかった。まあ、小屋の中でやることといったら、『大スカンジナビア展』の入場券にミシン目ロータリーを入れるだけだし、地図を作るために外に出たら出たで、絶対に迷わないように札を差しまくりながら、森の中を動いているからなのだが。

箱田さんも野島さんも工藤さんも、いい人たちだった。といっても、朝本部に出勤してあいさつをするという、一日数十秒の関わりしかないので、本当は悪い人たちかもしれないという可能性は拭《ぬぐ》えなかったが、とにかく、地面に差す札をくださいと言えばくれるし、『大スカンジナビア展』の入場券作成の進みが悪いといやみを言うわけではない。何か変わったことはありますかあ？　と訊かれ、昨日はコルドビカ・イサギレのタオルがある所まで進んだんですが、相変わらずありました、などと答え、やっぱりなあ、とうなずかれるなどして終わりだ。報告した、大量の空っぽの栗のいがの件については、動物が持って行ったんでしょう、ということで片付けられた。

なので勢い、悩みは毎日食べているパンノキチップスがけっこう高いな、ということろに落ち着く。私は、日がな一日、『大スカンジナビア展』の入場券にミシン目を入れながら、どうにかしてあれを、200円、いや230円ぐらいに抑えて食べられないかということを考えていた。通販のポータルサイトで、「パンノキ　チップス」と検索してもみたし、自分で揚げたら安くつくんじゃないかとパンノキの実自体を購入しようともした。しかし、どちらも一件もヒットしなかったのだった。

朝いちで、箱田さんに、パンノキの実を買いたいんですが、この公園内のどこかに売ってたりしないんでしょうか？　と尋ねると、えーそんなん、生えてるの持ってったらいいですよ、と事もなげに告げられた。私は驚いて、職員がそんな私的なことをしていいんですか？　となおも訊くと、常識の範囲内やったらええですよ、常識の範囲内やったらね、と箱田さんは二回繰り返した。私が、一個や二個ならいいってことですか？　としつこく確かめると、箱田さんはうなずいて、ええですよ、と答えた。

　そういうわけで私は、初日に箱田さんからもらったパンフレットと地図を突き合わせて睨《にら》みながら、パンノキの実を収穫しに、その日は午後いちで出かけることにした。箱田さんによると、小屋の裏手から北東に進めばすぐに『パンノキの茂み』という立て札があるので、それに従って進むと良い、とのことだった。地面に目印の札を差しながら勇んで北東を目指すと、はたして立て札はすぐに見つかった。茶色に塗られた、木製の立て札だった。矢印が記され、白い塗料で、この先300m直進でパンノキの茂み、と書かれてある。字の横に描かれた皮にぶつぶつのあるパンノキの絵が、妙にリアルでうまい。箱田さんか、野島さんか、それとも工藤さんが描いたのだろうか。

　しかし、300メートルならすぐだろう、と予想されたパンノキの茂みにはなかなか辿り着かなかった。私は、今か今かと周囲を見回しながら、パンノキを探したのだが、あるのは栗の木と柿の木だけで、それはそれで悪くはないとはいえ、自分が探し当てたいのはパンノキなのに、とだんだん険しい顔になってきた。絶対に迷いたくない、というのがあって、札を足元に差すことを厳しく自分に強いていたため、来た道を戻ることができるのは不幸中の幸いだったが、肝心の札が、あと残り一つというところまでやってきても、一向にパンノキの茂みが姿を現す気配はなかった。

結局私は、潔《いさぎよ》く戻ることにした。パンノキの実をただでもらうためだけに、迷うというリスクは冒せない。いや、もっと若ければそうしたかもしれないが、私ももう分別盛りと言ってよい年だ。代わりに、このことを箱田さんに報告しようと決める。そのため、自分が差していった札は抜かずに、そのままにして帰ることにした。パンノキの実を獲《と》れなかった代わりに、柿の実を六つもいで持ち帰ったのだが、やはりパンノキのことが頭から離れなかった。小屋に戻って、皮をむいて食べた柿は、すごくというわけではないけれども、けっこうおいしかった。六つもいだが、一個で充分だった。

次の日の出勤時に、どうですかあ、パンノキの実持って帰れましたかあ？　と箱田さんが尋ねてきたので、それが、立て札の通りに進んだんですけど、辿り着けませんでした、と答えると、なんでやろ？　と箱田さんは首を傾げた。

「３００メートルってありましたけど、ぜんぜん着きませんでしたよ。森の奥へ奥へ入って行くばっかりで。代わりに柿を持って帰りました」

「何個？」

「三個です」

とっさにうそをついてしまった。六個はけっこうぎりぎりの個数だな、と自分でも思っていたからとはいえ、そのぐらい柿を取らなければいけないぐらい、パンノキの茂みに辿り着けなかった落胆は大きかったのかもしれない。

「食べはった？」

「一個だけ」

「私はあんまり柿が好きくなくてですなあ。でも、女房が正月の干し柿にするとか毎年ゆうて、せんのですが、どうでもいいか」箱田さんは、自分用の地図を開いて、えとぉー、と指先でなぞりながら立て札の場所を探すような素振りを見せる。「ほなね、今日の昼ごはん終わったらそっちに確認に行きますんでね」

午前中は、金網に穴開ける仕事が入ったんですわ、と箱田さんは続ける。

「金網の修理じゃなくて、穴を開ける仕事ですか？」

立て札とは関係のない話だったが、異様に感じたのでそう尋ねると、箱田さんは、顔をしかめてうなずき、これはオフレコでっせ、と前置きをして話してくれる。

「実はね、閉園時間に出損ねた人のために、この公園はいろいろと抜け穴を用意してるんですわ」

「へえ」

「いちばんええのはね、博物館まで行って、中で残って仕事している人らに助けを求めることなんですけど、それもままならんと、間違った方向へ間違った方向へ歩いていく人もいるんで。でもそういう人らもいつかは公園の果てに行き当たる。そこにうまいこと穴を開けておいて、無事に出て行ってもらう、っていうのも、私らの仕事の一つでね」

「いろいろあるんですね」

「そらもう、こんだけでかかったらねえ」

箱田さんは、やれやれと言った様子で肩をすくめるのだが、何かそこには、自分の子供の話をするような親しげなニュアンスが漂っている。やはり、この人はこの公園が好きなのだなと強く思わせる。

箱田さんに、立て札のことは午後からと言われたので、午前中はいつものように『大スカンジナビア展』の入場券にミシン目を入れる作業と周辺の見回りをこなし、正午になって、家の近所のコンビニで買ったおにぎりとカップみそ汁を食べていると、トランシーバーで箱田さんから連絡が入った。なんでしょう？　と訊くと、あのねえ、迷子者が出ましてですね、そっちの方におりはるみたいなんですわ、どうぞ、と言う。

「どんな方ですか？」

『えーとね、赤いアノラックを着た中年の女性とのことで、同行の方と栗拾いをしている時にはぐれましたとのことです、どうぞ』

「了解しました。見回りに出ればいいですか？」

『そうですね。同行の方によると、はぐれられた方の最後の姿を見た時に、同時に黄色いものが木に引っ掛かっているのが見えたとのことです。カングレーホのアウェイカラーのウインドブレーカーと思われます、どうぞ』

なるほど、あのボロボロの不気味な衣類は、ちゃんとランドマークとして機能しているんだな、と私は密《ひそ》かに感心する。

「了解しました。まずはウインドブレーカーのあたりに急行します、どうぞ」

『よろしくお願いしますぅ』

そう言って箱田さんは通信を切る。私は、食べかけのおにぎりを口に押し込み、カップみそ汁の具だけ食べて、小屋の裏手に回り、カートに乗り込む。地面には、私が初日に差した札がそのままになっていて、それを辿ると、ウインドブレーカーの所に行けるようになっている。カートに乗ってしまうと、自分の手に余るほど遠くに行ってしまいそうだという考えがあって、移動はできるだけ徒歩に限定していたのだが、最近はカートに乗って札を目印に移動することにも少し慣れてきた。

赤いアノラックを着た女の人は、すぐに見つかった。こんにちは、と声をかけると、あら、ちょうどいいところに来た、と目を輝かせて、友達が迷子になっちゃったんですよ、と持ち掛けてきたので、本人には迷ったという自覚さえない様子だった。そのお友達から、お客様を捜して欲しいという依頼がございまして、と告げると、女の人は、あらあらお恥ずかしい、お手数おかけします、と肩をすくめた。いえいえ、と私は首を振って、女の人をカートの後部座席に乗せる。

「このあたりは栗が拾えますよって、ホームページで見たんですけど」

「はい」

「いが自体はたくさん落ちてるんだけど、中身が全部空っぽなんですよね」

この人も、自分と同じことを疑問に感じるのか、と思いながら、それは表には出さず、動物が食べちゃうんじゃないかっていう話ですけどね、と答える。

「そうなの？　ここにいる動物って、いがを二つに割って栗の実を取り出せるぐらい器用なの？」

そう指摘されると、そんな気もしてくる。私は、場をとりなすように、栗なら売店で売っていますので、そちらでご購入されましたら、と勧めながら、女の人の言ったことについて考える。確かに、石を道具に使うサルならできるかもしれないが、たとえばこの森に生息しているというらしいリスが、栗のいがの端と端を摑《つか》んで二つに割れるとは思えない。

女性を『森のめぐみ』エリアの本部まで送り届けると、連れの女性に何度もお礼を言われた。私が、いやいやそんな、と首を振っていると、そうだ、これ差し上げます、と別れ際《ぎわ》にごぼう茶のティーバッグをくれた。迷った女性の帰りを待っている間、本部の建物の隅のみやげものスペースで購入したのだという。もらっていいでしょうか？　という感じで、その場にいた野島さんと工藤さんに目くばせをすると、いいんじゃないの、という感じでうなずいたので、私はごぼう茶を謹んで頂戴《ちょうだい》することにした。

その後、小屋に戻り、カートを駐車していると、森の奥からこちらに歩いてくる箱田さんが目に入った。私が迷子の女性を見つけて、本部まで送っている間、箱田さんは立て札を見に行ってくれていたようだ。

「かなり綿密に地面に札を差して行ってくれてはったんで、すぐに立て札んとこには行けましたけど、肝心の立て札があきまへんでしたわ」

「あきまへんでした、とは？」

「いやね、ぜんぜん別の方向を差してましてですね。そらあんなん、パンノキの茂みに行けるわけないですよ」

「そうなんですか」

「入場者さんのいたずらでしょうかねえ。ひどいなあ。地面から抜いて正しい方向に直したんですが、あの立て札かて重いんです。腰にくるわ」

箱田さんは腕組みをして、プンプンという感じで怒る。そのまま箱田さんを本部に帰すのも忍びなかったので、そういえばごぼう茶をもらったなということを思い出し、お茶でも飲んでいかれます？と尋ねると、あ、よろしいでっか、と箱田さんは顔を上げた。

「迷子者の連れの方が、本部のみやげものスペースで買ったものらしくて、お礼にいただいたんですけど」

「ごぼう茶でっか。それおいしいですよ」

パンノキの実を持って帰っていい件といい、この職場は、贈与関係のことにはとてもゆるいようだ。私は、お湯を沸かすためにやかんに水を入れて、火にかけようとして、コンロが妙にあたたかいことに気が付く。いや、そういうこともあるだろう、だって今日お湯沸かしてカップ味噌《みそ》汁《しる》作ったし、と考え直して、そのまま火をつけようとしたのだが、やはり何か引っ掛かるものがあって、私はいったんやかんを流しに置く。

　だって、味噌汁を食ったのは一時間は前のことだ。作業着のポケットに入れているトランシーバーの時計を見ると、十三時半で、昼ごはんを食べ始めた正午からは一時間半が経過している。一度コンロに火をつけたからって、そんなに長い間周辺があったまったままでいるだろうか。私は、箱田さんに相談しようとして振り返ったのだが、事務椅子に座った箱田さんが、頬杖《ほおづえ》をついて目をつむり、眠たそうにしているのを見かけて、声をかけるのはやめ、やかんをコンロの上に置いて火をつけた。

　そういうこともある、のか、それとも、一度あたたまったら冷めにくいコンロなのか。私は我知らず、何度もゆっくりと首を横に振っていた。

＊

　初日からやり続けていた『大スカンジナビア展』のチケットのミシン目入れは、とりあえず段ボール箱一箱分をやり終えた。そのことを箱田さんに報告すると、だったら博物館の方にいったん納品に行って、新しいのをもらってきてください、と指示されたので、カートにミシン目を入れた分を積み込んで、その日は午後いちで博物館に向かった。

受付の女性に、ミシン目を入れたのだがどうしたらいいか、と尋ねると、事務室へと案内され、広報部長を紹介された。浜中《はまなか》さんという、箱田さんと同じ年齢ぐらいに見えるその男性は、じゃあまた新しい段ボール箱を持って帰ってもらっていいですか、と奥の倉庫のようなところにいったん引っ込み、台車に段ボール箱を乗せて戻ってきた。カートにチケットの入った段ボール箱を積み込んだら、台車だけ持って帰ってきてください、と言われたので、私は台車を押して、事務室から博物館の正面玄関へと向かう。平日の昼間の博物館は、ほとんど人がいなくて静まり返っている。ロビーには、ウルグアイから寄贈されたというメガテリウムの骨の標本、サーベルタイガーの実物大模型、羽を広げたワタリアホウドリの剝製《はくせい》、そして、公園内で発掘された大林原人の像が展示されている。どこか憂いをたたえた目で遠くを見ている大林原人は、熊《くま》か何かの皮のマントを着こんでいて、かなりあたたかそうだ。

台車を止めて、ワタリアホウドリの剝製の大きさに見入っていると、背後から、あの、という控えめな声が聞こえてきた。振り向くと、私と同年代かそれより少し上ぐらいに見える女の人が立っていた。一瞬、ここしばらくの記憶を辿ってみるものの、まったく見覚えのない人だった。

「『森のめぐみ』地区で、小屋のほうの仕事をされている方ですか？」

「はい」

その通りなので、私はうなずく。しかし、どうしてそんなにすぐさまわかったのか疑問に思ったので、そのことを口にすると、ジャンパーがそちらの仕事のものなので、という答えが返ってくる。内部の人なのだろうか。

「私、二週間前までその仕事をしておりまして、今日は離職票を取りに来たんです」

ああ、と私はうなずく。だからか。前任者ならそりゃわかるよな。「順調ですか？」

私は、はい、おかげさまで、と更にうなずく。何がおかげさまなのかはよくわからないのだが、一応そう付け加える。女性は、色が白くて痩《や》せていて、どこか神経質そうな顔立ちではあるのだが、箱田さんの話から想像するような、「おかしくなった」という恐慌《きょうこう》の面影はない。まあ、丁寧に扱わないといけないかもな、と思わせる程度だ。

そこで話が終わってても良かったはずなのだが、女性は更におずおずと言葉を継いできた。

「あの……」

「ええ」

話を続けたがっているが、どう言葉にしたらよいのか迷っている様子の女性を前に、私は肩を降ろし気味にして首を傾《かし》げ、待ちますよ、という姿勢を取る。女性は、軽く首を振って、ワタリアホウドリの剝製を見た後、やがて決意したように私を正面から見て口を開く。

「おかしいことがありませんか？」

「おかしいことですか？」

あるっちゃあある。でも、二つに割れたいがの中の栗がないとか、そんな話は需要がない気がして、とりあえずそう訊《き》き返すと、女性は眉根《まゆね》を寄せて、たとえば、小屋の中に置いてあるものの位置が変わっているとか、と言う。

「いや、それはないですけど……」

「あったんです、私には。デスクの上に置いていた手鏡が、私はいつも裏を向けておくのに、見回りに出ているうちに表を向いていたりだとか、ドアの針金が巻いて出た方向とは逆だったりとか」

私は鏡は仕事用のリュックの中に入れっぱなしだわ、と思うのだが、そのことについては告げないでおく。針金を巻いた方向までは考えたことがなかったが、特に違和感を感じたことはないし、けれども、昨日コンロがあたたまっていたのは、少しだけ気になる、と思う。

「そういえば、使ってから一時間ぐらい席を外したのに、コンロがあたたまってましたね。なんか」

「コンロはちょっと、私は使わなかったんで……」

女性はうつむく。もったいない、それがあの小屋の良さじゃないか、と言いたくなるけれども、女性はもうあの小屋で働くことはないので黙っておく。

とにかく、変なことが週に一回ぐらいあって、箱田さんに相談しても、様子を見ましょうって言うばっかりでどうにもならなかったんです、と女性は続ける。ここへきての箱田さん批判は現職の私にはちょっとこたえるのだが、ふんふんと聞いておく。

「かなり不気味で、眠れなくなってしまって。それで心療内科に通うようになったんですが、ドクターストップがかかってしまいました。森もこの公園も好きだったから仕事を続けたかったんですけど」

「そうですか」

そして少し間が空いたので、次のお仕事は？　と尋ねると、わりと有名な会社の倉庫で働くという答えが返ってきた。今こうやって数分話しただけで判断するのも早計かもしれないが、辞めてからそんなに日もないのにすぐに再就職ができるというあたり、この女性は、そんなにおかしな人であったり、神経質すぎて仕事ができない人であるということもなさそうだ。

「幽霊なんじゃないかと……」

女性は、苦しげにそう言って、大林原人の像を振り返り、怯《おび》えたように体を震わせて、すぐにこちらを向く。

「はい？」

聞き捨てならない、いや、むしろ聞き捨てるべき台詞《せりふ》だとは思うのだが、私はうっかり訊き返してしまう。女性は、またちらりと大林原人の像を見遣《みや》り、やはり頭を振って、何か答えを探すかのように私の目を覗《のぞ》き込む。

「幽霊の仕業じゃないかと」

「どういった……」

「大林原人の」

骸骨《がいこつ》が、出たっていうじゃないですか？　と女性は、ぎゅっと目をつむって首を振る。本当に怖がっている、という感じがして深刻ではあるのだが、私は、ちょっと笑ってしまいそうにもなる。ワタリアホウドリの剝製から、少し離れて、私は大林原人の像をしげしげと見上げる。伸ばし放題の髪やひげ、体全体をまとう毛皮、手に持った石器などは、自分の理解が及ぶのか及ばないのか、判然としない古代の人類そのものだったが、目だけは妙に悲しげで、いろいろなままならないことを経てそこまでやってきた、と語っているように見える。仮に幽霊が女の人にいたずらを仕掛けたのであったとしても、この大林原人の幽霊ならそんなことするかなあ、と私はいったん思ったものの、いやこの像はただの想像図みたいなもんか、と考え直す。本物の大林原人は、悲しみなど意に介さない、弱肉強食を地でいく粗野そのものの人々だったかもしれない。

「どうか気を付けてください！」

女性は、私のオレンジ色の作業着の上腕にタッチしたかと思うと、回れ右をして小走りに事務室へと向かう。私は、その後ろ姿と、大林原人の像を見比べて、えー？と首を傾げる。前任者の女性に対して、要警戒を自分に強いるほどのおかしさはやはり感じなかったのだが、ちょっと夢見がちというか、神経質すぎるようなところはあるのではないかと思う。そういう人はいる。だいたい基本的にはいい人なのだが、話していいるうちに、ある特定の物事へのこだわりが見えてくる。それを他人に強いるわけでもないので無害なのだが、とにかく自分自身に関しては、誰がどう安心するような材料を持ちかけてこようと、妄想を捨てられない、というような。

私は、台車を押してカートの所に行き、新しくもらった段ボール箱を後部座席に積み込む。『大スカンジナビア展』のチケットがぎっしりと詰まっている重みがあって、単純に、暇にならなくていいな、と思う。そして台車を回れ右させて、事務室へと返却に行く。入れ替わりに、『大林大森林公園博物館』という名前が入った茶封筒を胸に抱きしめた先ほどの女性が、足早に、どこかばつが悪そうに、博物館のホールへと向かっていく。知らない人にしゃべりすぎて、またその直後にその人に会うということは、いつだって具合がよくない。幽霊がどうとかという話ならなおさらだろう。

カートを運転して、森の中の小屋へと帰りながら、私は女の人が話したことについてぼんやりと考えていた。空になった栗のいがのことが、やはり頭をよぎる。後は、コンロがあたたまっていた件だが、コンロの前に窓があるので太陽光が当たっていたためとも考えられなくもない。

小屋に帰り着いて、女の人が言っていたドアの針金とデスクの異変を思い出し、その二つの箇所を仔細《しさい》に観察してみたのだが、何も目にとまるような変化はなかった。そもそも、女の人の勘違いでなく手鏡が裏返されていたり、ドアを施錠する針金が変だったのだとしても、先日栗拾いにやってきて迷った赤いアノラックの女性がいたように、公園を訪れた人がここまでやってきて、好奇心で小屋に入って来て、手鏡をいじったり、針金を適当に巻いて帰ってしまったのかもしれない。そう考えると、女の人がうそを言っていないようにも思えるし、でも幽霊などいない、という二つの間のつじつまが合う。

あー、あー、あー、聞こえますか、どうぞ？

トランシーバーから、箱田さんの声が聞こえてくるので、聞こえます、どうぞ？と私は答える。迷子者が出たとの連絡だった。ここ数日は、一日に一人は必ず迷子になっている。それだけ広大な公園であり、森なのである。私は念のため、小屋の中を注意して眺めて、帰って来た時に変化があったら頭の中で突き合せられるように記憶する。携帯で写真に撮るというほどは徹底しなかったのは、どこか、本当に何か変なことがあったらどうしよう、という不安に対する逃げ道を作りたかったからかもしれない。

＊

めんつゆが一食分減っていた時は、さすがに私も不安に襲われた。出勤時に弁当を買う時間が惜しい時は、家にストックしてある冷凍のうどんを持って来て、めんつゆで煮てフリーズドライのネギを振りかけて食べるのだが、確かに昨日まではあと三食分残っていたはずなのに、瓶には二食分しか残っていなかった。めんつゆの瓶は、一食分ならここまで、二食分ならここまで、という目盛りが付いているので、どれだけ減っているのかがわかりやすいのだ。

私はとりあえず、調味料つながりで、小屋に持ち込んだ酢や辣油《ラーユ》やハーブソルトなどをデスクの上に並べて目を凝らしてみたのだが、何も変わったところはなかった。だから、めんつゆに関してもおそらく勘違いだろう、と思うことにしたのだが、いやでもほんとに三食分あったんだって！　と頭の中で昨日の自分が激しく反論することを止めようがなかった。

心を落ち着けるために、『大スカンジナビア展』の入場券のミシン目入れの仕事に戻ったのだが、なかなか集中できず、線が斜めになったり、刃の入りが浅かったりで、私は大きな森の小屋の中で、クーッと苛立《いらだ》って顔をしかめた。まあそんなことをしても、ここではとことん一人だ。

パンノキチップスが特価になったからいいじゃないか、と思い直そうとする。パンノキチップスは、私以外にはそんなに売れていないようで、いつの間にか半額まで値下がりしていたので、売店で見かけるたびに、大胆に三袋など購入するようになった。なので、パンノキの茂みに辿り着く必要もなくなったのだが、地図の作成にも慣れてきて、この一帯は栗の木、ここは柿《かき》の木、などと白い部分を埋めていくうちに、パンノキの茂みについてもどうしても書き込みたくなったため、この数日は、趣味ではなく仕事としてパンノキの茂みを探している。しかし、まだ見つけられていないのだ。いつも、立て札のところまでは簡単に行けるのに、立て札の指示の通り歩いてみても、栗、柿というおなじみの果樹があるばかりで、パンノキの茂みは見つからない。見つけられない、という話は、最初は箱田さんにするようにしていたが、そのたびに律儀《りちぎ》に立て札を見に行こうとするため、腰の悪い箱田さんにこれ以上立て札をどうにかしてもらうのも、と考え、もはやパンノキの茂みを見つけられないことは報告しないようになった。

地図の作成は、午前と午後の見回りをしながら、少しずつ進めていた。カングレーホ大林のグッズは、ウインドブレーカーとタオル以外に、ボロボロのフラッグとマフラーが木に引っ掛かっているのが見つかった。それだけの物品が森の中に残されているというのなら、カングレーホ大林と関係のないものがあってもおかしくないと思うのだが、なぜか見つかるのはカングレーホ関連のものばかりで、しかもマフラーには、か。そんなにイサギレの名前が記されていた。なぜイサギレのものだけが見つかるのか。そんなにイサギレのグッズって売れたのか？　と私は、数人のサッカーに詳しい人、詳しくない人に尋ねたのだが、うーん、イサギレは上手だし諦《あきら》めないし献身的で好かれてたけど、それよりぜんぜん人気があるイケメンの選手もいるし、という答えが返ってきたり、ていうかそれ、人？　とすげなく訊き返されたりした。バスクの苗《みょう》字《じ》のイサギレという語感は、それだけ未知のものなのだ。

フラッグの見つかった一帯にはアーモンドの木、マフラーが引っ掛かっていた周辺にはイチジクの木があった。フラッグやイサギレのマフラーについて、写真を撮って箱田さんに報告すると、へー、そんなとこにまで引っ掛かってるやつは知らんかった、と感心していた。回収して、博物館に預けますか？　ときくと、いやーそこまではええでしょ、と私が撮影してきた写真を見て箱田さんは答えた。

「あれだけ果樹あるんなら、木々の世話をしている人たちもいらっしゃるでしょうし、彼らの邪魔にはならないんでしょうか？」

「そらそういう方々もいはりますけど、外注の業者さんやからあんまり来ませんし、基本的にはあんまり手えかけんと野生で育つもんを植えてますし、彼らには、森での拾得物についての判断はできんことになってるんですよねえ」

どちらにしろ、箱田さんの胸一つで、森に点在しているカングレーホ関連の物品の行く末は決まるようだ。

「まあ、衣料を置いといたらね、目印にもなるし。あなたが小屋で仕事をしていて、イチジク食べたなったな、と思ったら取りに行けるでしょ」

「それはそうですね」

同意していいのかよくわからないのだが、箱田さんにはごく自然なことであるようなので私はうなずく。

「うちの公園のイチジクは、六、七月に収穫できるやつと、八月から十月に収穫できるやつの両方がありますからね」

そう言って箱田さんは、やや胸を張った。やはり、この公園が好きなんだなこの人は、と私は思った。

コルドビカ・イサギレに関する事象は、帰りの駅でも見つかった。大林大森林公園に乗り入れているモノレールの会社が発行している『ODPマガジン』という月二回発行のフリーペーパーで、沿線のグルメや大林大森林公園内の博物館での催しについての記事が主なのだが、カングレーホ大林についてもときどき掲載されている。私がその日目にした最新号の表紙には、柿の木の写真の下部に、でかでかと、「コルドビカ・イサギレ選手ロングインタビュー（前）」という文句が躍っていた。ちなみに、フリーペーパーの編集のクレジットに『はなばたけ　アド』とあって私はびっくりした。バスのアナウンスを作る仕事をしていた時の、十歳は年下と思われる先輩だった江里口さんが今いる事務所だ。

ただその日は、そのフリーペーパーを帰りの電車で読むことはなかった。迷子者が三人も出たので、すごく忙しかったのだ。あと、結婚指輪を衝動的に森の中に埋めたのだが、やっぱり取り戻したいので一緒に探してほしい、という男性に付き合ったりもして、くたくただった。箱田さんにその話をすると、そういう人はけっこうおりますよ、とのことだった。ごみ箱にも捨てられず、売りにも出せず、完全に手放す決意も持てないまま、森に隠しに来るのだという。俺の老後にはあいつが必要だとわかったんです、という、私より二つ三つ年上に見える男性の話にうなずいてやりながら、何もない日の、ただひたすら『大スカンジナビア展』のチケットを作るだけの仕事をしている状態が恋しかった。

次の日、改めてフリーペーパーを小屋に持ち込み、森の静寂の中、イサギレのインタビューを熟読した。取材・文のクレジットに、やはり「江里口麻理《まり》」という名前があって、あの人麻理っていう名前だったっけ……、と私は感慨深く、いつも冷静だった江里口さんの面差しを思い起こした。

　インタビューの中身は、そんなに変わったものではなかったと思う。めぼしい情報は、降格からの半年間、スペインに帰っていたのは、父親への骨髄移植をするためであること、クラブに属さずに父親の看病をしていた時期は、気晴らしも兼ねて地元のチームの協力を得て追い込んだトレーニングに励んでいたこと、自分は同じバスク人のザビエルだけでなく大昔のことにも興味があるのでぜひ大林原人に会いたいということなどだった。すべてが大作りなイサギレの笑顔は、相変わらず罪がなかったが、父親の大病を乗り越えて、私が覚えている顔よりは大人になったように思えた。

　インタビューを読み終えると、私は見回りに出ることにした。そこでまた、指輪を捨てて取り戻しに来たあの男性に出くわし、やはり指輪を埋めることにした、という話を三十分ほど聞かされた。妻に、「俺の老後にはおまえが必要だ」と告げると、無言で首を振って家を出て行ったのだという。何か言えよって思いません？　と男性に言われて、私は答えに窮した。男性は一応来園者であり、お客という扱いでもあるので、じゃあもういっそ売るか捨てるかしたらいいじゃないですか、という言葉は呑《の》み込み、また掘り出す時の目印にこちらでも、と森で迷わないためにいつも地面に差している札を渡した。男性は、まあ、くれるんならもらってもいいですけど、と油性ペンで札に「指輪」と書いて、埋めたところに差した。

あくびを噛《か》み殺しながら、その男性と話していると、無性にイサギレの記事を読み返したくなった。べたかもしれないが、骨髄移植をしたのだという部分を。単純に、えらいな、と思った。

男性をカートに乗せて、森のはずれの本部まで送り届けて、また小屋に帰ると、私はめんつゆの件に続く明らかな異変を発見した。デスクの上のフリーペーパーが、イサギレのインタビューのページを開いていたのだ。確かに閉じたぞそれ、と私は思った。小屋の窓は閉めてあるので、風が入ってくるということもない。

私は、小屋から飛び出して周囲を見渡した。危ないからそんなことすべきじゃなかった、と今は思うけれども、とにかくその時は、背中や脇《わき》や足の裏に冷や汗をかきながら、そうせずにはいられなかった。がさがさという、足音のようなものが遠ざかっていくのが聞こえて、私はそちらの方向に目を凝らした。大きなコートを身にまとった人影のようなものが、柿の木の間を走り抜けていくのが見えたような気がした。私は、全身から血の気が引くのを感じた。

＊

　フリーペーパーと走り去る影の件について箱田さんに相談すると、『森のめぐみ』地区には鹿《しか》がいますよたまに、人間嫌いなんかしてすごい逃げますけど、と箱田さんは言った。聞いてませんよ、鹿がいるなんて、パンフレットにも書いてませんよ、とちょっと食って掛かるような口調で詰め寄ってしまうと、箱田さんは、いやいや落ち着いて、という感じで手を振って、声をひそめる。

「これはオフレコなんですけど」あなたオフレコ多いな！　と私は即座に言いそうになってなんとか口をつぐむ。「公園のねえ、動物園のほうから前に小鹿が逃げ出して、見つかってないんですわ。で、それが『森のめぐみ』地区までやってきて、そのまま適応したっていいますね」

「捕獲しないんですか？」

「だって、かわいそうでしょ？」箱田さんはそう言って、まったく悪びれない様子で肩をすくめる。「今のところ、被害の報告もないし、そんなにむきになることはないわーって公園内の話し合いでも決まりましたし」

鹿のＱＯＬを優先させてやりましょって、と箱田さんはなかなか難しいことを言う。クオリティ・オブ・ライフのことなのだが、とはいえずぼらな公園だなあ、と私は思う。そしてだんだん、この公園は、隅々まで係の人が巡回している管理の行き届いた公園という考え方ではなく、セレンゲティ国立公園とか、ヨセミテ国立公園みたいな、公園なのか自然そのものなのかあいまいな施設だと考えたほうがよいのではないか、という思いつきに至る。

「でもね、フリーペーパーがめくられていた件についてはどう思われます？」

「うーん、風でしょ？」

「窓は閉めてましたよ」

「隙間風《すきまかぜ》が入るんですようあの小屋は。私もあそこで勤務してたことがあるんでわかりますう」箱田さんは、寒い寒いとでも言いたげに腕を組む。「それに、読んではったのは『ＯＤＰマガジン』でしょ？　あれめっちゃ軽いやないですか。私も好きなんでよう読んでますけど、うちの家のふすまが閉まる時に出るぐらいの風で飛んでったことありますよ」

箱田さんの妙にリアリティのある話に、私はたじたじとなる。箱田さんは悪い人ではないし、むしろいい人だと思う。仕事を愛しているしこの公園を愛している。でも手強《てごわ》い。

「安心して働いてください！」

そう言って箱田さんはサムズアップする。私も思わず、お、おう、と言いながら親指を立てかけるのだが、さすがにそこまでお人好《ひとよ》しでもないので、何かあったら今度はトランシーバーで連絡しますからね！　と釘《くぎ》を刺すにとどめる。箱田さんは、それはどんとこいですわ！　と腹を叩《たた》く。

何なのだこのやりとりは。言葉の上ではゆるゆるなのだが、私と箱田さんの間には、一種の強烈な緊張状態があったと思う。私は箱田さんに負けたのだ。

肌寒いような敗北感に軽く打ちひしがれながら、オレンジ色の作業着の前を閉めて本部の建物を出ようとすると、工藤さんが私について早足で外に出てきて、札の注文されたやつ、すごく早く来たんでお渡しします、と私に園芸の通販サイトの名前が入った段ボール箱を持ってきてくれた。森の中を歩くことにも慣れてきて、だんだん自分が地面に差して歩いている札が真っ白なのが気に掛かるようになってきたので、もっと自然な色の札はないか、そのほうが入園者さんも違和感を感じたりせずにいいと思うのだが、と提案すると、木製の札があるのでそれにしましょ、と箱田さんが決定してくれたのだった。そのへんはいい人なので、評価に困るところなのだ。

「鹿の件、笑っちゃいますよね」

工藤さんはそう言いながら、私のカートの後部座席に新しい札の詰まった箱を置いてくれる。

「なんかこの公園はほんとにいろいろゆるいですねえ」

私が言うと、工藤さんは、肩を上げて愉快そうにひひっと笑った。

「動物園とこの地区は折り合いが悪いんですよね」他の人には言わないでくださいね、と工藤さんは口の前で人差し指を立てる。「箱田さんと動物園の園長は、園長が先輩で箱田さんはその一個下なんですけど、入社した時に箱田さんはけっこうきつくやられたって」

「何年前の話なんですかそれ?」

「どうだろ、四十年は前じゃないかな」

四十年前の遺恨を引きずるか……、わからなくもないけど……、と気が遠くなっていると、工藤さんは、箱田さんは博物館の館長とは仲いいんですけどね、と付け加える。館長は、箱田さんの一つ後輩らしい。そういう話を、箱田さんは工藤さんがこの公園に入社して初めての忘年会で、しみじみ話していたという。

工藤さんにも、フリーペーパーと人影の件について話してみると、人影のようなものについては、鹿ではなくとも入園者さんかもしれないし、何とも言えないのだが、フリーペーパーの件は変ですね、とのことだった。

「だって、風のしわざなら冊子ごと飛んでいきません？　ページをめくるぐらいの吹き方をしたとしても、イサギレのページでとまるのは変ですよ。あれ、最後のへんだもの」

「そうですよねえ」

冊子についてお詳しいですね、と言うと、工藤さんは、私カングレーホのサポーターなんで、毎号読んでるんですよ、選手のインタビューが載ってるから、とちょっと目を輝かせる。

「センターバックの百合岡《ゆりおか》がね、U21の試合で頭から血を流しながらヘディングでゴールしたことがあって、それを見てファンになって、それが高三の秋のことで、そのままここに就職を決めました」

「へえ、そうなんですか」

カングレーホ大林のサポーターなら、隣接するこの公園では働きがいがあるだろう。私は、百合岡純《じゅん》というその選手については見たことも聞いたこともなかったが、丸坊《まるぼう》主《ず》で体がでかく、テクニックはないがとにかく根性のある男だ、と工藤さんは説明した。

「選手がこっち来てくれるかなあ、とか思うんですけどそれはさすがにないですね。こんなでかい公園来てる暇なんてないだろうし」

誰か迷い込んできたってなったらイサギレだったりするしなあ、と工藤さんは言って、いや、イサギレで損したとかじゃなくて、イサギレも大好きだけど、百合岡だったらもっといいなあ、っていう、となぜか焦《あせ》って付け加える。べつに私はなにも咎《とが》めてはいないのだが、百合岡ではなくイサギレが公園に迷い込んできたという話は、工藤さんの中でバランスを取りたい物事であるようだ。

「私はぜんぜんサッカーのことを知らないんですが、コルドビカ・イサギレは、カングレーホ大林の降格と同時に、契約更新せずにいったんスペインに帰って、それから半年後に、降格している状態のチームと再び契約を結んで戻ってきたんですよね」

私は、タオルとマフラーが両方ともイサギレのものだったことを思い出しながら、工藤さんに尋ねる。それが、前任者が大林原人の幽霊を恐れていたことや、今回における人なのか鹿なのかよくわからないものが走り去っていった件と関係がある確信はなかったけれども、フリーペーパーの開いていたページもイサギレだったということで、やはり気になったのだった。とはいえ、あの無害そうな笑顔のイサギレが、それらの件にどう関わっているかは皆目見当がつかなかったのだが。

「そのとおりです。最初の一か月は試合勘が戻らなくて、ベンチスタートばっかりだったんですけど、その後79分の交代で出た試合で、けっこうすごいフリーキックを決めて、それでなんか摑んだのか、スタメンに復帰して、何点決めたのかな。リーグでは四番目ぐらいの得点でした。半年分の集計でそれなんで、大したもんです」

「サポーターの間ではどう言われていますか？」

「好かれてますよ。無駄な動きもけっこうあるから、三十前なのにまだ完成が見えずに試行錯誤してるとは言われてるけど、試合がどんな状態の時でも諦めないし。でも、降格と同時にスペインに帰っちゃった件については、事情を勘違いしてた人も多くて。私は会う人会う人に、あれはお父さんが病気だったからって説明してたんですけど。あのことで、スタジアムに来なくなった人も知ってます。ほんとにイサギレが大好きだったのに、サポ自体やめちゃって連絡も取れなくなっちゃって」

「すごく影響力のある選手なんですね」

「いやいや、そこまでになっちゃったのはその人だけですよ、さすがに」

どんな人ですか？　と一応尋ねておくと、工藤さんは、隣の市に住んでいる三十代半ばぐらいの男の人で、と説明してくれた。

「仕事がすごく大変なんですって。具体的に何してる人かまではわかんなかったんですけど、感情労働？　って言葉をよく言ってたかな。でもイサギレがアホみたいにゴール前であの手この手で攻めてるところを見ると、元気が出るんですって」

イサギレは十分説明せずに帰っちゃったんで、直後にはその情報が出ず、帰国からだいぶ経《た》ってから地元の新聞の取材に応《こた》えて、それがこっちにも伝わってきて、なんで帰ったかがわかったんですよね、だから、その話がリリースされるまでの三か月間はサポの中では裏切り者扱いでした、と工藤さんは続ける。

カングレーホ大林の話だったが、さすがに話しすぎたと思ったのか、これからいくらでもしてくれそうな工藤さんだったが、さすがに話しすぎたと思ったのか、時計を見て、すみません、カングレーホの話ばっかり、と我に返った様子で本部に戻って行った。私が、またいろいろ教えてください、と言うと、工藤さんはうなずいて手を振った。

カートで小屋に帰った後、私はとりあえず、工藤さんに聞いてきたコルドビカ・イサギレに関するいくつかのことをメモする。一枚の紙には、父親のことやプレースタイルといったイサギレ自身に関すること、もう一枚の紙には、サポーターをやめた人がいることと、タオルやマフラーが森で見つかっただとか、インタビューのページが開いていたという、イサギレの周辺に関すること。私はその二枚をデスクの上に置いてしばらく考えてみたのだが、イサギレに関する情報が点在しているわりに、それらをつなぐものは見えてこなかった。いや、もともとつながりなんてないのかもしれないし、つながっていたところでどうということもないのかもしれないが。

窓の外に目を向けてみたが、もちろんこの静かな森で、身動きをするものは、誰も何もなかった。私は釈然としない気持ちで、でもこのところずっとそうだな、と思いながら、工藤さんが渡してくれた木製の札の入った箱を開封し始めた。

*

その後は、また仕事を始めた頃と同じように平穏な日々が続いていた。調味料の何かが減っているわけでもないし、小屋の中に置いたものが動いているわけでもないし、ドアを施錠する針金の向きがおかしかったということもないし、誰かや何かが小屋から逃げていくわけでもない。やはり、さまざまなあやしい事象については、すべて私の思いすごしだったのかもしれない。

迷わないために地面に差していた白い札を、目立たない木の札に差し替える作業も順調だった。森の中でぱっと全体像を見た時に、私が当初差して回っていた白い札は、茶色い地面にできた白いシミのように見えるようなところもあったのだが、新たに入手した木の札にすると、以前よりも森の中の風景が自然になったように感じられた。白い札を差していた時よりは、札の場所を拾いにくくなったけれども、さすがに小屋の周辺に関しては、いちいち札を見なくても動けるようにはなっていたので、問題はなかった。

いろいろと穏やかではあったが、パンノキの茂みには相変わらずたどり着けなかった。もう諦めかかっていたので、どうでもいいといえばよかったのだが、立て札の根元には、引っこ抜いて向きを変えたような土の盛り上がりがあるのが気になった。けれどもそれは、箱田さんがやってきて、箱田さん自身の感覚として正しく向きを変えた時にできたものかもしれないので、特に報告はしなかった。

『大スカンジナビア展』のチケットのミシン目入れと同時に、地図の作成も進んでいて、初日に箱田さんからもらった地図は八割方埋まっていた。『森のめぐみ』地区の、具体的にどこに栗《くり》や柿やアーモンドやイチジクがあるのかが判明し、母親に、イチジクをもらってきてくれなどと頼まれようものなら、一つ二つはもいで迷わずに小屋に帰ることもできるようになった。箱田さんの予想以上に、地図の作成は進んでいるらしく、いやー、できはる人が入って私らも鼻が高いですわー、などと言う。お世辞なんだろうと毎回鼻白もうとするのだが、他の二人に声をかけて、地図の具体的にここところがいい、などと話しているところを見かけると、本心で言ってくれているのかもしれない。地図を指差しながら、より具体的にここはどうなっていたのか、という話を求める箱田さんの様子を見ていると、箱田さん自身が本当は地図を埋めたいのだろうけれども、腰が痛くてそうもできないのだろう、とも思う。私も人がよくてばかな感じなのだが、箱田さんがどれだけ押しても引いても私の話を聞き入れてくれずうまくいかないことがあっても、でもこの人はこの仕事がすごく好きだし、体も悪いからなあ、と差し引いて見てしまうようになっていた。私自身においては、この仕事に関してはそこそこという程度の好きだったけれども、やはり情熱的に誇りを持って仕事に取り組んでいる人間に対しては、どうしても無条件に敬意を持ってしまう。そういう気持ちが、働いていく上での自分を苦しめることがあるのは重々わかっているつもりなのだが。

その頃からか、私は自分の前の仕事に関してよく考えるようになった。またああいうことをやれるとは到底思わないのだが、辞めた当初ほどの、もう二度と仕事なんかしたくないんだ、特にこんなたぐいのは、という頑《かたく》なさが、体から消えている感触は覚えるようになった。

森の中で、再びそこにはありえない物を見つけたのも、そのぐらいの頃合いだった。ただし今度は、ウインドブレーカーやマフラーやタオルといった、カングレーホ大林関連のものではなく、新書だった。タイトルは『ケアの解体と再構築』という本で、私が力の限りジャンプしたら何とか手が届きそうなぐらいの高さの枝に、伏せられた状態で引っ掛かっていた。何の偶然なのか、読んではいないが、私もタイトルを知っている本だった。最初の仕事での同僚に勧められたこともある。おととし出た本で、世間的にはさっぱり売れた様子はなかったが、私と同じ仕事をしている仲間内ではそこそこ話題になった。本は、見上げて確認する限りでは、カバーが波打ち、付箋《ふせん》がたくさん立てられていて、かなり読み込まれている様子だった。また周囲に何かあるんじゃないかと見回すと、そのあたりの木の根元には、しいたけがたくさん自生していた。私は、地図を出して、空白部分に、「シイの木、しいたけ（新書）」と書き込む。

そのまま帰ってもよかったのだが、何かもう少しでまとまった考えに到達できそうな感触がしたので、私は森の中で棒立ちになったまま、じっと頭を働かせ続ける。今まではアパレルやフラッグといったカングレーホ大林が売っているグッズで、今度は本だったが、森の中で見つかる一連の遺留品の一つであることは間違いない。私は自作の地図を開いて、今までカングレーホ大林のグッズが発見された場所を一つ一つ確認する。そして最後に、先ほど書き込んだ、「シイの木、しいたけ（新書）」という部分を見て、遺留品が見つかる場所には、必ず何か食べられるものが自生しているということに気が付く。

私は、すでに八割方が書き込まれた地図全体を眺めながら、最後の余白である、小屋の北東部分を凝視する。まだ辿《たど》り着いていないこの部分に、いったい何があるのか。カングレーホ大林が売っているさまざまなグッズの中で、コルドビカ・イサギレ関連のものばかりが見つかることと、『ケアの解体と再構築』という新書、そしてそれらが必ず食べられるものの近くで見つかるということに、何か意味はあるのか。

さらに言うなら、大林原人の幽霊か、動物園から迷い込んだ鹿かという、森の中の影が、グッズや本と何らかの関係があるのか？

私は、リュックの中から水筒を出して、ごぼう茶を少し口に含み、地図の最後の部分に向かって歩く。ひとりでに、と言ってもよかった。箱田さん、いや、せめて工藤さんか野島さんを伴うべきなのではないか、と自分の冷静な部分が何度か引き留めようとしたが、そこに何があるのか確かめておきたい、という気持ちが先行した。

慎重に足元に札を差しながら、私は次第に新書が引っ掛かった木から離れていく。シイの木の一帯を抜け出し、森が中庭のように途切れる場所に出る。大林大森林公園の北東の隅と思われるそこには、大人二人分ぐらいの背丈の岩山があり、その近くには、苔《こけ》むした切り株と、石で丸く囲まれたオブジェのようなものがある。かすかにきな臭さが漂ってくるので、見に行くと、たき火の痕跡《こんせき》のような、黒く焼けた枝のようなものが石で囲まれた中に敷き詰められていた。

岩山は、外からぱっと見ただけではわからないが、重なり合った岩の間には隙間があり、中は空洞になっているようだ。足を踏み入れると、三十六歳中肉中背の女である私が、頭を気にしながら入り込める程度の空間が現れる。広さは、四畳半かもう少し狭いぐらいだ。天井の方の岩と岩の間からは、光が差し込み、私の足元に敷かれたビニールシートを照らす。光線がまっすぐに落ちる場所には、栗の皮が無数に落ちている。全体的に湿った空気の底からは、確かに何か懐《なつ》かしくて甘い、焼いた栗の匂《にお》いが漂ってくるような気がする。栗の皮から横に視線をずらすと、そこには、ネットで何度も検索したパンノキの実が積まれている。

私は、その場で胃液を吐き出しそうなほど緊張しながら、体の震えを押さえていったんは外に出る。視界に入ったたき火の跡をじっと眺めていると、隅っこに小さなしいたけが転がっている。なんだかもう、焼いたしいたけをめんつゆで食べたような味が、強烈に舌の奥に湧《わ》き上がるような感じがしてくる。

原人ではない。人間がいるのである。そいつはどうやら、栗やパンノキの実を採集し、食べ物のある場所の目印にカングレーホ大林のグッズ等を利用し、しいたけを焼いて食う。私は、畏《おそ》れのような、怒りのような、両者が入り混じったような、いいかげんにしろというような、しかし感心もするような、呆《あき》れたような、しかしやはり怖いような、もうこの件には関わらないでおこうというような、さまざまな色合いの感情が入り混じったどす緑色といった気分で、岩山を後にする。

なんということだ。

私は、なんだかよくわからないが地面を強く蹴《け》り、とりあえず今日はしいたけを持てるだけむしって帰ろう、と決める。木々の間を、影が横切って遠ざかっていく気配がした。今度は何がそうしたかわかった。はっきりと見えた。鹿だった。

＊

――イサギレ選手には、スペイン国内や日本の他のクラブからもオファーがあったとのことですが、カングレーホ大林を再び選ばれたのはなぜでしょうか？

『それはもちろん、やり残したことがあるからだね。僕の力が足りずに、カングレーホは降格の憂《う》き目に遭った。運悪くそれに父の病気が重なったことによって、僕は帰国することになったけれども、向こうでずっと考えていたんだ。一刻も早くカングレーホに戻れるものなら戻りたいってね』

――スペインでプレーするというのは、まだ考えられませんか？

『いや、ときどきは、もう地元に腰を落ち着けたいとも考えるよ。けれども、今のところはよその国を見ておきたいなと思うんだ。僕は家族や昔からの友人たちが大好きだから、長期間一緒にいてしまうと、二度と外に出たくなくなってしまうような気がしてね。でもそうなるのは、もう少し先でも遅くない』

――その選択が功を奏して、昇格の原動力となられましたね。

『そう言ってもらえるのはありがたいことだね。でもチームの力だよ。僕がいたのは最後の数か月だけだから。それで少しでも力添えができたのならうれしい』

――大林大森林公園も、あなたの帰還を歓迎していますよ。

『それはうれしい（笑）。公園も博物館も僕は好きでね、大林原人の模型なんかは出来がいいから、何度見ても飽きない。最近、ＤＦの百合岡の家族や親戚《しんせき》と一緒に味覚狩りに行ったんだよ。百合岡自身はその日風邪をひいてて来られなかったんだけど（笑）。しかもお母さんが森で迷ってしまった（笑）。僕も公園で迷ったことがあるし、改めて偉大さを感じるね。次は博物館でスカンジナビアについての大きな展示があるんだよね？　とても楽しみだ。見に行くよ』

（『ＯＤＰマガジン』ｖｏｌ．20より）

仕事の帰り、おみやげのしいたけと柿を手に、アホウドリ号に乗って『はなばたけアド』の江里口さんを訪ねた。江里口さんは、相変わらず落ち着いた様子で仕事をしていて、髪を切られたんですね、一瞬わかりませんでした、と言いながらも、紅茶やお菓子を出してくれたり、一緒に働いている人たちに私を紹介してくれたり、思ったより喜んでくれているようだった。バスの会社で働いていた頃、私は十歳は年下の江里口さんに迷惑をかけてばかりだったので、一人の親しい人間として扱ってもらえることがとてもうれしかった。

いくつかの世間話の後、コルドビカ・イサギレにインタビューをされた件なんですけど、と私が切り出すと、江里口さんは、ああ、すごくいい人でしたよ、とすぐに答えた。

「イサギレ選手のファンなんですか？」

「いや、私は違うんですけど、知り合いがすごく好きみたいなんですよ。江里口さんのインタビューも喜んで読んでました」

　私が知っているイサギレを好きな人物は、厳密には知り合いではないのだが、小屋に私が持ち込んだ『ＯＤＰマガジン』のインタビューについては喜んで読んだと思われる。

「そうですか。そんなにお好きでしたら、黙っておいていただけるんならオフショットをプリントしてお渡ししたりもできますよ」

　江里口さんは、自分のデスクの端に置いてあったデジカメを持って来て、私にモニタを示してくれる。ネルシャツに袖《そで》なしのパーカ姿のイサギレと、オレンジ色のカングレーホのユニフォーム姿のイサギレがそれぞれ十数枚ずつぐらい写っている。ネルシャツのほうは、インタビューの前編では使われていなかったので、いつ撮影したのか尋ねると、インタビューの時にユニフォームと私服の両方で撮りました、と江里口さんは答える。

「あさって配布予定の後編で、私服のを使います。ＺＡＲＡで買ったそうです」

「ああスペインのブランドだから」

「そういう意味でも日本には居やすいって言ってました」

　私は、イサギレの私服を眺めながら、ちょっとこういうのを求めているんではないかもなあ、と思う。まあ貴重ではあるんだけれども。

「あの、インタビューの後編の掲載されている冊子を分けていただくわけにはいかないでしょうか？」

「いいですよ、見本がありますんで」

そう言いながら、江里口さんは奥の部屋から、冊子を二部持って来てくれた。一部で大丈夫なんですが、いいんですか？　と訊《き》くと、いいですよ、と言われた。

「バス特集で、けっこういい号なんですよ。アホウドリ号について取材に行って」そう言いながら、江里口さんは、アホウドリ号が循環している区域のグルメについて取り上げたページを見せてくれる。「極東フラメンコセンターが本格的にカフェを始めたりとかね」

極東フラメンコセンターの職員さんは、イサギレのインタビューの通訳にも入ってくれたらしい。冊子に掲載されているチュロスやバスク風ロールケーキの写真は、かなりよく撮れていておいしそうだった。今度行きましょうよ、と私が言うと、そうですね、と江里口さんは答えてくれた。その日私と江里口さんは、電話番号とメールアドレスを交換して別れた。

次の日、カートで小屋に出勤してからすぐに、ほぼ完成した地図と足元の木の札を頼りに、『ケアの解体と再構築』が引っ掛けられている木の所に行って、根元に、江里口さんからもらった『ODPマガジン』を置いた。風で飛んでいかないように、表紙の上に石も置いた。さりげなく、「コルドビカ・イサギレ選手ロングインタビュー（後）」という見出しが目立つように設置し、私は足早にその場を立ち去った。

その日は、仕事以外のことで忙しく働いた。これも普段、小屋で真面目《まじめ》に『大スカンジナビア展』のミシン目入れに励んでいるからと自分に言い聞かせつつ、私は博物館に出かけた。

誰かが森の奥に住んでいるということを、箱田さんに報告するかどうかについてはかなり迷ったのだが、とりあえず、確信が持てるまではよしておこう、と思った。あんまり大騒ぎになって、先にその誰かに知れて、公園の別の場所に移動されても手間だろうというのもあった。そうやって判断を下す自分は冷酷なのか、ただ仕事熱心なだけなのかと考えたけれども、答えは出なかった。ただ、私のめんつゆを使ったり、イサギレの記事を読みたがったりすることを考えると、その人物は、そろそろ下界に帰りたがっているのではないかという予感もした。

博物館では、まず受付の土屋《つちや》さんという女性に、公園内でのなくし物の担当者さんはいますかということを尋ね、自分ですが、という返答を得ると、行方不明者の問い合わせはありませんか？　ということについて尋ねた。

「つまり迷子のことですよね？」

けげんそうな顔をする土屋さんに、まあ、そうなりますね、とうなずいてみせると、地域の警察から定期的に連絡は来ますが、基本的には捜せていますよ、いくらこの公園が広いとはいえ、と言いながら、ファイルを持って来てくれる。

「去年のカングレーホ大林の降格時に、大量に迷子者が出たんですけど、全員家に帰したはずですし。ショックで迷い込んでこられたんですよ、最終節まで競って、得失点差で降格しちゃったから、大丈夫だろうと思ってる人も多かったみたいで」

寒いのに芝生で泥酔して全裸で寝てて、病院に担《かつ》ぎ込まれた人もいました、と土屋さんは首を振りながら、ファイルを開いて、私の問い合わせに関する該当のページを探す。

「ありました。でも、公園内に限ったことじゃなくて、この地域全体の行方不明者ってことだと思いますけど」

土屋さんは、私が読めるようにファイルを回して見せてくれる。四人ほどの人物について、一般的な「尋ね人」の貼《は》り紙のような情報が記されている。なんとなく、見るのに覚悟がいる書類だったのだが、従業員に月の売り上げを持ち逃げされたとか、結婚の約束をしていたのに女にだまされたとか、離婚した元夫に養育費を追加で請求したらいなくなったとか、かなり深刻ではあるのだが、心底見るのがつらくなるようなものはなくて、少しだけ安堵《あんど》した。

どの人間にも可能性がある、と思いながら、最後のページをめくると、隣の市の老人保健施設からの尋ね人の依頼だという人物についての記述があった。菅井吉秋《すがいよしあき》氏は三十六歳、その施設に勤務する医療ソーシャルワーカーだという。独身で、沖縄の実家とは断絶状態であるため、届け出が遅れた、と備考欄に書いてある。菅井吉秋氏は、行方不明になる最後の数日は、明らかに様子がおかしく、怒りっぽくなったり、突然涙ぐんだりしていたらしい。職場では、係の主任という責任ある立場で、常に利用者や家族、後輩たちの悩みを一手に引き受けていた。大きなストレスを抱えているようだったが、自分が問題を抱えている人の話に耳を傾けるという立場上、その詳細については誰にも語ることがなかった。菅井氏は去年の三月に、突然職場に出勤しなくなり、自宅にも帰っている様子がないため、職場から捜索願が出されたという。

『ケアの解体と再構築』が木の枝に引っ掛かっていた様子が、鮮明に頭の裏をよぎる。

そして私は、工藤さんの話を思い出す。イサギレがスペインに帰ってからサポーターをやめ、連絡が取れなくなった、という人。それは、単にカングレーホ大林の応援ともう関わりたくないということ以上に、物理的に文化的な生活をやめてしまったからなのではないか。

　老人保健施設の電話番号を控え、私は土屋さんに礼を言って、博物館を出てその裏手に回る。大林原人の発掘現場と、そのせいで増築作業が止まっている工事現場を見比べながら、私は菅井吉秋氏が在籍していた老人保健施設の代表番号に電話をかける。

　どう名乗るかについては迷ったのだが、大林大森林公園の森林エリアで働いている者ですが、とややぼかして告げる。大林大森林公園には、『森のめぐみ』地区以外に五つの森林エリアがある。菅井吉秋さんについて、話ができる方はいらっしゃいませんか？　と尋ねると、菅井氏がいた部署の後輩という人に代わってくれた。

　アダチさんという女性が出てきて、安いに上達の達で安達です、とわかりやすく説明した。そして、菅井主任について何か続報があったんですか？　と少し震える声で問うてくる。いや、はっきりとはわからないんですけれども、手掛かりが見つかって、と私は言葉を選びながら続ける。

「菅井さんの持ち物と思われるものなんですけれども、心当たりをおたずねしてよろしいですか？」

「はい」

「まず『ケアの解体と再構築』という本なんですけれども」

「知ってます。主任から一年半前ぐらいに借りました」

安達さんは、二度「主任」という言葉を口にした後に、ああでも今は私が主任なんだった、と呟《つぶや》く。

「あと、カングレーホ大林の、コルドビカ・イサギレのタオルや、ウインドブレーカーなどのアパレルグッズなんですけれども」

大林？　いさ、いさぎ？　魚の？　と安達さんは訊き返してくる。私以上にサッカーに興味のない人のようだが、少し考えて、そういえば毎週のように、ゴール裏に行くんだ、というようなことを、言っていたような、と続ける。

「それでも、出勤した職員が何か相談したいことがあったら、必ず電話に出てくれたし、家への帰りに施設に寄ってくれたりもしましたけれども」

安達さんの隣には誰かがいるのか、え、イサギレ？　何？　アシダ君一緒に行ったことあるの？　ヒロカワさんも？　と、尋ねる声が聞こえてくる。

「あ、ヒロカワさんが何か言いたいことがあるみたいなんで、代わりますね」

と安達さんが告げたかと思うと、ごそごそと受話器を誰かに手渡す音がする。次に出た女性は、ヒロカワです、広いに黄河の河です、と説明する。この施設の慣習なのだろうか。

「菅井さんを絶対捜し出してください」

いい人なんで、という男の人の声も聞こえる。こちらはアシダ君という人だろう。

「あの、生きてますよね？　ね？」

という広河さんの声は、控えめながら不安をにじませている。私は、菅井氏という人物が、かなり職場では慕われているんだということを直感する。その上で、その失踪《しっそう》が、表面上は職場の人々の努力もあって、さざ波のようでありながらも、実は根深い恐慌《きょうこう》を引き起こしていそうだということに、なんだか腹も立ってくる。あんた何をしてるんだ菅井、と思う。知らない人間なのに。

まだ確証はないのですが、持ち物に対するご確認を感謝いたします、と告げる。受話器は再び安達さんに戻り、いろいろお考えがあると思いますが、とにかく私たち係の者は待ってますから、と菅井さんにお伝えください、とことづけられる。わかりました、それでは続報が入り次第お知らせしますね、と私は通話を切る。

大林原人は、森の奥の岩穴に住む人物であり、それが菅井吉秋氏であるというのは、どれだけ慎重に見積もっても、七割方は確実と思われた。

博物館の裏手から出て、どれ、菅井は罠《わな》にかかっているかな、と江里口さんからもらったイサギレのインタビューの後編が掲載された『ODPマガジン』を置いた場所を森の中に確認に行くと、やはりなくなっている。

そうなのだよ、と私は首を振りながら、今日明日にでも先日発見した住居へと再び確実に辿り着くために、前回よりもより密に木の札を地面に差していく。そうなのだよ、菅井さん、コルドビカ・イサギレは帰ってきて、カングレーホ大林は無事昇格したのだよ。

それどころか、イサギレは百合岡の家族とともにこの森に来たのだよ、などと思いながら、私は淡々と住居への道筋を木の札で補強し、直前で小屋へと引き返す。

この状況で、自分が菅井吉秋氏なら、この公園で暮らし続けるべきなのか、もはや潮時だと出ていくのかと考える。収穫の秋も晩秋を迎え、公園はこれからさらに寒くなるだろう。かといって、長いこと無断欠勤をしている職場に、おそらく居場所はない。独身で、沖縄の実家とは断絶しているという。

だからもう、なにもかもめんどうになってしまったのかもしれない。菅井氏の後ろ髪を引くものは何もなかった。行方不明になって失うものは、社会的信用と、屋根の下での生活だけだった。工藤さんの言葉を思い出す。菅井氏と思われる人物は、仕事が大変で、感情労働という言葉を口にしていたらしい。菅井氏が仕事から受けていた責任の重圧のようなものは、私からしたら想像に難くない。けれども、職場の人々から慕われていた様子もあるので、菅井氏は仕事から、苦しみだけでなく喜びもまた受け取っていたんだろう。だからこそつらいというのもわかる。菅井氏は、両方のバランスを取りながら、なんとか仕事に従事していたが、カングレーホ大林の降格や、コルドビカ・イサギレの帰国が、それまで保ってきたバランスを崩壊させる最後の一押しになってしまった。

頭の中でさんざん知ったような口をきいて、私は首を振る。すべては、自分の職務経験からの想像にすぎない。というかそもそも、森の中で暮らし、しいたけや栗やパンノキの実を食らう大林原人が、菅井氏だと決まったわけではない。もしかしたら本当に、大林原人の幽霊がいて、しいたけなどを食べるのかもしれない。

森の中の人物に、どう退去を勧告すべきかとひたすら考えながら、木の札を辿り、拠点としている小屋の手前まで辿り着くと、小屋の様子がなにか変だという感じがした。窓の向こうに、黒い何かが動いているのがうっすらと見えるのだ。私は、固唾《かたず》を呑んでそれを観察する。その何かは、コンロの傍らと思わしき場所にしばらくいた後、ひっそりと頭を下げて、また姿勢を起こした。おそらく冷蔵庫を開けているのである。くっそ、と思う。またうめんつゆを盗む気なのか。というかめんつゆを一食分だけ盗むってどうやっているのか。器とか持ってるのか。いや、公園内のごみを漁《あさ》れば、めんつゆを持ち出せる容器なんてすぐに見つかるか、と私はなぜかめんつゆのことばかり考えながら、息をひそめて小屋を見張り、作業着のジャンパーのポケットに入ったトランシーバーに手を伸ばす。そして、小声で、箱田さんに話しかける。

「すみません、小屋に不審者がいます。できれば応援をお願いしたいのですが、どうぞ」

はあ？　もう一回お願いしますぅ、箱田さんの耳が遠いのか、私の声がびびってて小さすぎるのか、返ってきたのはそんな答えだったが、私は、いや、だからですね、と同じ内容を三回言う。

「不審者ですか！　そら大変な！　急行しまっさ！」

内容がわかった瞬間、箱田さんは興奮気味にばたばたとその場を走り出す音を立てる。私は、聞いているのかいないのかわからないが、お静かに、お静かに、といさめる。

小屋の中で誰かが動くたびに、出ていくな、頼む、箱田さんが来るまで、と念じていたのが功を奏したのか、箱田さんは森の小道をカートをすっ飛ばしてやってきた。小道はけっこう曲がりくねっていて、いうなれば教習所のS字カーブが延々と続いているような状態なのだが、その日目撃した箱田さんのドライビングテクニックはすごかった。Ｓ字どころか、Ｒ字とかＧ字とかＭ字でも一瞬で攻略してしまいそうな勢いだった。

「どこですか、不審者は⁈」

私を視認するなりでかい声でカートから話しかけてくるので、私は口元に人差し指をやって、歯を剝《む》き出しにして首を振る。お、おおお、そやそや、と箱田さんは口に手を当てる。

「小屋の中にいます。私の所持品を漁っているようです」

「なにー、許せん！」

財布には二千円ぐらいしか入っていないし、クレジットカード類は家に置いてきているし、他にはロータリーカッターとカッティングマットと調味料しかないので、許せないというほどのものは持っていないのだが、箱田さんは一応そう言ってくれる。

私は、お静かに、お静かに、と再び箱田さんをいさめる。

「あ、出てきました」

ドアから不審者が姿を現す。初めてはっきりと見るその佇《たたず》まいは、伸び放題の長いヒゲに、足首まである黒いコート、と前任者が見間違えたように、確かに大林原人に類似したテイストを漂わせている。でもよく見ると大林原人でないのは確かである。コートの胸元には、でかでかとカングレーホ大林のエンブレムが縫い付けられてあるからだ。それとも、大林原人は、カングレーホ大林のアパレルをまとっていたとでもいうのか。否《いな》、否。

「こーらー！」

箱田さんのカートが、ものすごい勢いで小屋に向かって突進してゆく。だめだ轢《ひ》き殺してしまうぞ箱田さん！　と指摘しそうになりながら、私も飛び出してついていく。しかしすぐにカートは急停止し、箱田さんは、あんた、観念しなさい！　と言いながらカートから降りる。カートの後ろから出て前方を確認しにいくと、不審者は、頭を抱えて地面にうずくまっている。

「菅井吉秋さん、ですよね？」私の言葉に、不審者は小刻みに二度うなずく。「お勤めになられていた老人保健施設の同僚の方から、捜索願が出ておりまして」

大林原人、いや、菅井吉秋氏はゆっくりと顔を上げて、首を横に振った。

「皆さんに、大変ご迷惑をおかけしました」

そして深々とお辞儀をする。私は、いや、べつに迷惑とかでもないんですが、と言いそうになって箱田さんのほうを見ると、箱田さんも、菅井氏のあまりにもしおらしい様子に面食らったように、腕を組んで首を傾《かし》げていた。菅井氏の右手には、公園で売っているポップコーンの紙容器が握られていて、底には、一食分のように見えるめんつゆが溜《た》まっていた。

＊

箱田さんは、菅井吉秋氏を本部に連れて行くというので、私も同行した。菅井氏を箱田さんのカートに乗っけるのはわかるのだが、なぜか私も疲れ切っていて、自分のを運転できる気がしなかったので、箱田さんに、一緒に乗っていいでしょうか？　明日は歩いて小屋に行きますんで、と言うと、乗っていいし、明日はカートで小屋までお連れしますわ、と箱田さんは申し出てくれた。それで私は、箱田さんのカートの後部座席に、菅井氏と並んで本部へ連れて行ってもらうことになった。

カングレーホ大林のベンチコートのフードを背中側に下ろし、菅井氏はじっとうつむいていた。髭《ひげ》は伸び放題で、胸のあたりまで垂れていたが、頭髪は生え際《ぎわ》が後退していて、後ろでまとめているようなので、妙にすっきりしている。博物館の模型の大林原人は、毛皮のフードのようなものを被《かぶ》っていたので、頭の様子はよくわからなかったのだが、菅井氏と似ていなくもないと思う。菅井氏を見かけた前任者が、大林原人の幽霊を見たと言い張るのは無理もない。

森の中で、いわば野宿をしていた菅井氏だったが、公園にはいたるところに小川が流れていたりするので、水浴びの場所には困らないのか、悪臭のようなものはしなかった。腿《もも》の上で、かさかさに乾燥した手を組んで、じっとうつむいている菅井氏は、何かの行者《ぎょうじゃ》のようにも見えなくなかったが、コートのカングレーホ大林のエンブレムが思いっ切り「現世」という感じだったので、その印象を引き戻していた。

「私も、三十六歳なんですよ」

どうしてそんなことを打ち明けてしまったのか、自分でもよくわからないのだが、私はそう口にしていた。菅井氏は、私を見遣《みや》って少し首を傾げ、お若く見えますね、と言った。私と菅井氏が後部座席で交わした会話は、それだけだった。

本部に戻ると、野島さんが箱田さんの所にやってきて、警察が人を寄越したいそうなんですけど、担当者が今取り込み中で、それまでこっちでいろいろ話を聞いておいてもらえるかって、と言った。警察、という言葉に、菅井氏は身をすくめたようだった。お茶を淹《い》れて持って来てくれた工藤さんは、菅井氏が知人であることに気が付いたのか、応接用のテーブルについている菅井氏のまわりを二、三周うろうろしたあと、おもむろに、菅井さんじゃないですか！　と叫んだ。

「髪と髭が伸びてたからぜんぜんわかりませんでしたけど！」

菅井氏は顔を上げて、ゆっきーさんじゃないですか、とやや目を見開く。工藤さんの下の名前は深雪《みゆき》で、それで彼らサポーターのコミュニティではゆっきーで通っているのだろう。

「純、どうですか？　元気でやってますか？」

「いやあ、なんか最近血の気が多くて、先月は累積《るいせき》で出場停止くらってたし、気を付けてほしいもんですよ……」

工藤さんはまだ何か言いたそうだったが、箱田さんが書類を持って現れたため、何度も振り返りながらお盆を手に給湯室へと消えていった。

箱田さんと菅井氏の面談には、私も同席した。野島さんや工藤さんを手伝っていた方がいいですか？　と箱田さんに尋ねると、いや、私も状況がよくわからん部分もあるし、おってもらえますか、と言われたのだった。箱田さんは、話をしながらメモを取るのにちょっと苦心している様子だったので、途中から私が書記のようなことを担当するようになった。

菅井氏は、とつとつと、しかし特に言葉に詰まりもせずに、『森のめぐみ』地区で暮らすことになった経緯を説明した。きっかけは、やはり、カングレーホ大林の降格と同時に起こったコルドビカ・イサギレのスペイン帰国で、それでも最初の三か月は持ちこたえていたそうだ。降格が決定した日も、体調を崩したがまっすぐ家に帰って寝たため、大林大森林公園の側にはやってこなかった。しかし、降格決定から下位リーグの開幕戦までの間、高まるイサギレへの悪意に満ちた世論と、情報の欠如で、もともと仕事上で難しいケースを持っていたこともあって、徐々に気力の限界へと追いやられていくのを感じていた。イサギレの地元の新聞社のサイトを閲覧して情報を得るために、スペイン語も始めたのだが、ただ、実家にいる、ということしかわからなかった。そして開幕戦、カングレーホ大林は、ホームで0―4という大敗を喫した。抱えていた困難なケースについては、その二日前にようやく解決を見て、自分自身はなんとか上向きになるという感触を掴《つか》んだ矢先での出来事だった。その日の帰りに菅井氏は、フェンスを乗り越えて公園に入り込み、そのまま森に住み着くことにしてしまった。

よくわからないんですけど、本当に本当のどん底だったら、単なる引きこもりになってただけかもしれないと思います、と菅井氏は言う。でも、自分の仕事が、まあすごく大変だったけどなんとか切り抜けられて、とはいえまた難しい仕事がやってくるんだろうなっていう予感は常にあって、というか、それが自分の仕事ですから。そうやって、一つ乗り越えてはまたより高い山が現れて、っていう状態で、それはそれとして受け入れて、なんとかカングレーホが昇格するってことを頼りにやってこうと思ってたんですけど、そっちは下手したら自分よりも悪い状態になっちゃって、しかも、何やったって結局チームの勝ち負けに自分は影響することはできないですし、自分もずっとこういう感じ（指を目の前でうねうねと横に動かし、最後に高い弧を描いて手を降ろす）で、もう、よくわからなくなっちゃって。何をしてるんだろう自分はって。何のために生きてるんだろうって。

「それで、公園をふらふらして森に入ったら、自分はここにおったら、明日生きること以外何も考えんでええな、と思ったと」

「そうですね」

菅井氏が話し始めた時に説明した、森にいた理由を復唱した箱田さんは、うーんとボールペンの尻《しり》で頭を掻《か》いて、私のほうを見る。私は何度かうなずいて、理解はできます、と小声で言った。

人工の公園の森の奥に住むことは、そんなに難しいことではなかった、と菅井氏は言う。トイレは公園のものを借りていた。火を起こすことについては、喫煙所からライターを拾ってきて使い、主に夜に調理をして煙を目立たないようにした。小屋が無人でしばらく誰も帰ってこないと思われた時は、ドアの針金をほどいて中に入り、ときどきコンロを使っていた。ちなみに私が来てからは、やたら地面に札が差されているので、小屋へはすごく来やすくなった、とのことだった。白いプラスチックだったのが木の札に変わってから、ちょっと来にくくなった感はあったが、そのうち慣れたという。

風呂《ふろ》は一日か二日に一回、噴水や小川といった公園内のさまざまな水場で済ませていた。食べ物は、最初は売店の残飯などを漁っていたが、『森のめぐみ』地区に居を構えるうちに、けっこうここのだけで食っていけるから森のめぐみなんだな、ということに気が付いたという。持ち物を木に登って引っ掛けて目印にし、日中は食べ物を採集して歩いた。パンノキは確かに、とても便利な植物だったので、なるたけ自分のものにしたいと思い、立て札の方向を頻繁に変えていた（終始何も口を挟まずに聞いていた箱田さんは、この部分だけは「パンノキ目当ての来場者さんがいはったらどうするんですか」とちょっと怒った）。

一日をかけて食べ物を調達して、石器まがいのもので手間ひまかけて加工して食し、陽が落ちると岩場で寝る、という生活は、非常に単純で、私や箱田さんが「しんどかったでしょう」というような言葉で表すほどのつらいもの、というわけでもなかったらしい。財布も持っていた。公園にはＡＴＭがなかったので、本当に必要なことがあれば外に下ろしに行こうと思っていたが、それほどお金で買わなければいけないものは、今のところはなかった。これから本格的な冬が来るんで、防寒具は買いに出ないとなと思ってました、と妙に素直に菅井氏は言った。

「でも、できるだけ公園の中だけでなんでも賄《まかな》いたいなって。ライター拾うのも最近はやめてました。火打石《ひうちいし》の真似事《まねごと》みたいなのをやってみたりとか」

「いつまでその生活を続けるつもりだったんですか？」

私が尋ねると、菅井氏は目を伏せて、ゆっくりと首を振った。

「わからないです。誰かに見つかるまで」

菅井氏は、ものすごく大きなため息をついたかと思うと、私と箱田さんを交互に見遣って、すみません、ああすみません、そちらのほうが、こうしたいぐらいですよね、と言った。箱田さんも私も、うなずきはしなかった。

「でも、イサギレが帰ってきて、カングレーホが昇格したっていうのを知った時は、本当に良かったと思いました」

生きてて良かったと思いました、と菅井氏は付け加えた。そして、自分は変ですね、と続けた。

「それで自分も帰りたいっていうか、公園から出ようとは思わなかったんですか？」

私が尋ねると、菅井氏は右目を上げて、少し考えるような素振りを見せて答える。

「出ても、自分には居場所はありませんからね。家族や恋人はいませんし、親族とも行き来はないし、もちろん仕事も失っているでしょう」

「じゃあ、私たちが見なかったことにして、森に戻っていい、って言ったら、戻られます？」

箱田さんに怒られるかと思うような差し出がましい質問だったが、箱田さんは何も言わずに腕を組んで、じっと菅井氏を見ていた。

「戻るかもしれないけれども、とにかく、元の職場の人たちにはお礼を言って、役目を途中で投げ出したことをあやまりたいなと思います」

そう答えて、菅井氏はうつむく。野島さんが、箱田さん、園長から連絡ですー、と席から声をかけてきたので、箱田さんは、おお、と立ち上がって席を外す。

「前の職場に連絡を取らせていただいたんですが」私が言うと、菅井氏は顔を上げる。

「絶対捜し出してください、って言われました。いろいろ考えはあると思いますが、私たちは待ってますから、って」

菅井氏は、目をつむった後、再び顔を下に向けて、そうですか、と吐き出すように言い、何度か首を横に振った。本部には、ええ、さようですか、聞き取りはもう終わりかけてて、はい、まあ、ただのホームレスの人ゆうことで、盗みなどはしとらんゆうことですし、その様子もありませんわ、という箱田さんの声だけが響き渡る。

「警察でっか？　もうすぐ来はるんちゃいますかね。え、判断は一任しはると。まーまーベテランなんて、何をおっしゃるやら、私は勤続年数が長いだけですわー」

箱田さんは、わっはっは、とこれ見よがしに笑って、ほな失礼しますう、と電話を切った。ほぼそれと同時ぐらいに、制服姿の警官が、すみませーん、行方不明者の件なんですけどー、と本部の出入り口に現れ、工藤さんが、あ、お待ちしてました、と中に入れる。菅井氏は椅子《いす》から立ち上がって、深々と頭を下げる。私は、その場を離れて、かといってどこに居ようという見通しもなかったので、お茶の準備をしている工藤さんのところに行く。

「菅井さん、逮捕されたりしないですよね？」

工藤さんは、ごぼう茶を淹れながら、心配そうに警官の背中を見つめる。私は、わかんないすけど、箱田さん次第じゃないすかね、と答えて、工藤さんに勧められたごぼう茶を湯呑《ゆの》みからすすった。

＊

『大スカンジナビア展』の会場の準備が整ったとのことで、『森のめぐみ』地区で働く我々にも、マスコミや関係者などを集めたオープニングイベントへの誘いがあった。箱田さんと野島さんは、展覧会が始まってから行くとのことで、定時までの時間内であるにもかかわらず、私と工藤さんを送り出してくれた。

菅井吉秋氏の処遇に関して、箱田さんは、被害届を出すかと警察に訊かれたのだが、特に実害もなかったので出さない、という返答をした。菅井氏は、公園を代表して箱田さんと、警察から厳重な注意というものを受け、発見されたその日は帰って行った。警察が来た上に責任者に怒られたというのなら、だいたいの大人はその場所を再訪はしないものと思われるのだが、菅井氏は、発見された翌々日に『森のめぐみ』地区本部を訪ねてきた。その日は、森の奥で自分が散らかしたものを片付けたい、とのことだったのだが、それから一日おきぐらいに、迷惑をかけたので何か手伝いたい、とか、ちゃんと片付けられたか確認したい、などといろいろな理由をつけて、本部にやってくるようになった。私は相変わらず小屋で働いていたので、細かいことはわからないのだが、そうこうするうちに、菅井氏は公園に対して『森のめぐみ』地区でどの程度食べていけたのか、ということについての情報提供をするようになっていた。この公園は、日本の食糧自給率の低下を憂《うれ》うことを課題としているので、菅井氏の話はある程度参考になるようだ。そしてパンノキはやはり使えるらしい。

　工藤さんによると、給料は払えまへんで！　と箱田さんは強調していたそうなのだが、菅井氏には屁《へ》でもなかったようで、ほとんど公園の従業員と同化するかのように、本部の手伝いを淡々とこなしているのだという。工藤さんとしても、同じカングレーホ大林のサポーターとして、菅井氏の今後については気に掛かるため、本部を訪ねてきてくれるのは好都合だそうだ。

「他のサポーター仲間も菅井さんに会いたいみたいなんで、お帰り会をやろうって言ってんですけど、来ないんですよ。自分はそういうのにはふさわしくないからって」

　まあ、気持ちもわかるんですけどね、と工藤さんは言う。オープニングイベントでは、「おいしさがアップしました！」というあいまいな宣伝文句でパンノキチップスの試食品が配られたのだが、相変わらず私以外にはピンとこない味のようで、工藤さんは、三枚ほど食べた後、あの、開けちゃったけど持って帰られます？　と袋ごとくれた。私は、さっぱりしていて淡白なところに、新たに追加されたローズマリーの刺激が加わるところが気に入ったのだが。

私はというと、そのおいしさがアップしたパンノキチップスをゆうゆうと楽しんでもいられないような事情に直面していた。最近どうも鼻水とくしゃみがひどいな、風邪でもないのにな、ということを箱田さんに言うと、花粉症ちゃいますう？　などと返された。まさか、自分は三十六年生きてきて一度も花粉症になどかかったことはない、と反論すると、ハンノキがね、公園の反対側にあるんですよ、パンノキちゃいますよ「ハ」ンノキです、と箱田さんは言った。『森のゆらぎ』地区という、ムードを前面に押し出し、たまにドラマなどのロケに使われる地区の湿地にハンノキが密生しているため、公園の従業員がたまに冬のさなかに花粉症の症状を訴えるのだという。

まさかと思って病院に行くと、私は、スギやヒノキやイネやブタクサといった有名どころは平気らしいのだが、ハンノキとシラカバに対する重いアレルギーを持っているということが検査で判明した。そのことを箱田さんに伝えると、えー、シラカバも『森のゆらぎ』にいっぱい生えてますよ、とのことで、事実、私の鼻水とくしゃみは日に日に重くなっていっていた。まだあまり開花していないこの時期の段階でそんな状態なら、満開が近づくにつれ、私の症状はいったいどの程度悪化するのかと恐ろしく思える。

『大スカンジナビア展』のオープニングイベントでもそれは同様で、地元のテレビのレポーターが、サーミ人の民族衣装のショールを大林原人の像に着せながらはしゃいでいるさなかに、ぶえあくしょい、ぁくしょい、だーくしっ、とものすごいくしゃみを連続でしてしまったので、その部分は撮り直しとなった。喉《のど》もちょっと変な感じだし、医者には、口腔《こうくう》アレルギー症候群という、特定の果物や野菜によって引き起こされる症状についての注意も受けた。自分でも、今まで一度も考慮したことのないアレルギーだった。

展覧会開催の次の週の土曜には、サーミ人の民族歌謡であるヨイクの歌手を招いたライブが公園の野外劇場で行われる、というアナウンスを聞きながら、私は、この仕事を続けるかどうかについてずっと考えていた。正直、『大スカンジナビア展』のチケットのミシン目入れを終え、そして菅井氏の件が解決を見てからは、暇で暇で仕方がない日々が続いている。冬場なので来園者が減っていることも原因だと思う。べつに、暇なら暇でいいといえばいいのだが、時給についての不安も浮上していた。この仕事が好きだし、箱田さんに訊くと、何年か仕事を継続しているうちに、正社員に登用されることもあるとのことだったが、自分のほうに公園の植物に対するアレルギーがあることが判明しては、それもままならない。医者によると、これから春に近づくにつれ、そんなに花粉の近くにいては症状は更に重くなるでしょう、とのことだった。

好きな仕事ではあったので、積極的に辞めたいという気持ちはなかったのだが、そういう時が来たのかなあ、と思い始めていた。さすがに、一年やそこらのうちに四つも仕事を変わると、そういう潮時のようなものが見えてくるのかもしれない。

新たに博物館のロビーに追加されるというヘラジカとトナカイの実物大の剝製《はくせい》についての、男性の司会者の説明を聞きながら、私はなぜか、『ケアの解体と再構築』という新書が、森の中の木の枝に引っ掛かっていた風景を思い出して、胃痛のようなものと軽い緊張を覚えていた。そうだ、私は、森の中であの本を発見した時に、確かに緊張したのだ。不意に言い当てられたような気がしたのだ。こうやって森の中で時間を潰《つぶ》しているんだね、と。その後、菅井氏の前の職場に電話した時も、同じような心身の強張《こわば》りを感じた。それは、自分があるいっとき、これに人生の長い時間を費やすのだ、と決めた仕事から、自ら手を引いて、目を背けようとしていたのに、同じ場所で今も仕事をしている人と出くわしたことの気まずさと、裏腹のうらやましさを含んでいた。

自分が大学卒業以来十数年続けた、最初の職種に戻る時が来たような感じがした。

そうはいっても、こちらの都合だから、簡単に仕事が見つかるとは思わなかったが、とにかく、その周辺にでも帰っていくべきなのではないか。

　司会者は更に、全身真っ白の少しだぶついたスーツをまとった小柄な女性を前に出して、これは『冬戦争』のさなかにフィンランド人の狙撃兵《そげきへい》が雪の中で身を隠すために着ていたというものの精密なレプリカで、来場された方が希望されるのであれば、記念撮影ができます、というようなことを説明する。へえ、ほお、とわかっているのかわかっていないのかというどよめきの中、小走りの足音が聞こえてきて、私の斜め後ろで誰かが止まる気配がする。振り向くと、菅井氏がそこに立っていた。さすがに自宅から来ているので、公園で発見された時よりは清潔感があったが、髭を剃《そ》ったり髪を切ったりはまだしないようだ。雇われているわけでもないのに、『ＯＤＰ』の刺《し》繡《しゅう》が入った緑の作業着を着ていて、けっこう似合っていた。

　司会者は、さあここでスペシャルゲストなのですが、どうです、イサギレ選手、こちら、着られます？　と司会者の背後にいる人物に話しかける。隣にいる通訳の女性が、その人物に何事か耳打ちすると、彼は、わっはっは、と笑って、しー、しー、とオウムを思わせる甲高い声で同意した。初めて実物を見るコルドビカ・イサギレは、予想していたよりも小柄だったが、写真で見るほどは眉毛《まゆげ》が太くないな、と思った。

カングレーホ大林の、コルドビカ・イサギレ選手と百合岡純選手が駆けつけてくださいました！と司会者は言う。オレンジ色のジャージ姿のイサギレと百合岡が片手を挙げながら進み出ると、私の隣にいた工藤さんは、すうっと息を吸って両肩を落とし、目を見開いた後、純ー！と思い切り叫んだ。それはびっくりするぐらい場から浮き上がっていたのだが、私の斜め後ろから、イサギレー！という声が上がると、その場にいた人々はそうするものなのだと判断したのか、皆口々に選手の名前を呼び始めた。百合岡純は、イサギレとは逆に、思ったより大きかった。もしかしたら190センチはあるのではないか。

「えー、先月こちらに遊びに来る予定だったんですけど、風邪にやられてしまいまして、私の親族とイサギレが味覚狩りをしたようです。とても楽しかった、とのことです」百合岡は、地を這《は》うような低い声で、ぼそぼそと陰鬱《いんうつ》に話す。けれども表情は普通なので、そういう地声であるようだ。「お昼にこの『大スカンジナビア展』を観《み》た後は、私どものスタジアムに遊びに来ていただければと思います。お待ちしております！」

百合岡純が言葉を切ると、拍手が起こる。通訳の女性が、何事かイサギレに話しかけ、イサギレはうなずいてマイクを百合岡から受け取る。イサギレが、ヘラジカの剝製を示しながらスペイン語でいくらか話し、通訳の女性が、『大スカンジナビア展』開催おめでとうございます、私は白いスーツを着てこのトナカイに乗ったところを写真に撮って欲しいのですが、それは可能ですか？　とのことです、と言うと、集まった人々はどっと笑った。どうですか？　と通訳の女性が司会者に尋ねると、司会者は笑って首を振る。イサギレは更に何かを非常な早口で話し、むーちゃすぐらしあす、と片手を挙げて振り、マイクを司会者に渡す。通訳の女性は、ここに帰ってこれて本当に嬉《うれ》しいです、カングレーホ大林を引き続き応援してください、大林原人の像も相変わらずすばらしい、どうもありがとう、とのことです、と訳した。

大林原人の話が出て、私は再び斜め後ろを振り向いて、菅井氏の姿を確認する。菅井氏は、棒のように突っ立ちながら、ときどき軽くうなずいて司会者の後ろに引っ込んでいくイサギレと百合岡を見つめていた。拍手に紛れて、イサギレと百合岡が話している間に我慢していたくしゃみを思う存分やりながら、なんとなく、私の気持ちは決まったような気がした。

＊

私がバスク風のロールケーキの五分の一ほどを切って、江里口さんの皿に載せると、江里口さんは、じゃあ私も、とベリーの入ったチーズケーキを切り分けてくれようとしたが、私は、いいです、いいです、と遠慮した。

「いいんですか？　こんなにもらったのに」

「いいんです。花粉症で、生の果物を食べると口の中腫《は》れちゃうかもしれないんで」

「はあ」

江里口さんは不思議そうな顔をする。私は、大林大森林公園で覚醒《かくせい》した、ハンノキの花粉症の症状の一つだと説明する。江里口さんは、花粉症で口の中が、とちょっと感心したように言って、手帳にメモをする。すっかり、『ODPマガジン』を作る仕事が板についてきたようだ。オープニングイベントにもいらっしゃいましたよね、と言われた。江里口さんはプレスとして参加していたらしい。『大スカンジナビア展』は、開催当初は苦戦していたものの、フィンランドから本物のサンタクロースを呼んで、剝製のトナカイを使ったそりに一緒に乗って撮影できるだとか、展覧会内に仮設カフェを作って、スウェーデンの午後の一服であるフィーカを満喫できる、などと宣伝をしているうちに、なんとか人がやってくるようになったそうだ。チケットにひたすらミシン目を入れた者としては、なんとなくうれしいという気分になる。

「とりあえず、年内はお休みされるんですか？」

江里口さんに尋ねられて、私はうなずく。大林大森林公園の仕事は、先週で辞めた。箱田さんを始め、『森のめぐみ』地区担当の人々からは、一定の慰留があったけれども、私のハンノキの花粉症が重いことと、菅井さんを雇えばいいのではないか、ということを話すと、一緒に働いていた人々は、なるほどなあとなって、春に向けて風向きに気を付けてくださいい、という言葉と、パンノキチップスのダンボール一箱分とともに送り出してくれた。主に箱田さんと、ときどき行き違いはあったのだが、とてもいい人たちだったと思う。

私の進言どおり、菅井さんは私の後任として、小屋で働いているそうだ。公園内で半年以上暮らしていたため、案内人としては申し分ないし、カートの運転も私よりうまいらしい。ただ、時間給での採用であるため、正社員の採用時期までに金銭的にきついな、ということになってきたら、また元の仕事に戻るだろう、と箱田さんが言っていた、と工藤さんから聞いた。箱田さんと菅井さんは、帰る方向が一緒なので、何回か呑みに行ったそうだ。

それでええんやと思う、と箱田さんは付け加えたらしい。前におった人も、前の前におった人も、本筋の仕事でなんかあって公園に来た人みたいやったけど、この仕事で、まあ働けんねやな、と思って、そんでまた自分の仕事に戻ってったらええやん、と。

正門さんには、大林大森林公園の仕事を辞めたことを報告しに行き、「大きな森の小屋での簡単な事務の仕事」についての説明をした。興味深いですね、世の中にはまだ私の知らない仕事があるようです、と正門さんは言った。正門さんは、私にまた仕事を紹介しようとしたのだが、私は、年内はちょっと休みます、と言ってそれを辞した。正門さんは、そうですか、とただうなずいて、では年末の最後の仕事として、また求人から向いていそうな仕事をピックアップして、ご自宅に資料をお送りしますね、と言った。

大林大森林公園での仕事の話をしていて、そういえば箱田さんっていう私の上司だった人は、腰が悪いみたいで、それでも歩き回りたそうにしていてちょっとかわいそうだった、と言うと、私の親も腰痛《ようつう》持ちで、と江里口さんは言った。

「私は四十歳の時の子供なんで、母親はけっこう年なんですけれども、もうちょっと、仕事それ自体より通勤がつらいっていう感じらしくて」

「へえ」

江里口さんの推定年齢に四十を足すと、だいたい自分の母親と同い年ぐらいということになるのだけれども、私の母親は自転車通勤のせいか、あまり腰痛については訴えない。どちらかというと膝《ひざ》が痛いそうだ。

「駅までがけっこう遠いらしいんですよ。ゆるいんだけど長い坂があって。それで、一月いっぱいで退職することにしたんです。すでに定年は越えてるんで、特にどうってことはないんですけど」

「年内でっていうのはなんか言いにくいですよね。私はそうしましたけど」

「年越しと同時に私いなくなりますっていうのはね、ちょっと、ってことで」それでですね、と江里口さんは紅茶を一口飲んで、話を続ける。「母親の職場が新しい人を入れることにするんですけど、もしよかったら、面接を受けてみませんか？　社会福祉士の資格を持ってるって、バス会社の履歴書に書いてらっしゃいましたよね？」

突然話をふられて、私は驚く。確かに資格は持っているし、大学を出てから十四年間、私は病院や施設の医療ソーシャルワーカーとして働いてきて、そのことを方々の会社に提出する履歴書には書いてきたのだが、江里口さんがそれを知っていて、知っているにしても、この期《ご》に及んで覚えているということは、予想だにしていなかった。

「風谷課長から、こういう人が来るんですよ、っていう説明を受けた時にね、あ、うちの母親と同じ職業だった人だと思って。それで覚えてて」

私はうなずきながら、少しだけ顔を逸《そ》らしてため息をつく。頭の中には、森の中で見かけた新書が引っ掛かった枝の様子と、小屋の仕事の引継ぎの時に菅井さんと交わしたちょっとした会話のことがよぎった。

前の仕事から逃げ出したということがわかっている自分を雇ってくれるのはとてもありがたいが、申し訳ないようにも、怖いようにも感じる、と言っていた菅井さんに、私は打ち明けたのだった。自分も以前同じ仕事をしていて、ある時どうにもならなくなって、逃げるように仕事を辞めた、それからは紹介してもらうままに短期の仕事を転々としている、それはそれで悪くないけれども、自分もあなたのように家を出て、それまでとはまったく違う場所に迷い込んで生活をしている可能性もあった、と。

私たちがやっていた仕事だけではなく、どの人にも、信じた仕事から逃げ出したくなって、道からずり落ちてしまうことがあるのかもしれない、と今は思う。

菅井さんは、喜びが大きいからこそ、無力感が自分を苛《さいな》むこともたくさんあったように思います、その逆も、と言った。感謝の言葉すらいらず、悩みでつらそうな顔をしていたご本人やご家族が、少しだけ笑って建物を出て行ってくれるだけで良かった。難しい仕事だからこそその職場の結束もあった、他の部署からの信頼を感じることもあった、なのにこの疲労感は何だろう、と考えるようになりまして。

そしてその矢先に、応援していたクラブの降格に出くわした。そういうふとした陥《かん》穽《せい》は、どこにでも口を開けているのだろうと思う。仕事や何やに没入して、それに費やす気持ちが多ければ多いほど、その数も多いのだろう。

でも、何か月も森の中でただ一人で暮らしてみて、自分が食べるためだけに一日中行動し、眠るという生活は、安らかでそんなに悪くはないけれども、物足りなくもあるんだな、と思うようになったという。

菅井さんは、指をうねうねと横に動かし、山と谷のようなものを描きながら、こういう状態を受け入れることや、難しい仕事にあえて取りかかることも、生きていることなんだなと思ったんです、と言った。そういう動作で生活の波乱を表わすことは、この人のくせなのだな、と私は思った。

それでも公園から帰る勇気はなかなか持てなかったから、見つけてもらえてよかった、しばらくはその恩返しをします、と菅井さんは言った。菅井さんがそのまま小屋でずっと働き続けるのか、前の職種に戻るのかは、私にはわからなかったが、それはまだ予測できなくていいと思った。

私はお茶をカップの残り四分の一というあたりまで残して飲んで、サイトを見ますんで、お母さんの職場のお名前を教えてください、あと、待遇などでわかっていることがありましたら、メールをくださいさい、と伝える。江里口さんは、わかりました、と病院の名前を告げる。平静を装《よそお》ってはいたが、内心には締め付けるようなものがあって、できれば大きいため息をつきたいと思った。でもそれは我慢することにした。

私と江里口さんは、もう一杯のお茶と、ケーキの追加を頼んで、極東フラメンコセンターのカフェにはだいたい三時間半ぐらいいた。居心地のいい店だった。江里口さんは、仕事納めは昨日だったが、正月休みも次の号のための記事を書く、と言っていた。その後、晩ごはんにうどんを食べに行き、また来年もお茶を飲みに行きましょう。良いお年を、と言い合って、私たちは別れた。

家に帰ると、母親から郵便物が来ている、という知らせを受けた。受け取って差出人を見ると、正門さんからだった。本当に年末の最後の仕事に、私へのおすすめの仕事の資料を送ってきたのだった。封筒の上部をはさみで切って、ソファに座って中身を取り出す。クリアファイルに、何枚か求人票のコピーと、詳しい職務内容や求める人材についてまとめられた資料と、正門さん直筆の一筆箋《いっぴつせん》が挟み込まれていた。

「本年は大変お疲れ様でした。資料をお送りいたしますので、ご一考ください」

と一筆箋にはあった。一枚目の求人票には、江里口さんのお母さんがつい最近辞めたという職場の名前が記されていた。私はそれを眺めながら、今度こそ大きなため息をつき、宙に向かって指をうねうねと動かしてみる。菅井さんの真似だった。

またそれを受け入れる日が来たのだろう。どんな穴が待ちかまえているかはあずかり知れないけれども、だいたい何をしていたって、何が起こるかなんてわからないってことについては、短い期間に五つも仕事を転々としてよくわかった。ただ祈り、全力を尽くすだけだ。どうかうまくいきますように。

大阪のサッカー場でのしごと

チケットもぎりは結構難しい。思い出として大事にとっておく人もいるのだ。
入場券
14:00 キックオフ
綺麗に、そして素早くもぎらなくてはいけない。
試合が始まると交代で休憩に入る。
お疲れ様です
おー、お疲れさん。りゅうじん君頑張ってるみたいやなー。
頑張れば、上の人間は見てるからなー。頑張ってリーダーになって現場をうまく回してやー。あっ、そやそや今度飲み会やろうやー。
お金は稼いだら使わなあかんでー。使わな次の金が入ってけえへんねんでー。
ほなまたなー。お疲れー。
あの人、知ってる？
いや、知らん
周りのスタッフに聞いても誰も知らない人物に話しかけられる事がたまにある……

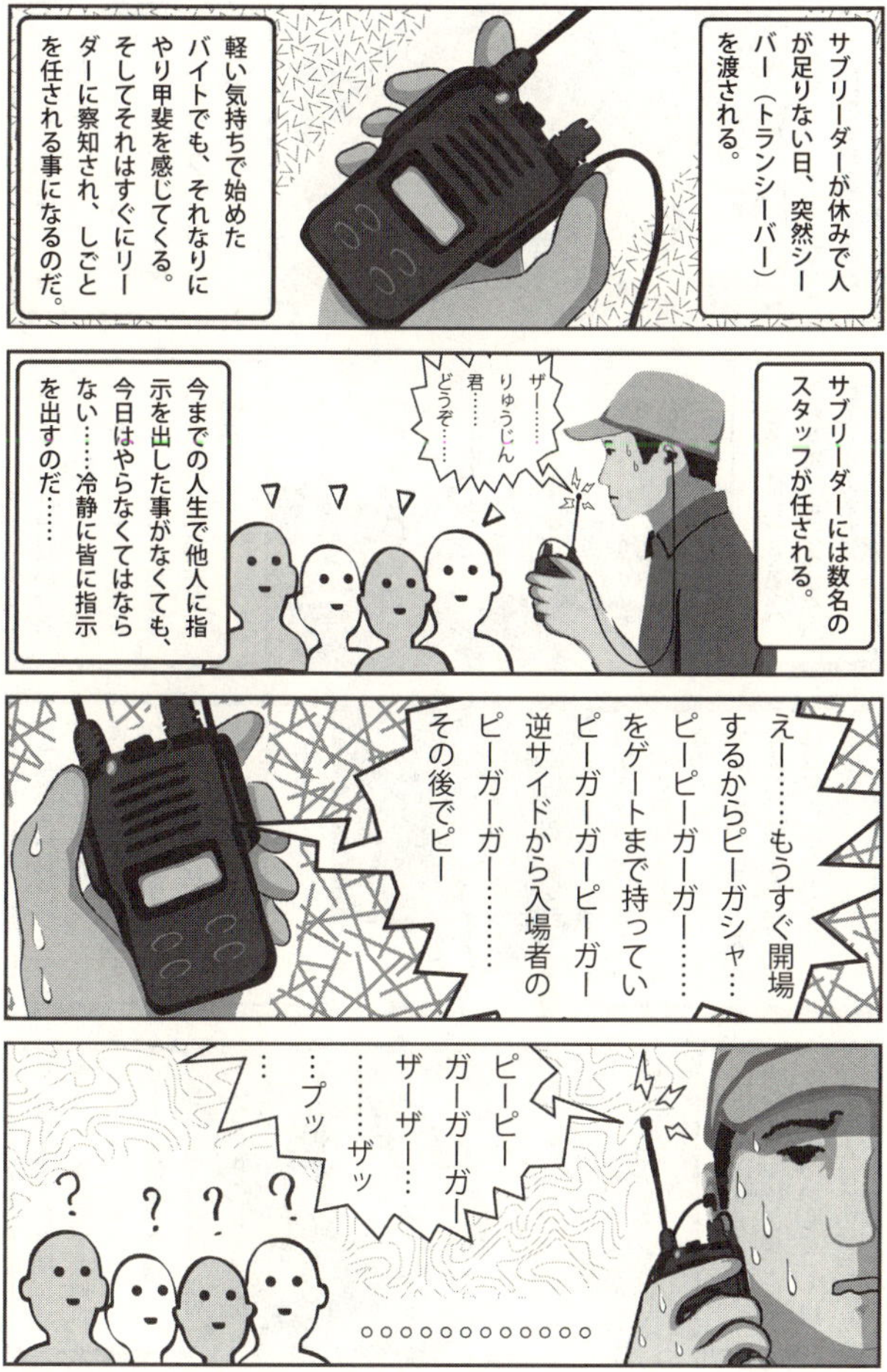
サブリーダーが休みで人が足りない日、突然シーバー（トランシーバー）を渡される。

軽い気持ちで始めたバイトでも、それなりにやり甲斐を感じてくる。そしてそれはすぐにリーダーに察知され、しごとを任される事になるのだ。

サブリーダーには数名のスタッフが任される。

ザー……りゅうじん君……どうぞ……

今までの人生で他人に指示を出した事がなくても、今日はやらなくてはならない……冷静に皆に指示を出すのだ……

えー……もうすぐ開場するからピーガシャ…ピーピーガー……をゲートまで持っていピーガーガーピーガー逆サイドから入場者のピーガーガー……その後でピー
ピーピーガーガーガーザーザー……………ザッ…プッ…
○○○○○○○○○○○○○

同じ1979年生まれの稲本選手はスター選手。チームでも随一の人気で女性人気はもちろんの事玄人好みのプレーで観客の視線を集めている。

僕がサブリーダーになった頃には日本代表にも選出。

彼の代わりは居ないけど僕が休めばすぐに別の誰かがサブリーダーになるだろうな。誰かと自分を比べる事で己の現在位置を知る。

しごとに慣れてくると、そんな事を考える余裕も出てくるのである。

試合後の片付けはシステマチックに進む。皆、早く帰る為にそれぞれが歯車となってキビキビ動く。仕事が終わった班から解散なので段取りの上手いリーダーは人気がある。

週末だけのしごとが終わる。競技場から駅までの道のりは長い。明日の学校の事など色々考えながら歩く。帰り道は日常に戻るトンネルのようだ。

平日はあっという間に過ぎ去り、次の週末が始まる。リーグ戦は冬まで続く。

競技場までの道すがら、今シーズン終了まではサッカー場でのしごとを続けようと思うのであった。

この作品は二〇一五年十月日本経済新聞出版社より刊行された。

津村記久子著
とにかくうちに帰ります
うちに帰りたい。切ないぐらいに、恋をするように。豪雨による帰宅困難者の心模様を描く表題作ほか、日々の共感にあふれた全六編。

小山田浩子著
工場
新潮新人賞・織田作之助賞受賞
その工場はどこまでも広く、仕事の意味も敷地に潜む獣の事も、誰も知らない……。夢想のような現実を生きる労働者の奇妙な日常。

堀江敏幸著
未見坂
立ち並ぶ鉄塔群、青い消毒液、裏庭のボンネットバス。山あいの町に暮らす人々の心象からかけがえのない日常を映し出す端正な物語。

柴崎友香著
わたしがいなかった街で
離婚して1年、やっと引っ越した36歳の砂羽。写真教室で出会った知人が行方不明になっていると聞くが――。生の確かさを描く傑作。

村田沙耶香著
タダイマトビラ
帰りませんか、まがい物の家族がいない世界へ……。いま文学は人間の想像力の向こう側に躍り出る。新次元家族小説、ここに誕生！

円城塔著
これはペンです
姪に謎を掛ける文字になった叔父。脳内の仮想都市に生きる父。芥川賞作家が書くこと読むことの根源へと誘う、魅惑あふれる物語。

宮部みゆき著
ソロモンの偽証
—第I部 事件—
（上・下）

クリスマス未明に転落死したひとりの中学生。彼の死は、自殺か、殺人か——。作家生活25年の集大成、現代ミステリーの最高峰。

宮部みゆき著
悲嘆の門
（上・中・下）

サイバー・パトロール会社「クマー」で働く三島孝太郎は、切断魔による猟奇殺人の調査を始めるが……。物語の根源を問う傑作長編。

西 加奈子著
窓の魚

私たちは堕ちていった。裸の体で、秘密の心を抱えて——男女4人が過ごす温泉宿での一夜と、ひとりの死。恋愛小説の新たな臨界点。

西 加奈子著
白いしるし

好きすぎて、怖いくらいの恋に落ちた。でも彼は私だけのものにはならなくて……ひりつく記憶を引きずり出す、超全身恋愛小説。

伊坂幸太郎著
ゴールデンスランバー
山本周五郎賞受賞
本屋大賞受賞

俺は犯人じゃない！ 首相暗殺の濡れ衣をきせられ、巨大な陰謀に包囲された男。必死の逃走。スリル炸裂超弩級エンタテインメント。

伊坂幸太郎著
オー！ファーザー

一人息子に四人の父親!? 軽快な会話、悪魔的な箴言、鮮やかな伏線。伊坂ワールド第一期を締め括る、面白さ四〇〇％の長篇小説。

この世《よ》にたやすい仕事《しごと》はない

新潮文庫 つ－34－2

平成三十年十二月一日発行
令和七年五月三十日十八刷

著者 津《つ》村《むら》記《き》久《く》子《こ》

発行者 佐藤隆信

発行所 株式会社新潮社
郵便番号 一六二―八七一一
東京都新宿区矢来町七一
電話 編集部(〇三)三二六六―五四四〇
読者係(〇三)三二六六―五一一一
https://www.shinchosha.co.jp

価格はカバーに表示してあります。

乱丁・落丁本は、ご面倒ですが小社読者係宛ご送付ください。送料小社負担にてお取替えいたします。

印刷・株式会社光邦　製本・株式会社大進堂

ISBN978-4-10-120142-9 C0193